"是不是程泽生，回答我！"

"你是……何危？"

搓茶海猩

天河世纪
GALAXY

置换凶途

上册

猫茶海狸◎著

长江出版社
CHANGJIANG PRESS

图书在版编目（CIP）数据

置换凶途 / 猫茶海狸著 .-- 武汉 ：长江出版社，2024.9. --ISBN 978-7-5492-9556-2

Ⅰ. I247.5

中国国家版本馆 CIP 数据核字第 2024RB4320 号

置换凶途 / 猫茶海狸 著
ZHIHUAN XIONGTU

出　　版　长江出版社
　　　　　（武汉市解放路大道 1863 号　邮政编码：430010）
选题策划　天河世纪
市场发行　长江出版社发行部
网　　址　http://www.cjpress.cn
责任编辑　陈　辉
印　　刷　三河市元兴印务有限公司
版　　次　2024 年 9 月第 1 版
印　　次　2024 年 9 月第 1 次印刷
开　　本　710mm×1000mm　1/32
印　　张　20.5
字　　数　600 千字
书　　号　ISBN 978-7-5492-9556-2
定　　价　69.80 元（全两册）

电话 :027-82926557（总编室）　027-82926806（市场营销部）

目录

第1章
雨 夜 幽 魂

窗外的雨淅淅沥沥下个不停，王梅拿着手电筒，推开包间的门，做每晚的例行检查工作。她就职的这间酒店开在偏远的国道附近，名字很霸气，叫作“盛世大酒店”。五层自盖楼房，一层二层用作餐厅，三层至五层是住宿客房，楼顶霓虹灯一夜长亮，算是这一片最“高档”的酒店。

201包间检查结束，王梅退出来关上门，一抬头，浑身一个激灵，汗毛竖了起来。

在长而静谧的走廊尽头，站着一位身穿中山装的老人，个头矮小，身材精瘦。他的上方是一盏感应灯，为了省电，用的灯泡也是最小瓦数的，在昏黄暗淡的灯光笼罩之下，老人的脸看得并不清晰。

但王梅知道他的表情一定是凶狠的，竖着眉毛板着脸，就像之前众多值夜班的同事所描述的，混浊的双眼冒着精光，像是在寻找什么目标。

盛世大酒店出现闹鬼的传闻已有半个多月，子夜时分，阴气最盛的时候，一名中山装老人悄然出现在走廊，眨眼间又消失不见，已有数位同事亲眼所见，都被吓得不轻，甚至有两名女服务员主动离职，不敢再在这里继续工作下去。

王梅僵在原地手脚冰凉，掌心潮湿，手电筒也掉在地上。感应灯依次熄灭，走廊里霎时被黑暗笼罩，她发出凄厉叫声，这一嗓子将整条走廊的感应灯震亮，而走廊尽头已经不见人影，除了她之外空无一人。

听到尖叫声，保安跑上来，王梅浑身哆嗦，紧紧抓住他的胳膊，吓得站都站不稳。

“有鬼……有鬼啊！就是那个老头！”

何危开着车，数米外便看见红蓝警灯和救护车灯交替闪烁，下雨天视野很差，雨刷刚刚刮过挡风玻璃，又有一层雨水扑上去，形成波浪形水纹，远处的灯光也晃出重影。

他将车停在盛世大酒店的院门前，撑伞下车。现场已经拉起警戒线，十来个围观的路人抻着脖子往院门里瞧，有的甚至还穿着睡衣来凑热闹。此刻应该是夜深人静、众人酣睡的时候，周围的小楼房却家家户户亮着灯，显然也是给这场命案闹得睡不着觉。

何危一手撑伞，一手早已从口袋里摸出警察证，从人群的边缘走过去，抬起警戒线弯腰一闪进入院门，在派出所警员即将开口时手一抬，露出证件——升州市公安局刑事侦查支队支队长，何危。

警员张了张嘴，赶紧敬礼，目送着年轻男人走进命案现场。

院内已经搭起防雨棚，现勘同事正在取证，郑幼清戴着口罩手持相机，给泥地里的鞋印拍照，看见何危之后弯起眉眼：“何支队，你来啦。”

何危点头，左右张望一下，问：“尸体呢？”

郑幼清指指身后那栋五层楼房：“在后面呢，要拐过去。何支队，你喜欢吃川菜吗？”

“还好。”何危回答的时候已经收起伞，穿上同事递来的透明雨衣，戴上塑胶手套。郑幼清吐吐舌头：“那就好，岚姐那儿是‘麻婆豆腐’，崇哥来之前吃了夜宵，差点吐出来。”

何危唇角弯了弯，边戴口罩边走过去，绕过拐角便撞见组里的夏凉扶着墙正在擦嘴角。他一抬头，和何危的视线对上，扭曲着脸吐槽：“我的天啊，岚姐还跟我说现场不算难看，那还叫不难看？有些部位带回去都得用铲子。”

何危抬头目测楼层高度，再瞧一眼他背后不远处的花坛，一地红白是极有可能的。坠楼的人根据身体着地的部位以及落地位置的不同，最后的情况千奇百怪。有从十几楼摔下来只是断了手脚，也有从几米高摔下来当场死亡的，根据郑幼清和夏凉的反应，今晚坠楼的死者肯定是当场殒命，救护车来得都多余。

“一般高坠的死者都是外伤轻内伤重，的确不算难看。你都出现场三个月了，怎么还没适应？承受不了可以想点别的转移注意力，”何危拍拍他的肩，“比如草莓酸奶。”

夏凉脸色一变，刚刚已经吐空的胃这下又开始痉挛。何危让他歇一会儿，去喝杯水，自己走向花坛。

花坛现场并没有多惨烈，他看见的只是一摊血水和盖着白布的尸体，“麻婆豆腐”和“草莓酸奶”铺在花坛的石阶上，顺着彩砖流向地面，因为淅沥小雨不断冲刷，将血腥味儿冲淡不少，看上去反倒没那么倒胃口。

“最精彩的部分你错过了，有没有后悔今晚回家没留在局里？”杜阮岚站在一旁，摘下染着血的手套递给助理罗应，“不过没事，回局里解剖的时候我可以叫上你。”

“还好，我没你这欣赏尸体的爱好，出差路上还能遇上案件，无缝衔接。”何危蹲下，掀开白布瞧一眼，“什么情况？”

“死者性别男，身高 175 厘米，体重 65 公斤左右，生前坠楼，死亡时间是 12 点 20 分。颅骨变形，枕部有两处挫裂伤，脑组织外溢，口鼻、外耳道有少量出血，右侧胳膊肘有挫裂伤，骨质外露，符合高坠伤特征，具体要等回局里解剖之后才清楚。”

“这栋楼五层高，大约 13 到 15 米，自己跳下来的落地点和楼体间距在一米左右，他落在花坛这里，应该有外力作用。”何危戴着手套，拨了拨尸体的衬衫，“衣服撕裂的痕迹也不像高坠压力造成的。”

“对，这种程度，起码要二十楼以上。”杜阮岚指着楼顶，“崇臻和胡松凯在上面，应该能找到线索。”

“现场有目击者吗？”何危重新把白布盖上，杜阮岚摘下口罩，露出一张清秀的脸，浅笑道：“有，这才是我打电话叫你来的主要原因。你知道她是怎么说的吗？”

“嗯？”

“她说……”杜阮岚笑容更盛，“这是鬼魂在作祟。”

现场气氛陡然变得诡谲，刮来的夜风夹着一股寒意，何危皱眉，感觉这起坠楼案不会那么简单。

“是真的！真的有鬼！”

王梅捧着水杯哆嗦，坐在酒店一楼大厅的木椅上，云晓晓一边安抚她一边做笔录：“你再说一遍，案发时的具体状况。”

何危走进酒店大堂，便看见目击者浑身抖得像筛糠，在描述案发现场。

“今天本来应该我值夜班，但是我在检查包间的时候撞鬼了，太害怕了，到了 12 点实在熬不下去，就和经理请假，想提前回去。结果刚走到大院后门，就听见身后‘砰’一声巨响，回头看见一个人摔在花坛那里，走过去一瞧，就……就是经理……他的头部流了好多血，有白的东西顺着花坛边流下来，眼珠还转了几下……”

她猛然闭上眼，显然是因回想起脑浆迸溅的凄惨画面而感到恐惧。云晓晓轻抚她的背，王梅捧起水杯喝一口，继续说：“然后我抬头，有一个老头站在楼顶！就是我晚上遇见的鬼，肯定是他杀了经理！这家酒店不干净，真的有鬼！我不干了，我要回家！”

她的情绪变得激动，站起来要往外冲，云晓晓和另一名女警赶紧拉住她，轻声细语地安抚，带到包间里休息。何危把云晓晓叫来：“都录完了？”

“嗯，都说是鬼怪作祟。”云晓晓指指大堂里另外两名表情恐慌的酒店员工，“据他们所说，酒店里的大部分人都亲眼见过那个老头，刚刚保安还脑洞大开，说是下雨天鬼门关没关好，那老头就顺便把经理带走了。”

“顺便？”夏凉睁大双眼，感到无语，“一条人命啊，还有顺便的说法？当是在买菜？”

“哪有那么多灵异事件。”何危吩咐，“晓晓，把他们口中的‘鬼’的样貌特征都给记录下来，问详细一点。”

云晓晓答应一声，何危和夏凉找到楼梯，这栋自盖的楼房没有电梯，楼层结构简单，只有一条楼梯通往楼上。何危抬头，注意到摄像头，转头说：“小夏，去找保安调监控，看一下案发时间段有哪些人上去过。”

他独自爬上五楼，推开通往天台的门，上面同样搭起了防雨棚，两名现勘同事正在仔细采集一切可疑痕迹。崇臻按着胡松凯，在栏杆那儿模拟死者的坠楼场景。

“你看，咱俩肉搏，我将你压在栏杆上，”崇臻提着胡松凯的衣领，让他的背紧贴着栏杆，“你动动看，左右动。”

“如果那条刮擦痕是这么来的，那栏杆上的指纹呢？”胡松凯双手抓住背后锈迹斑斑的栏杆，“食指和中指指纹在栏杆下端，纹路走向冲里，是正握。如果是反手握住，指纹位置也会有区别。”

胡松凯推推崇臻，两人换了个姿势，让崇臻正面对着栏杆。他的手在崇臻背后做出推的姿势：“应该是这样面对栏杆，死者低头往下看，留下正握指纹，然后被人从背后推了一把。你品品，是不是这个理儿。”

“我品什么，还有半个鞋印在台阶上，按你推断这姿势是要跨栏了？”崇臻一回头，看见何危，冲他招手，“老何你来评评理！二胡怀疑死者是跨栏下去的！”

“我说跨栏了吗？！我这是按照起坠点的痕迹做出的初步判断！”

“别找我评理，你俩的辩论会我不想加入。”何危拿了一支小手电，打开，“现场全部看完了？”

崇臻说：“你看看这个天台，什么遮挡都没有，除了这个楼梯间和上面的通风口，一眼望到底，早就看完了，每个边角都没放过。”

何危拿着手电，去贴着黄标的起坠点查看。只见锈迹斑斑的栏杆上有一条长约十厘米的刮擦痕，台阶上印着半个模糊不清的泥鞋印，蹲下来一瞧，有一组技术组标记出来的指纹。天台是水泥地，又下着雨，地面仅存半个脚后跟的鞋印，踩在墙根堆积的泥土上。

“门锁完好，起坠点有搏斗的痕迹，但是没人受伤，没有检测到血液反应。”胡松凯一招手，技术组的小陈递来一个自封袋，“找半天，有价值的就是这么一颗纽扣，上面有半枚指纹。”

何危拿过来一看：“死者穿的衬衫是白色纽扣，裤子是黑色纽扣，这颗是藏蓝色的，上面还有线头，可能是和凶手搏斗时扯下来的，”他抬头扫一眼天台，指着一根横跨天台拴在两根细竹竿上的麻绳，“也有可能是晾衣服的时候不小心掉下来的。先带回局里比对一下指纹。”

他站在栏杆边，低头向下看，这一面的墙面恰好没什么遮挡物，掉下去也是砸到地上。防雨棚还没拆掉，只能看见花坛的一部分，何危感叹，人只要再往前摔一点，落在花坛上，说不定还能捡回一条命。

这时，对讲机里传来夏凉的声音：“何支队，你下来看看，可能真的有幽灵！”

第2章
消失的凶手

何危和崇臻还有夏凉一起挤在小小的保安室里，盛世大酒店每层的楼梯都有摄像头，全部接在一台电脑上。屏幕分成六等份，五个是楼梯影像，还有一个是门口的影像。

盛世大酒店目前入住的客人有四个，全部住在三楼。今晚有三名员工当班，经理平时10点左右就下班了，今晚是在盘账，所以留得较晚。三楼以下的探头都有拍到三名员工和客人上去和下来的身影，但是四楼五楼的楼梯一直没人上去。大约12点10分，经理独自上楼，直到他坠楼死亡的那段时间，再没有看到任何人的身影。

“我检查过监控视频，没有剪切和覆盖的迹象，这就是原件。”夏凉坐在电脑前，熟练操作着视频快进、回放，“从头到尾监控录像里只有经理一人，凶手没有从楼梯上去，他是怎么去楼顶的？”

崇臻一手扒着何危的肩，另一只手揉一把夏凉毛茸茸的脑袋：“你发挥你的想象力啊！动漫少年。”

夏凉挠挠后脑勺，“动漫里的作案手法太玄乎了，正常人谁能想得到？不过既然监控里看不见，我推测凶手是白天上去的，一直留在天台埋伏。或者是像蜘蛛一样，顺着墙面爬上去，悄无声息……”

“虽然听起来挺不靠谱，但的确有这种可能。”何危把崇臻的手从肩头拿下来，“去和二胡带人检查一下外墙，空调架、遮阳棚都看仔细了，有用的东西全部带回来。”

“还有一种可能！直升机空降！扔一架梯子下来，嚯，这得多酷啊！”

崇臻勒着小孩儿的脖子打断了他的幻想，过了，这比那七百多集的动画片还不靠谱。有那个时间不如多看看监控，找找有没有什么形迹可疑的人物。

何危盯着屏幕，忽然用修长的食指按下空格键，视频定格在经理抬头盯着墙上黑箱子的画面。崇臻凑过来：“这是电表箱，我上楼看见了。”

“你们经理为什么大半夜要去检查电表箱？”何危偏头，看向老实站在一旁的保安。

保安回答：“俺们酒店最近总是跳闸，今晚又跳了一次，经理盘完账上楼去看看电表箱，准备明天报修。”

何危又按了下空格键，视频继续播放，只见经理打开电表箱，不过一分钟又合上，看他的姿势是转身准备下楼，却又停住脚步，然后往天台那扇布满铁锈的门走过去。

“他原来没打算去天台，是被什么东西吸引了。”崇臻摸着下巴上细小的胡楂，“听见叫他的名字了？鬼片里常这么演。”

夏凉打个寒战：“我要是听见不明人士叫我名字，是死都不敢过去的。”

“还有可能是别的动静，想把一个人吸引过去并不难。”何危继续询问保安，“你们这儿闹鬼多久了？”

“有半个月了，每天固定那时候，12 点左右，感应灯一灭，老头就不见了。”

“所有人都见过？”

“有几个专上白班的保洁没见过，鬼门关白天又不开。”

云晓晓先前提到，就是这个保安迷信，冒出什么鬼门关带人的想法。也难怪，这家酒店位置偏僻，再往下走是大片的庄稼地，酒店的员工几乎都是附近的村民，乡野田间总是流传着什么黄大仙跳大神，见怪不怪。

“小夏，把监控拷回去，最近半个月的都要。”

夏凉点头，开始动手拷视频。崇臻去找胡松凯查看外墙，何危则是回到酒店大堂，云晓晓见他进来了，站起来交代死者的基本信息。

“陈雷，男，三十四岁，已婚，有一个四岁大的女儿，住在距离酒店两公里的陈家村。”云晓晓将手中的笔录翻到另一页，“他是这家酒店的经理和财务，和老板是亲戚，老板几乎不怎么来，都是陈雷在打理酒店。”

“打电话联系他的家人了吗？”

“刚出事就有人通知他老婆了，但是现在还没来。陈家村到这里开车三分钟都不到，步行也才一刻钟。”

话音刚落，便听见一个女人的哭声，她在院子里边哭边叫着陈雷的名字。何危和云晓晓走过去，只见陈雷的妻子在盖着白布的尸体旁痛哭，身旁站着睡眼惺忪的小女孩儿，可能还不懂自己已经失去了爸爸，歪头盯着白布发愣。

“你走了我和囡囡怎么办啊！还有你妈和你爹，谁给他们养老啊！”

女人哭得上气不接下气，一旁的警员于心不忍，劝她节哀顺变。亲人分离的场面总是让人心情郁闷，云晓晓叹气：“孩子还那么小，真可怜。”

何危盯着女人，忽然开口：“有点奇怪。”

云晓晓眨眨眼：“怎么了队长？”

“她是化了妆来的。”

此刻已是深夜，下了一整晚的雨终于停歇，乌云散去，月明星稀。警察将尸体移走之后，看热闹的人散得差不多了，夜终于渐渐恢复宁静。

“雷子一般盘账都是夜里回来，我和孩子都习惯了。我们娘儿俩早就睡了，听说雷子出事，我赶紧带着囡囡过来……”陈雷的妻子王翠双眼通红，女儿很懂事，见妈妈哭了，又给她递一张纸。

“你一直都在家？”云晓晓盯着她，“打电话通知你的时候是12点半不到，现在已经1点了，从你家到酒店需要这么久？”

王翠支支吾吾，说是下雨天，女儿太小了，抱着她走夜路不小心踩到泥坑里，回去换了件衣服才过来。

“回去换衣服，顺便化了妆？”云晓晓用笔指指她的嘴唇，“口红颜色还很鲜艳，你老公都出事了，还这么有闲情逸致？”

王翠脸色一白，赶紧抽张纸把口红擦掉，又改口，女儿睡了自己没睡，这妆是白天化的，没来得及卸。

“姐，咱们都是女人，妆化了多久一眼就能看出来。你丈夫的坠楼案不简单，你最好配合我们说实话。”

王翠惊讶不已：“不是意外？雷子脾气不错，平时也没得罪什么人啊，会有谁害他？警察同志，我今晚真的一直在家，都没出过门，和囡囡在一起的，你要相信我啊！”

“那你不出门，晚上化这么艳的妆给自己看？”

王翠眼神左右飘忽，找了个借口，说自己化妆技术不好，没事在家练练手。

何危和王梅正在酒店二楼，这里是闹鬼的主要地点，共有五个包间，一左一右分布着。走廊尽头是一扇窗户，往右拐还有一个储物间。起初大家怀疑有人躲进储物间装神弄鬼，胆子大的在老头消失之后前去查看，结果什么都没发现，包间里也是如此，那个老头人间蒸发了，因此闹鬼的传言才在酒店里流传起来。

“我……我当时就是站在这儿，”王梅站在二楼第一个包间门口，指着前方，“那个老头是在那盏灯的位置出现的。”

何危走过去，观察着走廊的环境。感应灯的旁边是通风口，下方是一扇窗户，拐过去是储物间，打开一看，只有两平方米大小，里面摆着梯子、刷子、扳手等工具。王梅说头几次闹鬼，大家都怀疑老头躲在储物间，这里来来回回不知道检查多少次了。

“李大哥说那个鬼怨气重，在找替身。这一片以前是坟地，肯定是盖酒店扰到人家清静了……他今天杀了经理，后面还不知道要杀谁，我……我工资也不要了，让我赶快回家吧！”

何危的眉头轻蹙着，浅淡眼眸扫过去，这姑娘是真的害怕，不是装出来的。也难怪，一个柔弱姑娘，撞鬼之后再目睹命案现场，没吓晕已经不错了。

不过何危是不信什么冤魂索命的，有谋杀就必然有凶手，揪出隐藏在暗处的罪犯，才是他们这些从事刑侦工作的人该做的事。

他观察着通风口和窗户，感到不解：“旁边就是窗户，这里装什么通风口？”

“这是废弃的，里面的管道尽头堵死了。”王梅想了想，“好像原来是个大房间，砌墙改的小包间。”

这时感应灯熄灭，何危跺一下脚，没有反应，王梅用力蹦一下，感应灯才重新亮起。

“接触不良？”何危抬头，眼眸微眯着。王梅点头：“对，有时候要好大动静才会亮。但前面的灯都是好的，经理说不影响包间使用，为了省钱就没换。”

何危从储物间里把梯子拿出来，爬上去打开手电。只见感应灯上面覆着一层厚厚的灰尘，周围结有蜘蛛网，灯罩里还有小飞虫的尸体，显然是长时间无人打扫。但通风口的百叶风罩却干净不少，有明显擦拭的痕迹，他低头问：“这里经常打扫？”

王梅摇头，这点不清楚，她不负责清扫工作，要问保洁阿姨才知道。手电的亮光一点一点扫过去，何危眼尖地瞧见百叶风罩的四个螺丝有新鲜的刮擦痕，他让王梅拿把十字起子，从口袋里拿出手套戴上。

感应灯再次熄灭，他也懒得管，自己叼着手电，挨个下螺丝，将百叶风罩拆下来。刚一拆开，居然没有灰尘扑来，何危料想得不错，这个废弃的通风口果真经常被使用。

通风口是长方形，何危拉一下钢尺，长 40 厘米，宽 30 厘米，手电筒的光打进去，风口附近一尘不染，只有被堵死的管道周围还结着蜘蛛网。

保洁阿姨是无论如何都不会打扫到这里的，何危看着这个通风口，正常体形的男人想要爬进去不太现实，但是瘦弱的女人或是矮小的男人，倒是可以钻进去。

何危拿起对讲机：“胡松凯，让你那边过来两个同事，来二楼采集一下证据。”他想了想，又补一句，“顺便把晓晓叫来。”

第3章
短暂的喧闹

云晓晓站在梯子上，手电筒对着通风口打了一下："队长，你确定我能爬进去？"

"试试看。"何危扶着梯子，"咱们能力有限，实在是进不去，辛苦你了。"

云晓晓身高165厘米，体重90斤不到，骨架和手脚都小，是队里能进入这个通风口的唯一人选。她把马尾扎成一个鬏，手电筒攥在手里，小心翼翼踩着窗框的顶端，想先伸脚，感觉不太对，问："队长，我该怎么进去？头先还是脚先？"

何危摸着下巴，在脑中模拟嫌疑人的消失现场。如果是双手扒着窗框顶端，像拍电影一样跃进通风口，那就是头冲外脚冲里的姿势，同时也能说明这人柔韧性很好，还带一点武术底子。但如果是头冲里，难度则会大得多，也无法做到那么敏捷，几秒之间便钻进通风口里。

"多半是脚先进去的，不过咱们要搜证，那种姿势不方便，直接爬进去吧。"

"好嘞。"云晓晓说爬就爬，她虽然看着弱不禁风，但做起事来干净利落，出现场多累多苦都能忍下来。这也是她能在前线一直待下去的原因，否则柔弱似一朵娇花的美人，早就打报告调去做文职了。

那两个技术组的同事紧张不已，生怕他们刑侦队这朵向阳花摔下来。何危笑道："你们弄你们的，我看着晓晓。窗框四周和百叶风罩都检查仔细了。”

云晓晓胳膊肘搭在通风口，使出吃奶的力气往里爬，何危托着她的腿提一把，云晓晓借着力半个身子终于进去了，出了一身汗。

“队长，这里很狭窄，我感觉能进来的人应该比我的身材还要瘦小才对。”云晓晓的双肩顶着通风管道的上壁，她连打手电都费劲，只能尽量搜索。何危的胳膊圈着她的腿护着，防止她掉下来。

“里面的灰也有擦拭痕迹，在我前方……前方半米左右，嫌疑人应该是整个人都钻进来了。这里好多虫子尸体啊，还有蟑螂！太恶心了这个！”

云晓晓的叫声忽然变了，腿动了两下，又往里爬了一点。通风管道里传来窸窸窣窣的声音，她慢慢爬出来，变成了小花猫似的，晃晃手中的袋子：“有生物物证！”

何危笑了笑，将她安全弄回地上：“辛苦，快去洗脸吧。”

取证和笔录全部做完，后半夜何危这组人才收队回去，云晓晓打个哈欠：“队长，咱们是直接回局里还是？”

何危抬手看表：“现在 4 点，可以给你们回去休息几个小时。”

“谢谢队长。”云晓晓摸摸脸颊，“最近这一个月都在熬夜，还没嫁人我都要成黄脸婆了。”

“就你们这些小丫头在意这个，瞧瞧咱们升州市局法医科的岚姐，现在还在解剖台上奋斗呢。”崇臻说。

胡松凯冷笑：“晓妹子和岚姐的追求又不同，岚姐强悍到不需要男人，你就死了这条心吧。”

这句话戳中崇臻的痛处，他追求杜阮岚几年，都被这个冷面美人毫不留情地拒绝了。既不是嫌弃他的年龄小她两岁，也不是看不上他的粗犷和不修边幅，而是因为杜阮岚做过明确表示——职业型女强人自己能照顾好自己，不需要男人，不需要爱情，今后她会将重心放在为法医事业培养接班人的伟大工作上。

人家话都说到这个份上了，崇臻还能怎么办，只能将爱意默默埋在心底。后来再也没提过这回事，大家一起办案共事，跟以前没什么区别。

云晓晓伸个懒腰："我这两天得把皮肤给保养好了，周末要去看巡回演奏会，见大帅哥！"

"演奏会？谁的？"

"程泽生啊，最近总是上热搜的那个钢琴家！"

夏凉这个二次元青年不懂这些，好奇地问门票多少钱，云晓晓说了一个数，他惊道："这么贵？！想看帅哥队里不就有吗？何支队，咱们市局的招牌，让你看个够，还花那冤枉钱。"

崇臻插嘴："你小子怎么能漏了我，哥哥我可是升州市局的明星！"

胡松凯举手："还有我！"

何危在闭目养神，懒得闲侃，听着他们的吵闹声，紧绷的神经渐渐放松下来。

他今天是从家里去的现场，收队之后直接回局里的宿舍，夏凉和崇臻跟他顺路，特别是崇臻，两人一层楼，就跟邻居似的。

崇臻和何危当初一起调来市局，共事已有五年之久，两人年龄差不多，从二十多岁的小青年走到三十而立，对彼此知根知底。何危见他难得安静下来，估摸着是在为杜阮岚费神，胳膊肘捅了捅："命中无时莫强求，改天让我弟弟给你介绍几个，他们公司美女多。"

崇臻惊异："拉倒吧，还让你弟弟给我介绍，你弟弟眼光和我完全不同。"

“他眼光肯定比你好，我保证。”

崇臻从口袋里摸出一包皱巴巴的烟，抖一根递过去，何危低头一看，烟丝都露出来了：“路上捡的？都皱成什么样了。”

“还好意思说，不是你让我和二胡去当爬墙的吗？我这烟放在裤子口袋里，解了安全绳就成这样了。”

“有查到什么？”何危道。崇臻回他：“现在是休息时间，案子等天亮回局里再说。你除了查案还能不能有点别的爱好了？难怪长成这样还没对象。”

何危浅浅一笑，已经走到自己宿舍门口。崇臻手插在裤子口袋里：“老郑不是说提干之后给你换宿舍的吗？怎么等到现在都没动静？要不去催催？”

他口中的“老郑”是升州市局局长郑福睿，刑侦队原来的老支队长今年刚内退，郑局就把何危提上来，主动要求给他换间宿舍。局里早两年就有新宿舍的规划，按照时下流行的单身小公寓那么盖的，都帮他安排好了。

话是这么说，只不过后续就没动静了，一晃三个月过去，小公寓还是没住着。何危也不急，他压根不在意，对他来说只是个睡觉的地方。新宿舍离局里有段距离，一来一回还耽误他办案呢。

“有什么好催的，又不是你搬家，那么积极。”何危打开门，“明早见，别迟到。”

这间十五平方米的宿舍里，东西摆放得极其规整，大型家具只有一张床、一个衣柜、一张书桌，床单没有一丝褶皱，被子板正好似豆腐块，色调也是单调的黑白，整间屋子从窗台到地面一尘不染，干净得几乎没什么生气。

崇臻探头瞧一眼，直摇头：“还是老样子，哪有一点单身男人的味道？洁癖是病，得治。”

何危哭笑不得，让他快滚回自己的狗窝，像他那样袜子扔屋里几天忘了洗才是病，还敢这么理直气壮。

关上门，何危去洗澡，一刻钟之后出来，天已经蒙蒙亮。

好了，睡了也没什么意思。何危把云晓晓做的笔录拿出来，仔细翻阅。

早晨8点，市局已经热闹起来，何危拎着在食堂里买的包子和豆浆，一路上遇见的同事纷纷和他打招呼，“何支队早”“何支队好”。迎面碰上禁毒队二把手衡路舟，带着人风风火火往外赶，正要去出任务。

“这么早就走了？”何危问一句，衡路舟边穿外套边冲过来：“可不是嘛，接到可靠线报，豹子出山了！抓他两年多，这次我非得亲手把他逮回来！”

何危让他慢走，祝兄弟任务顺利完成。他刚把吸管插进豆浆，衡路舟脚下生风般从身边刮过去，一眨眼何危手里的包子和豆浆都不见了。

“早饭还没吃，哪有力气打毒贩？”衡路舟咬一口包子，对着何危挥挥手，“谢了阿危，回头请你吃饭！”

“……”

何危看了看空空如也的双手，再看看门口，打劫的嫌犯已经不见人影。他喃喃自语：“这都抢我几回了，说请客也得真的请啊。”

他空着两只手走进大办公室，众人都在忙手头的事，夏凉边吃手抓饼边看监控，抬头发现队长盯着自己，赶紧把手抓饼收进抽屉里：“我一定认真看监控，何支队你放心。”

何危压根没有阻止他吃早饭的意思，只是在考虑要不要再买一份早点。这时一盒酸奶递到面前，何危抬头，白净手腕的主人弯着眉眼，正对他微笑：“刚刚在门口目睹衡哥打劫现场，这个给你。”

“谢谢。”何危垂眸一扫，杧果果粒酸奶，没有伸手去接，“我对杧果过敏。”

“杧果也过敏吗？”郑幼清惊讶，“何支队你是过敏体质？上次给你带荔枝和菠萝，也都不能吃。”

何危点头，他天生对很多食物都易过敏，有时候表现在皮肤上，会起风团疹；有时候表现在体内，喉头水肿呼吸困难等。特别是海鲜，过敏最严重，沾都不能沾。这也许是造成他性格清冷的一部分原因。民以食为天，老天把他这张嘴束起来，很多东西都不能吃，最基本的食欲都满足不了，对别的事物的欲望就更浅淡了。

郑幼清回到座位，从抽屉里摸出一盒草莓：“这个可以吃吧？”

透明塑料盒里是娇艳的奶油草莓，何危拿了一颗塞进嘴里：“痕检报告都出来了吗？”

“出来一部分，夜里快收工了，岚姐又让罗应送东西来，还有几件鉴定结果没出来。”

何危把草莓盖起来，还给郑幼清，让云晓晓打内线给法医科，马上开会。

第4章

抽丝剥茧

会议室里，各组代表到齐，何危在梳理坠楼案的线索。详细的尸检报告已经出来，解剖结果和现场初步尸检结论一致，死者确系生前在神志清醒的状态下被推下去的，是一起不折不扣的谋杀案。

他的后背有打击伤，左前臂有格挡伤，根据皮下出血和骨折损伤的程度推断是由圆柱形金属棍棒造成的损伤，类似棒球棍之类的凶器。虽然没有造成挫裂伤，但金属棒的击打面有可能会留下被害人的皮肤组织。

痕检结果显示，那颗在天台发现的纽扣，上面的线头是棉织物，而那半枚指纹属于死者陈雷，经比对是右手拇指指纹；台阶上的半个鞋印、墙角的半个鞋跟印以及栏杆上的一组指纹，全部属于死者。

“这一看就是预谋许久，是不是还戴着手套和鞋套犯案的？”崇臻提出疑问，郑幼清点头：“有可能，我们采集到的物证几乎都来自被害人，包括那个通风口，晓晓不是上去看过吗？也没有采集到指纹。”

“但是有头发。”云晓晓侧身和郑幼清吐槽，“我在虫子尸体里捡回来的！”

“虽然很恶心，但是晓晓，现实是残酷的。”郑幼清将检验报告递给何危，何危翻开一看，愣了愣：“化纤？”

“没错，”郑幼清耸肩，“那不是真人头发，不具备任何生物信息，是假发。”

“外墙发现的绳索痕迹都是陈旧的，应该是以前修空调留下的，凶手不是从外墙上去的。”胡松凯说。

夏凉举手：“监控我已经看到三天之前，没发现他们酒店的员工还有住客有什么可疑举动。死者的手机最后一通电话是 8 点打给他老婆的，别的都是联络工作方面的事，并未发现与谁有矛盾。”

会议室里迎来短暂的沉默，何危站起来，拿起马克笔开始在白板上整理目前掌握到的信息。没有任何凶手的生物物证，连影子都没见到，这个人像雨夜幽魂一样神出鬼没，看不见摸不到。

“其实也不意外，老年人不太可能身手那么矫健，能钻进通风口。”何危用食指敲敲白板，“凶手具有一定的反侦查能力，没给我们留下什么有用的东西，不过这样才更有挑战性，是吧？”

会议室的人面面相觑——不，我们只感觉没什么头绪，并不会把破案当成爱好，无法和何支队产生共鸣。

“晓晓，崇臻。”

被点名的两人答应一声，何危让他们带两队人出去，一队排查陈雷的社会关系，一队去调查有没有和那个闹鬼老头特征相符的人。

“这种仔细筹划的凶杀案肯定别有隐情，酒店附近三公里以内的村庄都走一遍，别错漏什么。”

技术组的小陈来敲门，罗应送去的死者衣物检验出结果了，领口的撕裂痕迹是人为造成的，背后的刮擦痕和栏杆的锈迹一致，结合左前臂的格挡伤，足以推断出陈雷在坠楼之前搏斗的场景。

“那半个鞋印呢？”胡松凯问，“他是搏斗过程中想逃跑，半只脚踩到台阶上才想起来这是顶楼？那就不是逃生，那是求死。”

“这个可以在掷物实验里讨论。”何危盖上马克笔，“去警校里借个身高体重差不多的假人，再去一趟现场。岚姐，你要是上午没事可以和我们一起。”

散会之后，胡松凯、何危还有杜阮岚一起去停车场，胡松凯问：“你开车还是我开车？”

“随便。”

“老郑怎么还没给你配个助理，什么都得自己做。”胡松凯忽然想到什么，恍然大悟，“哦，不对，早晨我看见郑小姐又黏着你送东西了，老郑一定是故意的，给女儿制造机会，想招你做女婿。”

何危让他别乱说，郑幼清肤白貌美，又是市局局长的掌上明珠，多少人踏破门槛，哪轮得到他。胡松凯揪住他的胳膊：“你别不信啊！真的，我真感觉老郑有这个意思，你成局长女婿的话，前途不可限量啊！”

杜阮岚饶有兴趣地听着，拍拍何危的肩：“幼清温柔可爱，人长得又漂亮，配你不亏。”

“我没那个福分。”何危已经上车，点起引擎，提醒，“安全带，撞到头可不算工伤。”

何危和胡松凯在顶楼，给假人穿上死者的同款衬衫和西裤，杜阮岚在楼下，等着观察假人坠落的姿势和落地点。

“死者在起坠点附近遭到背袭，然后转身抬起手臂格挡。”胡松凯拉着假人的左臂抬起，“他想要逃走，一脚踩在台阶上，发现无路可逃，就被凶手顺手推下去了？”

“大多数人在生死关头，基于求生本能，做出的判断往往都是最有利的。”何危把假人接过来，“我倒是觉得格挡伤先产生，死者和凶手搏斗，扯掉一颗扣子，然后是想在栏杆这里向下呼救，再遭到背袭。”

假人双手扒着栏杆，被摆成挂在上面的姿势，胡松凯打个响指：“凶手想把他推下去，他在挣扎，脚踩在台阶上是为了找到支撑点！”

何危点头，和胡松凯模拟一遍现场，把假人推下去之后，对讲机里传来杜阮岚清冷的声音：“不对，落地点有偏差，在花坛前面。”

假人又被拿上来，胡松凯换了一种方法，不是推背，而是拎着脖子头朝下扔下去，落地点依然不对，偏差更大。何危摸着下巴："他是抬起一只脚当支撑点的对吧？如果嫌犯像我们所尝试的，无法从背后把他推下去，也无法将他提起扔下去，这时候就剩一种方法了。"

胡松凯又明白了，这次抱着假人的另一只腿抬起，将它掀下去。他和何危一起低头往下看，杜阮岚检查之后，比一个"OK"的手势，人就是这么掉下来的，微小的数据偏差可以忽略不计。

胡松凯擦了擦额头上的汗："看来凶手大概率是男性，一般个头娇小的女性想把一个大男人以这种姿势掀下去可不容易。"

酒店今天歇业，只有保安上班巡逻。酒店老板潘平海是个五十多岁的中年男人，留着平头，又黑又瘦。他是死者的表姑父，代表家里亲戚来问问案子查得怎么样。

"这才案发几个小时，还没破案呢。"胡松凯打量着他，"夜里你怎么没来？"

潘平海赶紧解释，去外地了早晨才刚回来，一到家听说侄子在酒店出事了，也被吓得不轻。胡松凯询问一些基本情况后，何危把姓李的保安叫过来："你们老板和经理，平时关系怎么样？"

"老板不怎么来，俺们酒店都是经理管事，"李保安神秘地说，"不过前些日子他们在办公室吵架，俺听到老板在骂经理，好像是账不对。"

"陈雷中饱私囊？"

李保安摇头："这俺就不清楚了，俺只是个小保安，哪能知道领导那些小九九。"

何危微笑，保安也露出憨厚老实的笑容。

询问结束，三个人一同回去，何危和胡松凯在路上交换意见，提到关于财务的矛盾点，也许可以顺着这条线挖下去。

回到局里，夏凉来报告，他已经看到一个星期之前的监控，终于发现不对劲的地方。

“何支队，你看，”夏凉指着被分成两块的屏幕，“左边的是 4 月 7 号之前的，右边的是 4 月 7 号至今的，是不是不太一样？”

何危眯起眼，很快便发现哪里不同。摄像头拍摄的位置有偏差，虽然乍看之下都是楼道，但仔细观察的话，还是能发现 7 号之后的摄像头右移了。

“我看东西习惯注意边边角角，看到 7 号这天，下面忽然多了楼梯拐角，对比才发现摄像头被动过。”

何危伸手拍拍夏凉的头顶：“不错，年轻人眼神就是好。每一层都是吗？”

夏凉点头，每一层都是，全部右移了微小的角度。何危拿起外套，胡松凯刚从小卖部买了瓶运动饮料回来，才拧开，就被何危拿走：“二胡，再去一趟酒店。”

说完他拧开瓶盖喝一口，皱眉：“怎么买蜜桃味的？这么甜。”

“你这顺手打劫的毛病是和隔壁的衡土匪学的吧？”胡松凯恶毒道，“我喝过了！”

何危瞄着他，那眼神摆明了就是不想搭理，废话不多说，带着他和夏凉又去了一趟盛世大酒店。保安看见警车折返，挠挠后脑勺：“警察同志，咋又回来了？”

何危锁了车：“没什么，借你的保安室用一下。”

何危和夏凉在保安室里看监控，胡松凯在楼道里，紧贴着墙，摸索监控的死角范围有多大。

“二胡，再往左一点，对，你的头再往回缩，现在这位置是什么姿势？”

胡松凯紧贴着墙壁，费劲地拿着对讲机：“我现在是完全贴在墙上，像壁虎，这个姿势往下走太费劲了，不过如果是很熟悉地形的话，应该可以走得很快。”

“你先走完一层。”

一分钟后，胡松凯从一楼走到二楼，他的身影并没有出现在监控里。在一旁看热闹的李保安惊叹：“妈呀，还能这样躲过去？俺头一回见到！”

目前已经可以初步确定犯罪嫌疑人的作案手法，何危写下几个关键性信息：男性，身材矮小，有一定武术功底，对酒店内部设施很熟悉，心思缜密，有一定反侦查能力。

云晓晓和崇臻的走访排查工作也有了眉目，回来之后，两人同时开口：“有重大发现。”

“晓晓先说。”

“是，”云晓晓翻开巴掌大的笔记本，“陈雷的家庭关系并不和睦，他老婆王翠在外面有情夫，听邻居说经常趁着陈雷上夜班幽会，昨天晚上有一辆黑色别克车停在他家路口，就是那个情夫的。”

“查到车是谁的了吗？”何危似乎想到什么，“我们去酒店，见过一辆黑色别克车。”

云晓晓点头：“队长，你猜对了，王翠的情夫就是酒店老板，陈雷的表姑父潘平海。”

第5章
隐藏的故事

没想到这一家如此复杂，表姑父和小辈的媳妇儿搞到一块儿，关键是周围邻居似乎都知晓内情，他们不仅没有离婚的打算，还能在同一个屋檐下和平共处，实在是令人惊奇。

何危倒是没什么惊奇感，他从警多年，什么样的事情没见过？大千世界无奇不有，只要有人就会有各种各样的矛盾产生。

他回想起潘平海的模样，又黑又瘦，还是酒店老板，与死者有感情和经济的双重纠纷，的确是有作案的可能。但何危根据办案的直觉，总感觉这里面别有内情。

“老何你听听我这边的，这可是意外收获。”崇臻拿出一张照片递过来，照片上是一位白发老人，年岁已高精神奕奕，只不过这照片是黑白的，乍看之下更像是一张遗照。何危问：“这是谁？”

“王富生，住在酒店附近的王家洼，一个人独居，半年前捡废品被车撞死了。他的家人都在城里，不管不问，人死了一次也没露面，丧事都是村委会出钱办的。”崇臻继续说，“出事故的那条乡间小路没有探头，又是半夜，连目击证人都没有，村派出所排查不到肇事车辆，这案子也没人盯着，一直压在那里无人问津。”

“就是人一直没抓着是吧？”何危拿着照片，皱眉，“闹鬼的就是他？”

“根据酒店员工的笔录，符合描述的就是他。这张照片是村委会给我的，你看，穿的是中山装，他们看到的鬼也是穿中山装，肯定是他错不了。”

崇臻带回来的消息让案件的侦查方向产生质的改变，一起原本可能是情杀的案件变成了复仇案，跨度实在太大。何危又翻开之前做的笔录，问云晓晓：“陈雷家里有车吗？”

“没有，但是他家院子挺大的，可以停车。我也看到有玻璃水、车蜡这些汽车用品。”

“那好，晓晓你和小夏去跟潘平海那条线，把他最近的行踪都查清楚了。”何危拿起车钥匙，“走吧，崇臻，换你跟我跑一趟了。”

王翠素面朝天地来开门，她的双眼布着血丝，客厅里堆着几个大包，都是陈雷的遗物。她连夜收拾出来，准备出殡的时候一起烧了。

“这么快就整理好了？”崇臻翻了翻袋子，“哟，剃须刀、牙刷都在里面，真是一样都没落下啊。”

王翠尴尬地笑了笑：“人都走了，留着没意思，越看越容易想。”

崇臻看她昨晚当面哭得惨烈，现在跟没事人一样，心想这对夫妻果真没什么感情，一直没离婚可能是顾着孩子和面子罢了。

何危这次过来，主要是想问问车的事。根据他的思路，既然是冤鬼索命，那必然是和交通事故有一定联系，否则也谈不上索命一说。王翠说家里原来是有一辆代步车，红色比亚迪，半年前陈雷想换车，就把它给卖了，但一直没看到合适的，购车计划也暂时搁置。

“他把车卖给谁了？”

“是去城里卖的，发票我留着的。”王翠去房间里翻找一阵，把卖车的发票找出来，崇臻收好，和何危一起出发去汽修店。

扎着羊角辫的小女孩儿在院子里无忧无虑地跳绳，看见崇臻和何危，她跑过来："叔叔，我爸爸呢？"

崇臻蹲下身，摸摸她的头发："妈妈没告诉你吗？爸爸去很远的地方了，暂时都没空回家。"

囡囡摇头："妈妈说爸爸不会回来了，她不让我哭，让我忘了爸爸。"

崇臻和何危对视一眼，对这种名存实亡的婚姻感到唏嘘，而这孩子从小生存在这种环境之下，不知道会不会有心理阴影。

发票上的修车店在市郊，经济开发区内，是一家私人开设的汽车美容店。看见发票之后，店主立刻想起来："对，这是陈雷半年前卖给我们的车。他那车之前撞过，换保险杠又做车头钣金，后来又要卖，要不是开的价低，我们都不愿意收。"

"出的什么事故？"何危拿出一包烟，给店主发一根，店主点头哈腰地接过去点起来："他说是在乡里面开车，撞死了人家养的羊，还赔了一笔钱。后来觉得晦气，就想把车卖了换辆新的。"

崇臻笑了笑："还真就信了啊？"

"这有什么不信的，老熟人嘛，他的车所有保养都是在我们店里做的，都是老主顾。"

何危问他车卖了没有，卖给谁了。说来也巧，买车的正是他们店里的一个修车工，图便宜买回家代步。修车工带着两位警官一起去家里，那辆红色比亚迪停在门口，车内车外收拾得干干净净，还镀膜打蜡，弄得像新车似的。

"买回来之后零件换过吗？"

"没有，之前就是我修的，除了保险杠换过，这车没别的毛病，开着好得很！"

"这样就好。"何危拿出手机打电话，"大部件都在那就方便多了。"

修车库里，郑幼清戴着口罩，手持喷壶，里面是配制好的鲁米诺试剂。比亚迪的保险杠已经拆下，她需要检验的是车头这一片是否有血液反应，有的话再从潜血检材里提取出DNA做分型。

喷洒过后，郑幼清站起来比个手势，门口的修车店员工把卷帘门拉下。顿时车库里的光线变得昏暗，而车辆前端出现荧光反应，呈点状和片状，分布的位置集中在保险杠上方。

小陈拿出相机拍照，郑幼清拿着棉签，动作迅速地擦拭发光位置。何危问道："已经过去半年，死者DNA提取的成功率多高？"

"潜血检材的血痕含量较少，这种小载体用M48磁珠提取法纯化提取，一般都是可以检出分型的。"郑幼清说话的时候一点都不耽误工作，半分钟过后，荧光反应渐渐消失，她将擦拭过的数根棉签封好放进物证箱里。

店长和修车工慌了："不是撞死一头羊吗？怎么……怎么会有死者？"

郑幼清摘下口罩，微笑："是不是羊很快就能知道了。"她拎起物证箱，"还需要我做什么？没事的话我就回局里找岚姐做提取了。"

何危让她早点回去，路上注意安全。虽然结果还没出来，但是刚刚看见鲁米诺试剂的反应，何危已经清楚陈雷就是肇事司机，他逃逸之后把车子卖给熟人，以为能神不知鬼不觉瞒天过海。

不过令人费解的是，王富生的家人都在城里，他们平时和老人也不联系，人死了连看都不来看一眼，又怎么会想着给他报仇？他的骨灰存放在乡镇的小殡仪馆里，存放费也是村委会出的，如果真有关系如此亲近的人，怎么会连骨灰都没有认领回去？

"有没有可能装鬼的和杀人的是两个人？"崇臻猜测，"可能老头被撞死了，有人装神弄鬼，然后杀人的那个顺水推舟，刚好可以把凶杀案伪装成灵异事件，一举两得。"

“是存在这种可能，所以王翠和潘平海还没有洗清嫌疑。”何危拉着崇臻的胳膊，“上车，去王富生家里瞧瞧。”

在王家洼村委会的帮助下，何危和崇臻找到王富生去世前住的房子。这是一栋破旧的小瓦房，屋顶连瓦片都没盖全，全用塑料布挡着，和周围的二层小楼相比显得太过寒酸。村委会主任透露，王富生的儿子把这里留着，是为了等政府拆迁，否则早就把这栋破屋拆了，连着三亩地一起卖给旁边盖大棚种蔬菜的那户了。

王富生以捡废品为生，家徒四壁，生活用品也异常简陋，屋子里唯一的家电就是一台破电风扇。崇臻掀开被子，一阵呛鼻的灰尘扑面而来，他咳嗽两声，手在空中扫几下才将灰尘赶尽。

他们在屋子里翻找，村委会主任捏着钥匙杵在门口，何危边找线索边和他闲聊，把这附近村里的八卦都听了个遍。

“王翠也是咱们王家洼的，嫁到陈家村，不安生过日子，她的事咱们这些村里的干部都清楚。潘平海他老婆，陈春华，来咱们村委会闹四五回了，让我们做主，我们也管不了啊。”

“那你们也是辛苦。”何危弯着腰，手电筒一照，发现床缝里夹着几张纸，“崇臻，过来，这儿有东西。”

崇臻把那几张纸从床缝里取出来，居然是汇款单。就在镇上邮局汇的款，汇款人是王富生，收款人名叫“陈贵”，地址在平川市。汇款时间每年不定，金额也不多，每次都是一千左右，但是以王富生的经济条件，这一千肯定是他捡废品攒了许久的积蓄。

村委会主任也不清楚这个“陈贵”是谁，他们王家洼里没有叫这个名的，说可以去前面的陈家村看看。崇臻捏着眉心：“这案子跟扯线团似的越扯越多，咱们还要请平川市局协同办案？”

“查案不就是这样，你第一天干刑侦？天南海北跑得少了？”何危捏着汇款单，“协同调查还得打报告，哎，你不是有个同学去平川了吗？”

崇臻摸根烟衔嘴里：“我都多久没和人家联系了，他结婚那天我在外地抓一个持械抢劫的悍匪，没去成。孩子满月酒那天可是你把我扣在夜总会外面蹲点的，放人两次鸽子，我哪好意思开口就提帮忙的事。”

何危笑了笑：“特殊情况特殊对待，咱们当刑警的，任务说来就来。我妈过五十岁生日那次我还在分局，回去路上撞到持刀抢劫，不仅她老人家生日没过成，我还进医院了，气得她半个月没理我。”

崇臻叹气：“干一行爱一行啊。”他翻出那同学的号码，去大榕树下面打电话，过了会儿回来，“去查了，有消息就告诉我。”

天色已晚，何危开车载着崇臻，去的是宿舍的方向，崇臻奇怪：“你这工作狂人不回局里？”

“回去洗澡，”何危揉了揉脖子，“在局里办案就忘了时间，两天没洗了。”

“才两天就要洗了？”

“……”

第6章

风波再起

云晓晓风尘仆仆地回来，夏凉跟在后面：“晓晓！你等等我啊！走那么快。”

“汇报工作还磨磨蹭蹭，你这速度去漫展都得找代购。”云晓晓敲开支队长办公室的门，“队长！都查清楚了！”

何危正在看检验报告，比亚迪上提取出的DNA和王富生儿子的DNA做过比对，确定亲缘关系，肇事司机毫无疑问就是陈雷。刚好云晓晓他们又回来了，何危招招手，让她过来说。

夏凉跟进来关上门，云晓晓掏出办案专用小笔记本：“潘平海最近这段时间经常出差，天天不着家，去和王翠约会。他们俩在一起有几年了，当初陈雷发现后，不仅没有和王翠离婚，还借着这个机会，进入盛世大酒店当经理，也不管王翠和潘平海的事，听说连女儿都不是他的。”

夏凉接着说：“然后去年他得寸进尺，挤走财务掌握财政大权，开始中饱私囊。潘平海知道之后和他大吵过几次，但都没有闹大，为了王翠能忍就忍了，三人继续保持着这种畸形的关系。陈雷死亡的那天晚上，潘平海的确是从沐阳县回来，照旧去王翠那儿，两人一直在一起，没有离开过家里。”

何危手中的笔转了两下：“他们等同于亲属关系，不能给彼此做不在场证明。”

“也有邻居做证，没见他们出门。而且那晚还出了件事，王翠没有说，陈春华去他们家捉奸了。她早就不能忍受丈夫在外面有情人，还是家里亲戚，去王家洼村委会找村主任做主，村主任也帮不上忙，她憋着一股气，没事就自己去闹。”

何危明白了，敢情那晚是三个人的电影，难怪王翠和潘平海都不说实话，这事儿传到乡里该有多丢人。他们守口如瓶，都不提见过面的事，可惜邻居对这边的动静一清二楚，在云晓晓和夏凉的逼问之下，王翠才扛不住压力全撂了。

“王翠和潘平海有理由隐瞒，陈春华为什么要瞒着？陈雷死了跟她也没什么直接关系吧？”

听何危问出这个问题，云晓晓眨眨眼：“队长，这就是我们这趟出去最大的收获。”夏凉扑到桌子前面：“闹鬼的事弄清楚了！”

原来酒店闹鬼那回事是陈春华的主意，她因为潘平海不着家，钱又给小情人花，心里气不过，就想出这种主意，让他的酒店做不成生意。她找到老实巴交的李诚贵，看中他是酒店保安，方便装神弄鬼，但李诚贵胆子小，又特别迷信，这件事谈了几次，价钱加了又加，才勉强答应。

恰好王家洼半年前一个老头出车祸死了，陈春华就让李诚贵装成他，但李诚贵装了几天就不干了，钱退了回来，说是不小心真的把老头的鬼魂招来了。陈春华不信，结果自己在酒店里亲眼见到，差点吓破胆子，因此听说陈雷被鬼害死，她才是最胆战心惊的，怕扯到自己身上来。

她指天发誓杀人的事跟她没半毛钱关系，也不会是李诚贵干的，那保安胆小又迷信，人还没杀呢，就先把自己吓死了。

何危轻轻点头，细细琢磨调查到的这些信息，总感觉中间漏了很关键的一环。这个案件虽然只死了一个人，但是张家长李家短弯弯绕绕，像是无数个饵扔在河里，鱼线纠缠在一起，还没摸出来到底鱼咬的是哪个钩。

办公室的门又被敲响，何危喊一声：“进来。”

崇臻推开门：“刚刚我同学回信了，王富生汇款的地址是一对母子居住的，儿子叫陈贵。后来母亲改嫁，儿子也改名了，叫李诚贵。”

“晓晓，去找郑局开搜查令，让二胡带一队人去李诚贵家里搜查。”何危“唰”一下站起来，拿起车钥匙，“崇臻，跟我去盛世大酒店！”

李诚贵买了一束花，来到乡镇殡仪馆。殡仪馆的工作人员问他是谁的家属，他想说“王富生”，后来还是忍住了，报上自己爷爷的名字。

他的爷爷是陈家村的人，和王富生有多年的交情。爷爷走后，王富生就把他当成亲孙子一样看待，捡废品的钱攒着给他买玩具，等到稍大一些，他跟着妈妈去了平川，每年不定时还是会收到汇款。王富生省吃俭用，几乎是掏心掏肺地对他这个没有血缘关系的“干孙子”好。

等到他终于有能力接老人一起去平川颐养天年，没想到传来噩耗，王富生在村里发生交通意外去世。子欲养而亲不待，肇事司机一直没找到，派出所警力有限，李诚贵辞了工作回到升州，在盛世大酒店里当保安，想通过自己的力量找到肇事司机。

他来这儿两个多月，一直没什么头绪，无巧不成书，老板娘让他装神弄鬼，居然误打误撞得到车祸的消息。

“你就装成王家洼那个老头，人死半年了，司机也没找到。我感觉和那个狐狸精家里有关，不然陈雷卖车干吗？好好的车说卖就卖，肯定有问题！”

李诚贵心思一动，答应扮鬼的事，在惊恐的酒店众人中，陈雷最特殊，大叫着“我不是故意的”，算是露了馅。后来有一次两人喝酒，他酒后吐真言：“一个老头害我损失一辆车”，那语气懊恼中带着嫌弃，没有半点后悔之意，李诚贵咬牙，已经动了杀心。

他继续装成冤鬼，趁着断电移动摄像头，又利用值夜班的时间训练走死角。幸好他小时候练过武术，身体柔韧性好，这些都难不倒他。一切筹谋完善，在一个雨夜，他终于决定下手，为王爷爷讨回一个公道。

李诚贵将这束花放在无人认领的片区，对着王富生的骨灰盒鞠躬。逝者已逝，活着的人还要面对明天的太阳，原谅他还不能将骨灰带走，等到案件平息之后，他一定会找一块好墓地让王爷爷入土为安。

离开殡仪馆，李诚贵骑着电动车回酒店，又在酒店门口看到那辆熟悉的吉普，何危和崇臻正靠在车门上。

“两位警官，又来俺们酒店查案啦？”

何危点点头，崇臻一手搭着车门，问：“去哪儿了？咱们在这大太阳下面都快晒成人干了。”

“去殡仪馆，今天俺家老爷子忌日，俺去尽个孝。”李诚贵掏出钥匙打开保安室的门，放两位警官进来。何危和崇臻，一起走进去，李诚贵拿着保温杯灌水，何危站在他身后，拉张凳子坐下。

“你是去看哪个爷爷？王富生还是陈华？”崇臻关上了门。

李诚贵动作一顿，憨憨笑道：“俺爷爷就是陈华，王富生是谁？”

崇臻拿出手机，点开几张照片，摆在他面前：“都到这份上了，还装什么傻。这是在你家搜到的，假发、中山装、塑胶手套、鞋套，给个解释呗？”

李诚贵看向崇臻和何危的眼神变了，他不再是那个老实巴交的保安，仿佛换了个人一般，沉稳冷静，不见丝毫慌乱：“那是老板娘托我装神弄鬼，吓唬店里客人用的。后来我不做了，东西没扔，这也不行吗？”

崇臻笑了，语气懒散甚至有些漫不经心：“行，在没有造成人员伤亡和财物损失的情况下，这种行为只会教育。不过你杀了人，这就不是教育能解决的吧？”

“我连天台都没去过，怎么杀人？”李诚贵和他对视，“有我的指纹吗？有我上去的痕迹吗？”

崇臻严肃起来：“还嘴硬？现场发现的纽扣可以和那件中山装做同一认定！你以为狡辩就有用了？现在轻口供重证据，只要证据链完整，零口供照样可以定你的罪！”

“原来我一直在想袭击陈雷的凶器是什么。”一直沉默的何危站起来，走到李诚贵身边，伸手去拿他挂在腰间的橡胶警棍。李诚贵猛然伸出手按住，何危笑了：“这么重，是定做的吧？市面上一般不会有这种规格。对了，你既然懂些反侦查的知识，那了不了解现在痕检的技术有多先进？事物接触必然会产生分子交换，只要粘上皮屑就能查出 DNA，哪怕你进行过处理，也能检测出来。”

李诚贵的脸一直绷着，时间一分一秒过去，何危也不急：“你有孝心，只不过方法用错了。”

李诚贵沉默片刻之后，如释重负一般：“这根警棍当初在网上找人家定做还费了不少嘴皮子，不过效果不错，一棍子下去，陈雷就直叫唤，听得舒服。”

刚泡的茶还没来得及喝，他站起来，伸出双手：“走吧，今天我已经去看过王爷爷，没什么遗憾了。”

盛世大酒店的灵异凶杀案，保安李诚贵作为犯罪嫌疑人，被戴上手铐送进警局。进审讯室之前，李诚贵回头看着何危，微微一笑：“何警官，你帮过我的，不过没想到，居然还会是你抓的我。”

何危一愣，刚想问他什么意思，人已经进了审讯室。崇臻拿着警棍研究：“哎，老何，技术组那儿的设备真那么先进？指纹和皮屑擦干净都能验出来？”

“我怎么知道。”

“……那你还说得跟真的似的！”

“吓吓他啊，这也是办案的一种手法，学着点儿。”

坠楼案终于结束，今晚难得不用加班，何危请队里的同事聚餐，云晓晓没有参加，她晚上约好去美容会所，拯救一下暗淡干燥的肌肤，明天可是要去听男神演奏会的。

夏凉摇头叹气，给何危倒啤酒："真是弄不懂，看什么男神，男神不就跟咱们坐一块儿嘛！"

胡松凯挂住夏凉的脖子："哎，你小子好像对晓晓追星很有意见啊？吃醋？"

夏凉瞬间脸红，焦急辩解，崇臻拍拍他的肩语重心长道："理解，谁还没个春心萌动的时候，对吧？"

聚餐一直闹到半夜，何危喝得有点多，回宿舍之后倒头就睡，凌晨3点又给电话吵醒。

"何支队，您快过来，城南公馆发生了一起枪杀案！"

何危混沌的大脑瞬间清醒，他爬起来三分钟将自己收拾干净，拿起外套就出门。走了两步，又转身快步跑到走廊尽头的房间，用力拍门。

"崇臻！快起来！出现场了！"

第7章

枪杀现场

这起枪杀案的案发地点，是立在城南伏龙山的一座富丽堂皇又阴气逼人的老宅子。

这座宅子掩隐在苍翠山林间，自带喷泉小花园，门窗是巴洛克风格，雕刻精美，但是数年无人打理，饱受风霜的侵袭，锈迹斑驳，莫名添了些阴森恐怖的味道。这座宅子的户主是本市有名的大企业家，后来不知为何全家移民，宅子也没卖掉，这么大一座公馆一直被废弃在山里，渐渐成了周围居民口中的“鬼屋”。

公馆估计已经有十几年没有这般热闹了，外面一圈围着警戒线，几名警员把守。护栏那儿站着一群学生，满脸惊恐地抱成一团，正是他们发现尸体报的警。此刻深更半夜，却有不少人鬼鬼祟祟蹲在公馆外面，何危扫一眼后心里有数，是记者来了。

“人民警察为人民，人民也不能不让咱休息啊。”崇臻打个哈欠，一脸倦容，挑起警戒线。何危跟着进去，戴上塑胶手套，顺便递一副给他：“你这休息也休息得太彻底了吧？我十分钟才敲开你房门。”

“我喝得比你多，睡得沉不是应该的吗？”

“谁把你灌醉？谁让你伤心流泪了？自己灌自己还喝那么带劲。”

“哎，你这人就没意思了，懂不懂什么叫‘中年危机’？一看就是只知道查案没心没肺，白瞎了这么好看的脸。”

两人说着踏进公馆那扇对开大门，刚一进去，便有一阵阴风刮过，崇臻搓了搓胳膊：“别又是闹鬼的案子吧？最近我火点低，我奶奶说我容易遇见脏东西。”

何危抬头观察室内结构，公馆分为上下两层，客厅相当大，左右两边各有一条长而宽的螺旋楼梯通往二楼，这格局像极了电视剧里常看到的豪门别墅。不论是从镏金栏杆还是屋内精美的装饰雕刻，都能想象出这座公馆当年的豪奢华美，只可惜如今已物是人非，荣光不再，入眼之处皆是破败景象。

崇臻左右张望，惊叹：“嚯，这厅是不是比你们家的还大？都够开大会了！”

“何止是大会，追悼会都够了。”何危在楼下环顾一圈，现勘同事还没到齐，郑幼清和云晓晓都不在现场，杜阮岚带着小徒弟罗应每次都冲在最前面，他们在客厅中央，已经开始做初步尸检。

小陈蹲在地板上提取鞋印，崇臻一低头：“哎哟，怎么踩得这么乱，还能分得出谁是谁吗？”

“这个现场是那些来探险的学生发现的，从门口进来的印子还算清晰，到了这儿，估计看见尸体了，好家伙，吓得乱跑乱窜，专门考验我们痕检的专业能力。”小陈叹气，“不少都叠在一起，干脆全部弄回去慢慢分得了。石头，拿塑料膜来！要大块的！”

难怪这些学生会跑到荒郊野外，原来是探险来着。只可惜出师未捷身先死，刚进来就撞见一具尸体，恐怕这辈子都不敢再玩什么鬼屋探险密室逃脱了。

崇臻打着手电在楼下房间搜查，何危走到陈尸处，向下扫一眼，一张极其好看的脸映入眼中。

这是一个年轻男人，笔直地躺在地板上，尸体周围散落着喷溅状血迹，身下还有一摊血。他的双眼紧闭着，五官俊美，从鼻梁到下颚的每一个角度都无可挑剔，像是上帝精心雕刻的杰作。如此精致夺目的长相，若是睁开双眼，必然会将众人的视线吸过去，哪怕此刻他面色灰白、毫无生气地躺在那里，也有一种凄凉颓废之美。

见过那么多尸体，何危心里冒出一种从未有过的古怪感：英年早逝，真是可惜。

“岚姐，什么情况？”

“尸僵高度强盛，角膜中度混浊勉强透视瞳孔，指压尸斑还有部分可褪色，初步推测死亡时间在 24 小时之内。”杜阮岚拨开男子染血的衬衫，露出一个血洞，“左胸口有一个约 7 毫米的圆形创口，创口周围有微红色冲撞轮，孔洞内缘还有黑色擦拭圈，全身只有一个创口，看样子是被一枪毙命的。而且他是被人摆得这么整齐的，周围的喷溅状血迹也有点奇怪，等下让人测一下现场的血液反应，确定一下这儿是不是第一案发现场。”

“枪法这么好？行内人啊。”何危蹲下来，观察着创口，“这个大小的创口哪种枪都有可能造成，64 式、77 式、54 式，都有可能。弹头和弹壳有找到吗？”

“弹头在体内，弹壳胡松凯在找呢。”杜阮岚在箱子里摸到手术刀，“要切开取出来吗？”

何危倒是无所谓，看杜阮岚的意思。现场条件比不上解剖室，先把子弹挖出来没按着解剖流程走，也不知会不会影响她的后续工作。杜阮岚想了想，手缩回来：“还是带回局里吧，等会儿晓晓来见到了，肯定得哭死，咱们就别当面刺激小丫头了。”

“为什么？”何危好奇，“她认识死者？”

“有几个小姑娘不认识的？”杜阮岚看他的眼神带着嫌弃，“没看见外面来那么多记者吗？都是为了他。这人就是那个大明星钢琴家，程泽生。”

云晓晓红着眼眶出现场，她打从进门开始就情绪低落精神萎靡，好几次悄悄擦眼泪。何危看不下去了：“晓晓，要不你今天先回去休息吧，明早再去局里。”

云晓晓摇头，倔强地说道：“我不，我要在这里搜集证据，亲手抓到那个凶手！”

崇臻低声和何危嚼舌：“晓晓是动真感情了，这么伤心，我还当躺在那儿的是她男朋友呢。”

夏凉悄悄凑过来："阎王爷办事就是利落啊，人家演奏会在今晚，他提前一步把人带走去他们那儿开了。"

何危虽然不追星，但局里年轻的小丫头也不少，像晓晓这样舍得花钱去看演奏会的不在少数。所谓"爱他就为他打钱"，在追星女孩身上体现得相当彻底。

云晓晓最近才迷上程泽生，她都难过成这样，可想而知等外面的记者将消息一公布，在全社会得造成多大的轰动。听说程泽生还不是普通的钢琴家，他为国争光拿过大奖，现在他被人枪杀，这个案子说不定省厅都要派人来盯着。

初步尸检结束，程泽生的遗体被移回局里，那堆血迹的位置上只留下一圈白线。杜阮岚还特地躲着云晓晓，和何危打招呼："这个案子比较特殊，我回局里先干活，你回来之后就过来，等你一起解。"

何危点点头，这座公馆太大，出动了两组人一起做勘查，目前还没有侦查结束。胡松凯和夏凉在楼下找弹痕、弹壳以及凶器；崇臻和何危去二楼房间搜查，查找有用的线索；云晓晓坚持在岗，拿着小本本，去给外面那群学生做笔录。

这座公馆里只留有几样破家具，楼上几乎每个房间都给搬空了，能被剩下的都是橱柜和装饰品，没什么搜查价值。崇臻随手在柜子上一抹，那灰得有几寸厚，从楼梯开始跟雪似的铺得满满一地，压根就没人上去过。

"看来凶手和死者只在楼下有活动。"何危推开生锈的铁窗，向后花园看过去，"下面的草都长到半米高了，而且也没有踩踏的痕迹，后院的门没有被动过，凶手杀了人之后，是大摇大摆从正门离开的。"

崇臻站在他身旁眺望远方："风景真不错，空气也好。周围都是山地，这两天也没下雨，一个大活人离开这里，肯定是会留下一点痕迹的。”

去山上搜查只能等天亮之后，两人从楼上下来，空手而归。崇臻乍一眼瞧见胡松凯趴在沙发那儿撅着屁股，抬腿踢一脚：“二胡，你干吗呢？”

“你要死了，老胡屁股踢不得！”胡松凯冲他招手，“你过来看看，下面亮晶晶的是什么？”

“怎么着，还能找到宝藏？”崇臻跪在地板上，趴下去将手电筒打到柜子下面，“圆圆的，还会反光，像是玻璃或者水晶，得拨出来看看才知道。”

夏凉摸了根棍儿递来：“两位哥哥，用这个。”

崇臻用小细棍拨了几下，把那圆圆的玩意儿给拨出来了——一颗朴实无华、平平无奇、市面上随处可见、五块钱买一袋的玻璃弹珠。

三人盯着这颗充满童年回忆的玻璃弹珠，崇臻打开手电仔细观察，以它的干净程度，很有可能是从死者或是凶手身上滚出来，掉到地柜下面去的。

“聚在这儿干吗呢？”何危走来，瞧见他手里的弹珠，里面的花纹是红白的，笑道，“这种的我有。”

“谁没有呢？我小时候一买就是一袋。”崇臻递给夏凉，“找小陈要个袋子装起来，交给他们技术组。”

胡松凯捶捶腰：“老了，才干这么点活就腰酸背痛。”

何危问：“弹壳和枪找到没？”

“没有，我几乎是趴地上地毯式搜索，充当人工吸尘器了。”胡松凯纳闷，“地板、墙上一个弹痕都没有，看来凶手真的一枪就把人打死了，相当干净利落啊。”

“要不怎么说是行家呢。找不到也没事，等岚姐把弹头挖出来，确定枪支型号，再根据伤口判断出射击距离，大概就能重建现场了。”

何危抬头看了看，郑幼清还没来，便招呼小陈配鲁米诺试剂，测一下现场的血液反应。

喷洒之后，荧光反应集中在陈尸处，而喷溅血液的分布却很奇怪，尸体偏右侧的地面上有一片不规则形状没有血液。拍照结束之后，何危蹲下身，闭上眼在脑中模拟场景，渐渐确定——还有其他人，除了凶手和死者，还有第三者在现场。

不过第三个人存在的痕迹明显被打扫过，尸体周围没有留存什么足迹和指纹，更让人奇怪的是，既然想掩盖的话，为什么不做得彻底些，干扰鲁米诺试剂扰乱警方视线岂不是更好？现在的犯罪分子信息渠道多，拿着手机都能查到不少方法。

既然知道凶手可能存在两人以上，那周围山路的搜索更加重要。何危刚走出公馆，便有一名染着棕发的美女记者扑过来，大眼睛扑闪，对着他放电：“何支队，还记得我吗？我是去你们市局做过专访的顾萌。”

“不记得。”何危瞄着她的相机，提醒，“命案现场不让采访，正在调查的内容无可奉告，回去吧。”

顾萌扁着嘴，还想跟他套两句近乎，但何危已经点了几个人带去山上搜查了。

站在门口目睹一切的胡松凯摸着下巴：“啧啧啧，人之初，性冷淡。”

“有洁癖，爱查案。”崇臻不解，“怎么漂亮小姑娘都喜欢和他死磕？”

不懂中年男人惆怅之意的夏凉歪着头：“可能是因为何支队颜值高吧？”

“……”胡松凯和崇臻各自赏他一个爱的暴力，小孩子瞎说什么大实话，真不讨喜。

第8章
另一个现场

午后阳光灿烂，斑驳树影投在废弃公馆的门前及后花园，喧嚣人声打破数年沉寂，渐渐将这座在苍郁森林里沉睡的公馆唤醒。

这个时间，来看热闹的除了附近村民之外，还有来伏龙山爬山的游客。这座公馆一直废弃着，被附近村民当成鬼屋，没几个敢靠近。今天是两个外地游客在这儿歇脚，发现山里还有这么大一座公馆，好奇去查看，透过窗户，恰好瞧见一双脚在沙发边一动不动，吓得立刻报了警。

公馆门口已经停了三辆警车，警方办案，围观路人都给赶到警戒线之外。忽然，一辆黑色越野车一个急刹停在警车后面，下来一个个高腿长的男人，身高至少在一米八以上，藏蓝色风衣气派拉风，发色和眸色皆是浓重的墨黑，无可挑剔的五官搭成一张俊美无俦的脸，带来强烈的视觉冲击，仿佛一颗宝石在肆无忌惮地大放异彩。

围观群众窃窃私语："这是在拍电视剧吗？明星都来了。"

"没见着摄像机啊，而且隔壁老王真的看见有死人的！现在电视剧这么猛？敢用真的尸体？"

"可是你看，小伙子根本就不像来查案的嘛！"

"对啊，是走过场的吧？长这么好看能破案？"

程泽生对这些讨论置若罔闻，捏着证件进入现场，队里的小新人向阳立刻跑来："程副队！您来得真快！"

"废话，闯了三个红灯，回去之后你到交管处说明情况，把违章销了。”程泽生脱下风衣递给向阳，戴上手套穿上鞋套，“死了几个？死者身份查明了吗？”

“一个，随身没有携带任何证件，柯姐录过指纹去库里比对了。”

程泽生走进公馆，现场来了两队人勘查，侧身躺在沙发旁的年轻男人正是死者，看上去二十几岁，身份不明。他的身上没有什么外伤，只有脖子那儿有一圈深紫色勒痕，手上还拿着一条崭新的麻绳。

“大帅哥，你怎么有空来了？不是在陪美女喝咖啡逛街的吗？”江潭阴阳怪气道，“是不是成了？恭喜你，脱离我们单身狗群体，小心局里去死去死团的火把攻击。”

“成什么成？我是被谢文兮那个丫头拉去做苦力，难得的周末我不想在家休息？”程泽生蹲下来，“什么情况？”

“面部青紫肿胀，双眼球睑结膜有密集针尖状出血点，颈部可见横行索沟，绕颈一周边界清晰，深浅基本一致。四肢甲床紫绀，尸斑呈暗紫色，暂时符合机械性窒息的死征。”江潭继续说，“还没解剖，不排除有重大疾病、中毒致死，还有重要器官损伤引起的机械性损伤死亡。”

向阳抱着风衣，也蹲下来，小心翼翼地问：“那按您的直觉，他是怎么死的？”

“直觉在真相面前不顶用！”江潭摘下口罩，露出一张白皙清秀的娃娃脸，“就算是窒息也不是自勒死亡，90% 是谋杀。今天什么鬼天气，怎么这么热？”

徒弟柳任雨递来一包纸巾，微笑：“老师，今天有 30 度，快入夏了。”

“死亡时间？”程泽生问。

江潭抽出一张面纸，擦着鼻尖上亮晶晶的汗珠：“根据尸体表象来看，死亡时间超过一天了，估计是昨天凌晨2点到5点，详细时间要等解剖之后才能确定。”

程泽生低头看去，男子的脸部略有肿胀，但也掩盖不了周正秀致的长相，技术组的成嫒月拿着袋子搜集在地上找到的头发，低声嘟囔：“不光红颜薄命，蓝颜也是如此，这么帅死了真可惜。”

英年早逝，是挺可惜。程泽生站起来：“小潭子，你查好之后就把人带回去吧，天热摆坏了就不好了。”

江潭爹毛了：“不是告诉过你不准这么叫我的吗？！叫我江法医或者江科长！”他两手往白大褂的兜里一揣，气呼呼地吩咐，“小柳，把尸体带回去，咱们回局里吹空调去。”

说完雄赳赳气昂昂地走在前面，一米六的小个头还走出了一股威风劲儿。

程泽生莫名其妙，问柳任雨：“他怎么了？今天跟吃了火药似的。”

柳任雨笑了笑：“没什么，就是来现场之前又收到红色炸弹，他们那一届单身群就剩他一个真正单着了。”

这座公馆上下两层加起来将近四百平方米，门窗完好，后门也没有被动过，乐正楷带了两人在楼上查看，过了会儿站在楼梯口，对着程泽生摇头：“头儿，什么都没有，凶手压根就没上楼。”

柯冬蕊捧着小笔记本电脑走过来：“程副队，死者的指纹在指纹库里有记录，这是对比结果。”

程泽生看向屏幕——何危，男，32岁，汉族，籍贯和身份证登记的地址都在升州市，是本地人。

“找他的家人去局里认尸，确认身份之后再去排查社会关系，最近和谁接触，什么原因跑到荒郊野外来，查清楚了。”

柯冬蕊点点头，按着副支队的指示做事。程泽生继续勘查现场，向阳一直跟在他的身后打转，他刚被分到刑侦队，做的都是打杂跑腿的活，老支队长现在人在病中，特地让他多跟着程泽生，学一学破案的本事。

“你感觉现场有几个人？”程泽生忽然问。

向阳低头看着鞋印：“两个吧，有两组鞋印。”

楼下客厅的地板上明显留有两种不同的鞋印，成媛月已经采集了一部分，程泽生让她先去忙别的，便蹲在地上一直盯着这片掺杂在一起的复杂足迹研究。

“确定是两个？再仔细看看。”

向阳蹲在另一侧，仔细观察着鞋印，他抬头看看从门口过来的足迹，明显是两人一起走进来，先往右边的阳台拐过去，然后到达客厅中央。其中一组足迹在这里断开，另一组足迹延伸大约一米的距离后，鞋印变得杂乱，但重叠踩踏的部分却都是这一种鞋印。

“按照你的想法，如果是两个人的话，那就不存在搏斗。这种情况下，应该怎么造成这么复杂的踩踏痕迹？”

向阳小心翼翼地回答：“……跳舞？”

“……”程泽生在他的头顶捋了一把，“来，你跳给我看看。这里面还有半块的，被害者跳的是不是还是小天鹅？”

向阳尴尬不已，对程泽生嘿嘿一笑：“程副队，您怎么看？”

“这一组鞋印的长度是28厘米，赤足长度在25厘米左右，正常人的脚和身高的比例是一比七，估测鞋印的主人身高为175至179厘米，鞋纹也和被害人脚上的运动鞋相符。”程泽生用手比了一下范围，“这一片都是同样的足迹，但是你仔细观察中间几块掺杂的脚印，右边这部分，前面一小半鞋印，后面又是整块鞋印，并且那小半块鞋印足尖深，A字向后变浅，猜想一下，什么样的情况下，会形成这种足印？”

“前深后浅……后半截是被东西挡着，”向阳睁大双眼，“被害人后脚跟踩在——另一个人的脚上？！”

“幸好你没说踩在自己脚上，或者问我为什么不可以自己创造出这种效果，不然我真要让黄局把你退回警校重造了。”程泽生叹气，“不是踩着那么简单，你再仔细看看前方，大约半米不到，有什么异常？”

向阳顺着他指的方向看过去，只见那里的地板上有一块近圆形状异常光亮，在这个铺满灰尘的地板上显得很突兀，明显是有什么物体曾经放在上面。那片痕迹的位置和鞋印在一条直线上，向阳在思考当时会是什么东西放在那里，不规则形状，直线距离不超过半米……

忽然，他的腿弯被程泽生扫了一下，猝不及防跪到地上。向阳轻呼一声，委屈地回头看向副支队长，刚想说“想不到不至于体罚吧”，忽然脑中灵光一闪，低头看着自己的膝盖，惊喜道：“程副队！我知道了！被害人是跪下来了，那块不规则的近圆形状是膝盖印！”

“根据已经知晓的信息，你还敢说现场只有两个人？”程泽生将他拉起来，“你来重建一下。”

“现场有三人……最少有三个！被害者在我们站的位置和歹徒搏斗，从背后被套住麻绳勒紧。”向阳绕到程泽生的身后，假装有根麻绳套在他的脖子上，“然后凶手为了加快被害人的死亡，强迫他跪下，形成一个高度差，勒死被害者——”

“别这么快下结论，这儿肯定还没勒死呢，不然也不会挪到沙发那边了。”程泽生拍拍他的背，“看现场最讲究仔细，别看见鞋印一样的就判断属于一个人，你现在说说，从脚印得到的凶手大概体征是什么样的？”

向阳推测："身高体重和被害人相仿，穿的鞋也一样，应该是同龄人，也许爱好都是一致的……很有可能是身边亲近的朋友或是兄弟姐妹。"

程泽生又捋一把他的头发："抓住线索就去查啊，咱们查案就是不能放过任何一种可能，有时候一些看起来不着边际的线索恰恰就是破案关键。你以为是看几集动画片就能做推理之神了？"

"是！"

向阳敬个军礼，乐颠颠地跑走了。乐正楷已经倚着楼梯欣赏了半天，笑得肚子疼："向阳真倒霉，有你这么个暴君师父，每次看你调教徒弟我都得笑半天。"

程泽生摘下手套，他这是负责任，谁让黄局把这个刚从警校毕业的孩子塞到他手里，当年他也是给老支队长一路骂过来的，现在只是把这个"优良传统"给传承下去而已。

"不过这个现场真的挺奇怪的，"乐正楷托着腮，指着从门口到客厅中央断掉的鞋印以及刚刚程泽生调教向阳分析的那片复杂鞋印，"泽生，你跟我透个底，你到底怀疑现场有几个人？"

程泽生比了一个数字，乐正楷点点头，两人不谋而合。

"这个案子不简单，我预感可能会发现一些不一样的东西，超出我们的理解也说不定。"程泽生把手套扔进会统一销毁的塑料袋里，"我先回局里，外围情况你自己斟酌，不行就用警犬。"

乐正楷说现场这儿交给他，让他放心走，赶紧回去和江法医解剖尸体吧。

第9章
可能是同行

何危回到局里，天已经大亮。程泽生的家人来认尸，他的父亲在J国，已经订了最快的机票赶回来，只有母亲丁香一直跟着儿子到处跑，陪他开巡回演奏会，这下白发人送黑发人，丁香瞬间崩溃，扑在尸体上不肯放手。

今天的市局比往常还热闹，各大媒体不知从哪儿得到消息，一起守在门口蹲着。何危挑开百叶窗帘，看见楼下黑压压的人群，叹气："这下压力大了，是不是要上紧箍咒了？"

"死者是社会名人，还是枪杀，造成的社会影响恶劣，上头肯定要有指示。"郑福睿一手拿着保温杯，摸了摸半个光亮的头顶，"还有媒体盯着，这些玩笔杆的都不是省油的灯，咱们稍有什么做得不好，马上就开始指点江山了哟。"

何危笑了笑："还是您老有幽默感。行，案子我先查着，有什么'指示'您直接下达就行。"

说完他便准备离开局长办公室，却被郑福睿叫住："哎，小何，还有一件要紧事。"

何危回头，郑福睿拉开抽屉，从里面摸出一把钥匙扔过去。何危伸手接住，只见上面用水笔写着"404"，郑福睿拧开保温杯喝一口："这是新公寓的钥匙，地址你应该知道吧？挨着新城市广场，叫'未来域'。"

“那儿房价可不便宜，怎么舍得给咱们盖宿舍的？”何危晃晃钥匙，“就没别的楼层了？这数字听起来就不吉利。”

“你不是最不信这个的吗？”郑福睿露出笑容，“那栋楼是个七层的小高层，我去看过了，四层不高不矮，采光足不潮湿，旁边几乎都给省厅那边的人挑走了，我能给你争取到这层都是靠面子。”

“而且正常分配是两人一个屋，我知道你爱干净又喜静，给你一人一个屋，还不行吗？”

何危笑出声，点点头，行行行，他开个玩笑而已，绝对不是挑，住哪儿不是住。

郑福睿让他这两天就搬过去，把原来的那间宿舍腾出来，还有人等着住呢。何危哭笑不得：“老郑，我手头的案子都没断过，哪有时间搬家？要不你找人把我的东西一起搬过去得了，我也没什么要带的，篮球和掌机别弄丢就行。”

“你小子，给你安排好新房子，没说一声谢，搬家还赖上我了。”郑福睿摆摆手，“行行行，春天是犯罪高发季节，你们刑侦队最近忙得脚不沾地，我作为领导要充分理解！”

何危连谢三声，感谢领导无微不至的关怀，再指指楼下，暗示领导派公共关系科去处理，有记者碍事查案都束手束脚。

停尸间里的哭闹声终于停止了，丁香办过认尸手续，被带去会客室休息。她哭得上气不接下气，女警员正在安慰，看见何危走进来，打了声招呼：“何支队。”

丁香听到这个称呼，立刻抬头，通红的双眼盯着何危，扑过去“扑通”一声跪在地上。

“支队长，求您一定要尽快找到凶手，查明真相，为我儿子报仇雪恨！”

何危赶紧把她扶起来：“您快请起，打击犯罪是我们应该做的事，刚刚局长才找我谈过，这件案子我们刑侦支队一定全力以赴。”

“我只有这么一个儿子，好不容易养大，还没看着他成家立业，一转眼居然阴阳两隔了……”丁香的眼泪一颗颗滚下来，她拿出手帕擦拭，声音嘶哑，“我们家泽生模样好脾气也好，温文有礼，老天爷不长眼，居然让他年纪轻轻走在我们前头，我都想下去陪他，活着也没什么意思。”

“程夫人，逝者已矣，生者如斯。当务之急是想办法破案才对。”何危倒了一杯水递过去，“您能和我聊聊程泽生最近的行踪吗？”

杜阮岚坐在椅子上，手里捧着一小块四四方方的慕斯蛋糕，细嚼慢咽地品尝。她的面前摆着一本图册，各式各样的尸体令人眼花缭乱，非常重口且“下饭”。这并不是法医学那本重要的检案参考《尸体变化图鉴》，而是杜阮岚从业多年自制的一本图鉴，每一年都会重新修正一次，把经手的新案件的尸体图片加进去。

门被推开，何危走进来：“岚姐，打扰你赏尸了，咱们什么时候开始？”

“等我吃完，还剩两口。”杜阮岚指着身后的解剖床，“你先换好装备，去那儿等着。”

罗应从与解剖室相连的小门里探出脑袋：“何支队，您既然来了，还需要我做记录吗？”

何危从挂钩上拿起一件蓝色防护服穿上：“要啊，我不是来当观众的，给岚姐打下手也没办法做记录。”

罗应拿着录音笔和纸笔从小门里出来，腼腆一笑：“何支队您厉害，什么都会。听说以前有特殊情况，您现勘、解剖带查案一条龙全包了，一个人就能组成一支刑侦队。”

“那是，阿危可是从最基层的派出所一路升上来，在群众中成长起来的，什么没见过什么没做过？”杜阮岚吃完最后一口蛋糕，把盒子扔进垃圾桶里，“现在技术发达，查案的辅助设备与时俱进，新一批警员都是技术知识大于实践经验，警队也要求分工细致，专精一处，哪儿还能培养出像他这样摆哪儿都能起作用的万金油了？”

“哪有那么夸张。”何危语气淡然，戴上口罩，“这只能说明技术型人才越来越完善了，是好事。个人终究抵不上集体的力量，全包一人手里听起来多厉害，实际上呢？一子错满盘皆落索。”

杜阮岚对罗应使眼色，看见没，这觉悟，还辛辛苦苦查什么案，去走仕途的话哪还有郑局什么事。

行注目礼后，解剖正式开始。白布被掀开，露出程泽生的脸，那张俊俏的脸在冷光下显得更加苍白。要说人长得好看就是这点占便宜，哪怕他变成一具尸体，也是一具不会让人感到恐惧，反倒心生怜惜的尸体。

“死者程泽生，男，29 岁，身长 185 厘米，体重 68 千克，四肢健全，营养状况正常……”

解剖室里只有罗应对着录音笔说话的声音，杜阮岚顺着程泽生的手臂捏到手掌，仔细摸过几个指节，忽然抬头看向何危：“他是钢琴家对吧？”

“嗯。”

“一般情况下，长时间练习钢琴会导致指尖较常人稍圆润，远节指骨变粗，手掌变厚，小指会有轻度外撇等特征。”杜阮岚抬起程泽生骨节分明的手，“他的指尖尖细，并没有出现长期敲击琴键造成的肉质增厚现象，有变化的是食指中节指关节和拇指近节指关节，拇对掌肌和虎口也有摩擦痕。”

何危伸手摸索着程泽生冰凉的手，顺着手掌摸到小臂，捏了捏：“手臂的确是经常发力的，指甲也剪得很干净。你的意思是，他的手并不符合一个长期弹钢琴的人该有的特征？”

“这也只是我的个人见解而已，不排除某些情况下，长期练琴不会造成手指变化。就像是我上次解剖的一个高中生，她练了十年的钢琴，手指依然纤长白嫩，可以去当手模。”

何危点点头，转头看着罗应：“小罗，记录下来。”

罗应拿着相机来拍照，再“唰唰唰”做记录，杜阮岚拿棉签取拭子，何危好奇：“现在男人也要做这些检查了？”

“当然了，时代不同了，男女都一样。以前只对女性死者鉴定有没有遭受性侵犯，现在男性死者也会做这方面的鉴定。”

何危笑了笑：“那算不算咱们男性抗议成功了？”

“等什么时候政府出台有关男性性侵害的保护法，才算是抗议成功。”杜阮岚拿着手术刀指了指何危，“特别是长相出色的男人，最危险，你小心一点。”

体表检查结束，杜阮岚拿起手术刀，终于进入正题。冰冷雪亮的刀刃划开胸口的皮肤，何危难得避开视线，心中又冒出那种第一次看见程泽生尸体时的古怪感，有可惜、不忍，还有些难受。

“怎么了你？解剖都不敢看了？”杜阮岚动作流畅娴熟，已经将弹头取出来，冲洗之后放进托盘。何危拿着镊子夹起子弹，冰冷灯光从上方打下来，反射出独属于金属的锋利冷光。

“9 毫米，全金属被甲枣核型弹头，铅钢复合式弹芯，老朋友了。”何危把子弹放到一边，“DAP92 式弹头。”

杜阮岚挑眉："一眼就认出来了？"

"咱们局里就有用这种子弹，就算不是大宝天天见，也装过不少回。"何危把托盘放在桌上，"我的推断准不准确，去验一下就知道了。岚姐，没猜错的话，凶手可能是同行。"

何危一个人在食堂吃晚饭，忽然肩头一重，崇臻的脸冒出来，他神秘兮兮地问："哎，老何，我听说杀人的枪是92式啊，真的假的？"

"92式还是92G还不确定，要看技术科的分析结果。"何危打量着他，目光集中在他头顶上那片树叶，"你就顶着这个走了一路？"

崇臻一脸蒙，显然还没理解他的意思。顺着何危的目光，崇臻伸手一摸，才把树叶摘了，顿时骂起来："那些小兔崽子，看见了都不说，摆明让老子出丑，回去把他们皮给扒了！难怪门口碰见公共关系科的警花，对我笑得像花儿一样！"

"也许真的喜欢你。"何危忍着笑，端起碗假装喝汤。崇臻在他身边坐下，捅捅他的胳膊："你跟我说实话，有没有怀疑是内部人做的？"

"我是这么感觉，打算申请枪支排查。全市的92式和92G就那么多，排查起来没有多麻烦。"

"那要不是咱们升州市的呢？"

"那就继续查呗。"何危耸肩，"这是一条重要线索，枪能确定下来，人也就好找多了。"

崇臻伸个懒腰，腿跷在凳子上："反正是没派出所什么事儿了，他们那儿普及的还是'小砸炮'和'娘子军'，不是前几年还搞警用转轮的吗？比92式还坑。"

"坑也没办法，虽说会卡壳、断撞针，但这次也一枪打死人了不是？”何危放下筷子，擦擦嘴，“嫌92式不利索，你去跟郑局申请，从海外买一批格洛克回来，成事的话全警队都得供着你。”

崇臻才不上当，可拉倒吧，办案经费都吃紧了还换配枪？没听见经侦那边总抱怨，卧底人家赌场都要队里自掏腰包凑入场费，他才不去找这个晦气，撞老郑枪口上指不定就是一顿削。

“对了，房子下来了，郑局通知我搬家了。”

崇臻的表情渐渐变得兴奋，又被何危泼了一盆冷水：“不过只给我一人住，你这种房子像猪窝、袜子乱扔的我不伺候。”

“你这种有空就要收拾家里的我还受不了呢！”

第10章 双胞胎兄弟

程泽生回到市局，刚进大办公室，便有人来汇报，公馆内发现的那名死者的家属来认尸了。

“来得正好，我刚好有问题要问他的家人，现在在哪儿？”

手下人给程泽生指路，家属已经从停尸间出来了，正在办手续。程泽生大步流星赶去法医科，看见一个身穿西装的男人正弯着腰在签字，他走过去：“你是死者家属吧？耽误你几分钟。”

那人回头，露出一张程泽生在公馆里见过的熟悉的脸。不同的是眼前这张脸面色红润，更加饱满鲜活，眼眸的颜色浅淡，又充满神采，一瞬间让人产生一种拖回来的尸体复活了的错觉。

程泽生怔住，江潭端着咖啡如幽魂般出现在身后：“吓一跳吧，这是死者的弟弟，他们俩是双胞胎。”

男人已经转身面对着程泽生：“找我有什么事？”

“想找你了解一下你哥哥的情况，”程泽生瞄一眼签名，“何陆是吧？长得真像。”

何陆没说话，回头看了一眼停尸间。程泽生一双眼像是探照灯，仔细打量着何陆。他和何危身高体形相仿，几乎长得一模一样，像是一个模子刻出来的。唯一能一眼看出的差别就是何陆的右眼角下有一颗很小的泪痣，而何危的脸干干净净，估计他们身边大多数人都是通过这一点来区分这对长相极其相似的兄弟的。

除了体貌方面极高程度的相似让程泽生感到诧异，何陆的反应才是最让人意外的。都说双胞胎之间的感情非比寻常，特别是同卵双胞胎，彼此之间甚至存在心灵感应，其中一个死亡，另一个会痛不欲生。就算这是夸张的说法，但亲人离世该有的悲痛情绪肯定免不了。

何陆却是态度异常冷淡，他连眉头都没皱一下，淡淡开口：“要问我什么？”

“一些基础信息，有关你哥哥的性格还有喜好——”

“不清楚。”何陆快速打断他的话，“关于何危的任何事情，我都不清楚。不如去问他公司同事，我想都会比我了解得多。”

“……”

程泽生质疑：“你们真的是亲兄弟？”

“法律意义上是，不过我不想承认。”何陆抬起手腕看了看表，“没事我就先走了，下午还有会议。”

说完他也不管程泽生是否答应，擦肩而过离开。江潭对着他的背影竖起大拇指：“绝，我已经有三年没见过签认尸手续像是签百万合同的人了。”

程泽生皱眉，感觉这个何陆很有问题。到底是什么样的原因让他对同胞哥哥的态度如此冷漠，连认尸都像是走个过场，还是赶着会议之前抽空来的，像足了代办活儿的。

柳任雨拿着保温杯进来：“老师，您要的菊花枸杞茶。”

“！”江潭像是被烧了尾巴，一把将保温杯夺走，瞪着程泽生，先下手为强，“最近熬夜上火，这是降火的！和年龄没有关系！”

程泽生还在思考何陆的问题，猛然被一打岔，抬起头一脸莫名其妙：“不就是保温杯里泡枸杞嘛，有什么不好承认的？人到中年，都懂的。”

“……”江科长拧开杯子，灌一大口中年男人必备的枸杞茶，修身养性，拒绝飙脏话。

江潭和柳任雨在解剖室里工作，程泽生旁观顺便帮忙做记录。江潭检查到何危的右手：“泽生，这里有重要线索。”

程泽生走过去一看，发现修剪圆润的指甲里有浅粉色半透明状物质，用牙签挑出来辨认，是皮肤组织。

“能抓到丝丝见肉的程度，肯定不是自己的，”江潭将皮肤组织装好，递给柳任雨，“结束之后送检，尽快做出DNA分型。”

解剖室里突然响起一阵铃声，师徒俩一起盯着程泽生，江潭拉下口罩：“你这是干扰法医情绪，影响尸检的精确性。”

“您多专业，江南一把刀，哪能被一个电话搅黄了。”程泽生拿出手机，对他打个手势，“黄局的，我去听领导指示，你们继续。”

来到走廊，电话刚一接通，黄局低声问：“在哪儿呢？”

“局里。”程泽生顿了顿，“您有事？”

“来我办公室一趟。”

程泽生沉思，最近好像也没做什么得罪黄局的事，老狐狸的窝能去。两分钟不到，他已经站在局长办公室外面敲门，得到应允之后推门进去。

黄占伟在品茶，助理站在一旁：“程队，您请坐。”

“别，我站着就行，黄局有什么就直说吧。”根据以往的经验，坐下准没好事，再倒上一杯茶，那就完蛋，领导深层教育开始。

“那就站着吧。”黄占伟和助理说话，“小陈啊，那个新宿舍已经开始分配了，这两天就把递上来的申请筛一下交给我，这么紧俏的资源，可得先紧着局里需要的同志。”

“……”

程泽生坐了下来：“黄局，今天您想聊多久聊多久，我案子不查了都陪您唠。”

黄占伟瞪他，茶杯“咣当”放桌上：“小兔崽子，你当我想跟你唠？省厅那边今天又来人了，看样子你小子‘时日无多’。”

“又让我去给省厅当花瓶？”

“哎，怎么说话的，你进的是省厅刑侦队，”黄占伟的声音一下变虚了，“顺便兼职公共关系科的对外任务。”

“那不就是花瓶吗？去了之后本末倒置，我的主要任务是对外接客，查案都没我什么事了啊。”程泽生跷起腿，“这都拒三五回了，还不放弃，是不是哪家领导千金看上我了？”

黄占伟把脸一虎，让他别瞎说，领导这是看中他的才能，所以才想提拔一下。哪知道天下还有这种人，升职加薪走仕途不要，偏偏喜欢累死累活、起早贪黑和犯罪分子打交道。

程泽生一门心思扑在查案上面，他因为这张脸，一直被质疑办案能力，刚进局里公共关系科就总想着挖角，打算调他过去，对外撑场面。程泽生死活不肯，愣是钻在刑侦队里，遇到重案要案头一个冲锋陷阵，就是想让别人看看，他程泽生不是靠脸吃饭的㞞货。

一晃几年过去，程泽生好不容易做出点成绩，凭着自己的实力坐上市局刑侦支队副支队长的位子，结果省厅又来挖人了，他更加不肯过去，话都说明了，让他去省厅当花瓶，那不如证件一交，辞职不干也就那么回事。

“欸……我还能不知道你什么想法？这不是又回绝了嘛。”黄占伟把茶杯递给助理续杯。他看着程泽生：“泽生啊，说实话你爸倒是真的希望你能转去公共关系科，不用上前线，他已经没了一个儿子，再不能——”

听他提到自己死了几年的哥哥，程泽生“唰”一下站起来：“黄局，您别劝我，我哥被毒贩打死，他是为国捐躯，死得其所。当年我干刑侦他去禁毒，我们俩约好了，谁也不会半路退缩认㞞。我爸不理解，您该懂的吧？”

黄占伟张了张嘴，被他堵得一时之间不知该如何回答。程泽生顺手掸了下沙发上不存在的灰，快步走到门口：“我还有案子要查，下次这种事您老别请我喝茶了，真要让我从前线下来，还不如干脆点，扒了我这身警服。”

他几乎是将门甩开的，整个市局里也没几个人敢甩黄局长的门，程泽生就是其中一个。黄占伟看着他的背影，仿佛又见到程圳清那股子刚劲儿。这俩小子果真是亲兄弟，走起路来背都拉得笔直，像一杆漂亮的标枪，连发脾气的模样都有九成相似。

程泽生半个身子已经出去了，黄占伟回神，赶紧叫住他："哎！回来！房子不要了？！"

"申请不是还没批吗？"程泽生扶着门框回过头说。

"那是别人！"黄占伟从抽屉里摸出一把钥匙，扔过去，"你的我准备好了，知道你和你爸有矛盾，早就想搬出去住。不过我也答应老程，尽量看着你，别让你和你哥一个结局。"

程泽生接住钥匙，惊喜不已，刚刚憋着的那股火瞬间下去了："怎么不早拿出来？早说新宿舍已经搞定，我坐在这儿听您唠叨多久都行。"

黄占伟直摆手，把他赶去办案，别在这儿气人。程泽生手中转着钥匙回到大办公室，乐正楷正在看现场拍回来的照片，抬头瞧见他一脸春风得意："什么事啊，笑这么美？"

程泽生把钥匙"啪"一下拍到桌上："看见没？下来了。"

"未来域那个单身小公寓？"

"不然呢？"

乐正楷惊叹："你这后门走得也太狠了，本地的，家里有房有车，还好意思申请宿舍。关键是还给你批了，我都想去检举揭发黄局偏袒。"

"别说，我真以为老黄不会批，他刚刚在办公室里提起我哥的事，当场我就翻脸了，闹得挺难看。"

程圳清算是程泽生的阴影魔障，他自己不提，也不许外人提。主要是因为当年他哥的尸体在边境被找到时，被毒贩折磨得惨不忍睹，几乎看不出人样，认过尸之后程泽生快疯了，那一年办案子逮到有贩毒的都先揍一顿再说。

所以说身为亲兄弟，血脉相连，看见对方的尸体摆在面前，怎么可能情绪会那么淡定，当作无事发生？

程泽生又想起何陆。

柯冬蕊和向阳回来了，把调查到的社会关系资料递过来。何危的社会关系很简单，他为人内向，几乎没什么朋友，也没有和父母弟弟住在一起，而是单独住在一间小公寓里，简简单单的一页，就是他全部的生活轨迹。

程泽生忽然灵光一闪，抬起头：“他和家人关系不好，是因为什么原因？”

向阳挠挠短发：“这一点他的父母和同事都没有提到。”

程泽生指着调查报告上的一个地名：“这是他经常去的音乐酒吧，可以去查一查。”

第11章

不简单的钢琴家

程泽生被枪杀的案件一经披露，果真在社会上引起轩然大波。

他长相俊美，在音乐方面造诣极高，并且性格温和，圈子里人缘和口碑都不错，台前幕后同样平易近人，再加上优越的家世背景，简直堪称新世纪的完美男人。得知他的死讯，不只粉丝们哭得撕心裂肺，圈内好友也挨个转发哀悼，一时之间全网沉浸在一片悲痛之中，热搜上去就下不来了。

案发现场的警戒线不仅没有拆除，派去看守的巡警又增加了一个队。报道一出来，粉丝们成群结队地来到废旧公馆追悼，还有记者也频繁出没，伏龙山热闹不已，平时无人问津的深山野岭变得人声鼎沸。

胡松凯捧着咖啡吐槽：“那地方乱糟糟的，人乌泱泱的，警车都开不上去！80%都是小姑娘，哭得梨花带雨，对比起来，咱们晓晓的那点眼泪就是毛毛雨，还能坚持办案，是个女强人。”

何危在看现场照片，抬头：“那伏龙山岂不是成景点了？警戒线往外扩，半径最少扩10米，别让他们靠近破坏现场。”

“这还用你说，早就扩了啊！连上山的那条路都封起来了，还是不顶用，有人另辟蹊径改从山路爬上来了。”胡松凯啧啧摇头，“他们多厉害，后山硬生生给踩条路出来，林业局早晚得发飙。”

夏凉冒出来：“不是有句话嘛，‘其实地上本没有路，走的人多了，也便成了路’。”

何危揪住他的脖子，问他技术科的鉴定做得怎么样了，枪支确定下来没有。夏凉连忙点头：“确定了，确定了，就是92式，岚姐那儿的验尸报告我也顺便拿回来了。”

他把手里的两份报告递过去，何危翻了翻，死亡时间确定在4月14日的凌晨3点到3点半。根据弹头的侵彻力度、造成的盲管创以及射击残留物分析，射击距离在10米以内，垂直射击。虽然现场苦寻半天没有找到弹壳，但好歹也在客厅一定范围内提取到一些火药残留物，由此连线构成的弧形圈，大致可以确定射击的位置。

何危合上报告，递给胡松凯：“去重建现场，我下午到。”

“就我一个？”胡松凯在办公室环顾一圈，“崇臻呢？那家伙一天没露面，翘班了？”

“跑外围去了，你要跟他换？”何危拿起外套，“下次吧，你俩猜拳，谁赢了谁挑活儿。”

听到跑外围，胡松凯闭嘴了，他最不喜欢的就是跟人打交道，什么有用的信息都问不出来，当年被踢出预审队也是有原因的。

“小夏，跟着你二胡哥一起去学习一下。”何危拍拍夏凉的背，“可得好好学，回来之后写份如何重建枪击现场的报告递上来。”

胡松凯领着夏凉，再带上两个同事一起去公馆。何危已经坐在吉普车上，发消息给崇臻，问他现在在哪儿。

忽然，后视镜晃过一道黑影，何危下意识抬头，降下车窗左右张望。露天停车场空无一人，只有他从车里探着脑袋张望，又一道黑影晃过去，一只鸟儿扑扇着翅膀从眼前飞过，停在对面的栏杆上。他笑了笑，点起引擎，案子办多了果真有后遗症，什么动静都疑神疑鬼。

崇臻今天去的是被害人的住所，程泽生一直生活在J国，前几年回国发展，在升州市城东买了一套花园别墅。不过这栋别墅只有他一人居住，用人每周固定来三次。母亲偶尔会来小住几日。案发当晚程泽生也是一个人独处，没人知道他为什么会去那座公馆。

“家里我大致看了一下，文化人就是跟咱境界不一样，除了书还是书，全是文学作品。书房三面墙都是书柜，看得我头昏眼花。”崇臻拿出一本本子，“在抽屉里找到这个，他没事还喜欢写写歌，上面都是简谱。”

何危拿过来翻了翻，的确都是一些音乐简谱，上面还标出高低音长短音。本子里夹着一片用来当作书签的树叶，而那一页的简谱只写了一行，看来是有了新的灵感还没来得及完成创作，人已经与世长辞了。

推开二楼书房的门，三面靠墙摆放的书架非常引人注目，走入其中，仿佛踏入一座图书馆。何危粗粗扫一遍，全是文学名著和音乐相关的书籍，每一本都得到妥善保存，要么套上磨砂书膜，要么包上精美的封皮，书脊处贴着不干胶，上面是程泽生手写的书名，字如其人，温润娟秀。

何危随手抽出几本，每一本几乎都有阅读的痕迹，碰到值得铭记的句子程泽生还会做出标记。崇臻凑过来："看见了吧，这就是标准的文艺青年，你那一柜子书我看着都头疼，这就遇到一个更夸张的。"

"肚子里装点墨水是好事。"何危蹲下来，视线落在书架最下面那一排。这一排是经典国学，《四库全书》《资治通鉴》等成套摆放得整整齐齐。他目光一闪，抽出书脊写着《鬼谷子》的那本砖头本，翻了几页，眉头皱起。

这哪里是什么纵横家的智慧阴谋论，而是各类枪支分解图！崇臻蹲下来一瞧："嚯，都是干货啊，这在国内不是专业需求的话买不到的吧？"

"没看见都是英文吗？"何危拆开封皮，封面暴露了这本《鬼谷子》的真身，这是一本介绍枪支细致结构的书。何危把书递给崇臻："文艺青年啊？"

崇臻尴尬："我怎么知道他这么鸡贼，居然还藏起来！你是怎么知道有问题的？"

何危没说话，继续又挑出几本，拆开封皮一看，也是枪械相关书籍。崇臻摸了一本《四库全书》，立刻合上，放回原位，看来是遇到了真正的"国学"。

看过几本之后，何危也对程泽生隐藏的爱好了解得差不多了。他想起杜阮岚验尸时检查到手部，当时形容的特征倒是挺符合经常拿枪的人的情况，食指和虎口上那层摩擦的痕迹是枪茧才对。

"程泽生不像表面看上去那么简单，他对枪感兴趣，以前一直住在J国，肯定或多或少会搞些收藏。"何危站起来，手摸索着书架的边缘，"崇臻，到处找找，看看有没有暗门。"

崇臻和何危分头寻找，连书架都想办法搬开，仔细敲打墙面每个角落。可惜书房除了那些书，没有任何特殊之处，何危摸着下巴："走，去别的房间，我感觉肯定能找到惊喜。"

这座别墅上下两百多平方米，二楼的所有房间全部找过一遍后，崇臻和何危在楼梯口碰面，彼此摇头，别说真枪了，玩具枪都没见到一把。

"去楼下。"

两人又在楼下翻箱倒柜，何危掏着沙发缝，忽然摸出来一条细银项链，下面是椭圆形彩金吊坠，打开一瞧，里面嵌着照片，是程泽生和一个男人的合照。那男人的眉眼和他极其相似，脸庞同样清俊，怎么看都像有一定血缘关系。

"程泽生的妈妈是不是说过，他是独生子？"

崇臻点点头，瞄见照片，惊讶："他有兄弟？社会关系这一块完全没查到。"

"想办法查一下他们家在J国那边的情况，有没有关于另一个孩子失散或者被遗弃的情况信息。这两人动作亲密，应该关系很好。"何危从口袋里拿出一个自封袋，把项链装进去，崇臻发挥脑洞："电视剧里不是经常演嘛，多年失散的兄弟相认了，一个以为彼此之间没有隔阂，谁知道被抛弃的那个一直心存怨恨。哎哟！这么一说合情合理，破案了啊！"

何危去掏另一个沙发，懒得搭他的茬，无情吐槽："小夏成天泡在动画片里，你就成天被电视剧洗脑，你们俩绝了。"

半个小时之后，楼下的每一个角落都找过一遍，崇臻往沙发上一瘫："这小子可能只是纸上谈兵吧，累得爷爷我口干舌燥。"

何危打开别墅后门："那边还有一个车库。"

"喏，钥匙在桌子上，你去开吧。"

何危拿起钥匙，独自去车库，卷帘门拉开之后，里面停着一辆小轿车。何危摸了一下车头，上面已经落上一层薄薄灰尘，显然停放在这里有一段时间了。

车库的角落堆放着汽车用品，墙上有一幅巨大的海报，海报的主人正是俊美温和的程泽生。何危站在海报面前，盯着程泽生那张充满笑意的脸，总有一种违和感。

这种海报一般都会投放在外面的灯箱、商场大屏幕上，但程泽生却把它挂在自己家里，有必要这么自恋？而且这里还是车库，只有开车停车时能看见，挂在客厅不是更好？

他走过去敲了敲墙壁，全面摸索着，“咚”，这一下的声音空洞沉闷。何危精神一振，顺着海报四个角都敲一遍，确定后面藏着什么，极有可能是一道门。

何危站在凳子上，把海报揭下来。果不其然，墙壁有一道肉眼可见的细缝，但是无法推开，墙面没有锁孔，还要把开关找出来。崇臻被叫过来，看见这道暗门忍不住惊异：“还真有？！”

“找找开关，想办法打开，你左边我右边。”

两人继续分头寻找，崇臻移开那堆汽修用品，中气十足地叫了声：“找到了！”

只见靠近墙角的插座旁，是一块光滑的触摸板，崇臻摸了一下：“指纹锁。”

何危打电话给郑幼清，让她做一套程泽生的指纹膜出来，十个手指都要。一个小时不到，郑幼清挎着她必备的物证箱，在车库门口探头：“何支队，我来啦。”

崇臻说：“可算来了，我和阿危都在无聊地打赌你来了之后哪只脚先进来，赌注就是今晚晚饭。”

郑幼清低头看看，自己两只脚都在外面，她笑了笑："崇哥，你赌的是哪只脚？"

"右脚。"

郑幼清笑嘻嘻地抬起左脚迈进车库。

"你这偏袒都不背人了啊？行，我输得心服口服。"崇臻拱拱手，何危轻咳一声，示意郑幼清把指纹膜拿来。

试到第二个，右手食指的指纹膜，车库里响起清脆的"咔嗒"声，何危手抵着暗门，稍一使劲便推开一道缝。

暗门后面的构造简单，只有一条通往地下室的水泥楼梯，何危拿出手电走在前面，崇臻跟在后面，留郑幼清在上面，万一有危险也不会牵连到她。

走完段楼梯，还有一道门，不过这道门就简单得多，何危按住扶手轻轻推开，伴随着"吱呀"的声响，仿佛缓缓展开了一幅未知的画卷。

崇臻愣在门口，已经目瞪口呆。

"……在地下室建兵器库，违法的吧？"

第12章

不可能犯罪

何危在人际交往方面有点特殊，这一点在向阳和柯冬蕊的走访排查中，完全无人提及。包括他的父母，也没有提到任何与此相关的信息，问他们何危为什么不住在家里，只是说孩子大了，有自己的想法，想搬出去他们也管不了。

不过程泽生敢肯定，何陆绝对是知道些什么，他对哥哥的反应或许就有这方面的原因，要重点调查。向阳好奇地看着程泽生：“副队，你觉得何危的死和他弟弟有关？不过他弟弟前两天都在外地开会，根本没有作案时间。”

“人不一定是他杀的，也不排除买凶和教唆的可能。”程泽生拿着何危的资料，“死者的社会关系一张纸就能总结，身边的熟人一双手就能数过来，突破口很少，所以任何可能都不能放过。”

成媛月站在办公室门口，敲了敲门：“程副队，这是现场的痕检报告。”

向阳乐颠颠地小跑着取来，程泽生问：“皮肤组织的化验出来了吗？”

“大哥，小柳才把样本送来，要先提取，再做分型，还要比对，就是泡咖啡也没那么快啊。”

程泽生翻开报告，看了两页，眉头蹙起：“现场提取到的所有指纹都是他的？凶器上的也是？”

成媛月点头：“没错，包括遗留在麻绳缝隙里的皮屑也仔细鉴定了，没有另一个人的 DNA。”

报告后面贴着一张标记图，将凶器麻绳上面的每个指印清晰描绘了出来，程泽生把图片递给向阳：“来，这上面都是同一个人的指纹，排除自勒，你觉得该怎么解释？”

发现程泽生又要调教徒弟，乐正楷饶有兴致地托腮围观，柯冬蕊也坐了下来，成媛月回去了，她还要抓紧验皮肤组织，免得程副队又要催。

向阳瞬间紧张，根据图片上标记的指纹位置，双手握拳正反比画着，说出自己的见解：“确定是他杀的情况下，应该是凶手握着他的手，然后将他勒毙——”

“这一点不成立。”程泽生打断他，“如果是用这种方法，他的双手指关节和手背必然会留下压迫的痕迹，凶手的力气足够大的话甚至会让指骨骨折。但是他的手白白净净，除了指甲里有挣扎搏斗留下的皮肤组织，别的没有什么异样。”

向阳眼珠转了转：“凶手是全程戴着手套作案，先把人勒死，然后再把绳子给被害人拿着，留下指纹。”

“为什么要让被害人拿着？”

“……让我们警方误以为是自勒？”

“首先，人死亡之后肌张力消失，全身松弛变软，无法留下这么清晰深刻的指纹。包括麻绳里的皮肤组织，那都是徒手用力摩擦才会留下的。”程泽生从桌子上摊开的现场照片里挑了一张陈尸的照片，“其次就是指纹位置的偏差，你用他的手势去拿一根绳子试试，看看会留下什么样的指纹形态。”

乐正楷眉眼一弯：“小向阳，绳子是被拿在手里，凶手想要造成自勒假象的话，为什么还取下来？直接套在脖子上才不会引人怀疑。”

柯冬蕊叹气：“凶手压根就没想藏着掖着，杀人就大大方方地杀，所以我估计手套也没用上。”

向阳看着三位前辈，无处安放的小手紧张地扭在一起，绞尽脑汁挤出一句：“用指纹膜？”

“开始胡思乱想了？”程泽生拿着报告在他的头上敲一下，“还有什么合理的解释？”

向阳摇头，自从跟了程泽生，他感觉自己在警校里白读几年书，那点知识遇到复杂的案子根本派不上用场。程泽生把资料给他，让他去物证处好好看看绳子，再去法医科仔细观察尸体，江潭的解剖应该还没结束，现在去能赶上精彩环节。

向阳苦着脸，那表情活脱脱像是要上刑场。柯冬蕊合上资料，去着重调查何陆，程泽生问乐正楷：“被害人家里去过了吗？”

“派人去过了，他就住在一间小出租屋里，门锁完好，家里也没有翻动的痕迹，银行卡和值钱的财物都在。”乐正楷说，“我总觉得这件案子的手法太奇怪，去酒吧找找吧，也许能查到一些意想不到的线索。”

“酒吧我去，你再带人去一次现场。”程泽生拿起车钥匙，“仔细再找一遍，别遗漏任何东西。”

“刚刚你没有给徒弟解惑，是不是发现，根据咱们手里的证据，你推测的现场也无法成立？”乐正楷忽然靠近，压低声音，“泽生，你信不信这世上有鬼？”

“不信，我只信有人捣鬼。”

Avenoir 是一家位于徐安路 36 号的音乐酒吧，这家酒吧从下午 2 点营业至凌晨 5 点，但晚上 8 点之后，这儿就成为蹦迪玩乐的聚集地。程泽生前几年抓的一个犯罪嫌疑人在逃期间还敢来酒吧找乐子，在酒吧厕所给堵个正着。

这间酒吧的装饰和格调与一般娱乐场所有差别，很多酒吧喜欢利用刺耳吵闹的音乐将气氛点燃，但 Avenoir 没有热闹的舞池，没有魔幻迷离的水晶魔球，连打碟的 DJ 都没有，店里只有轻音乐作为背景音，将这个玩乐的场所熏染出一股不一样的文艺味道。

程泽生刚一推门，便引来形形色色的目光，有好奇有惊艳，有欣赏有玩味。他穿着款式简单的黑色衬衫和水洗牛仔裤，简单低调的装扮本该泯然于众人，但架不住人长得帅，往吧台一坐，仿佛自带一盏聚光灯，似乎他所在的地方就是舞台。

“帅哥，看你很眼生，第一次来？”调酒师擦着高脚杯，盈盈一笑，“要喝点什么？”

“苏打水。”程泽生环顾一圈，“你们连老板呢？”

“我们老板一般10点之后才来呢，”调酒师把菜单推过去，“要不要搭一份小食？现在做活动打八折哦。”

程泽生抬起手腕，10点，还有一个多小时，他可没时间在这里耗那么久。他刚想表明身份，身旁有人坐下了：“麻烦给这位先生来一杯莫吉托。”

程泽生冷声拒绝：“不用。”

男人怔了几秒，又道：“来这儿喝苏打水有什么意思，想喝什么随便点，我请。”

程泽生拿出何危的照片：“这人你认识吗？”

男人回答“不认识”，程泽生点头：“OK，没你什么事了，滚吧。”

男人灰溜溜走开，调酒师也傻了眼，程泽生提出证件，又问一遍：“你们老板10点才来？”

“我……我马上就打电话，您稍等。”

不过半个小时，身着米色风衣，温润如玉的男人出现：“程警官，好久不见。”

“是挺久，两年该有了吧？”程泽生指着楼上，“找个地方，这儿人多眼杂。”

酒吧老板连景渊吩咐人送茶水上来，他在前面带路，直到踏上二楼，才好奇程警官今天找他所为何事。

“何危认识吗？”

连景渊点头："是我大学里的学长。"

"他死了。"程泽生拉开一张椅子，"来找你是想了解一些关于他的情况。"

坐下之后，程泽生抬头，却发现连景渊动作僵住，愣在原地一动不动。清秀的脸颊变得苍白，他轻声问："什么时候的事？"

"14 号夜里。"

"不可能。"连景渊咬着唇，语气斩钉截铁，"那天夜里 1 点，他还来酒吧找过我。"

江潭准备上床睡觉时接到程泽生的电话："何危的胃里没有酒精成分？"

"没有啊，他前一顿吃的就是米饭，报告里不是有吗？"

程泽生正在看报告，他眉头深深地拧着："做过血液检测了吗？确定没有？"

"你这是质疑我的专业水准，"江潭莫名其妙，"有没有喝酒我还查不出来？我好歹是干了十年的老法医了！"

程泽生不死心："那死亡时间？我看你写的是凌晨 3 点到 3 点半，有没有可能推算错误？"

"！"江潭一个鲤鱼打挺坐起来，"程泽生，我生气了啊，你真的在侮辱我的专业水准。现场没空调没冰块，尸体上没有做任何影响死亡时间的措施，我用我从业十年的名声保证，没有出错！"

"嘟——嘟——"，对方已经挂断。

"犯什么病！"江潭摔了电话，气鼓鼓地蒙头睡觉。

程泽生将尸检报告从头到尾仔细看了一遍，还有皮肤组织报告，比对之后也是何危的DNA，但他全身上下却没有一处相符的抓痕。

他将报告缓缓合上，连景渊的话还刻在脑海里。

“当时是1点，学长喝醉了，来酒吧找我。他很沮丧难过，我们聊了一会儿，他3点才离开，我记得很清楚。”

根据连景渊的证词，何危是无论如何也无法赶到公馆里被害的。且不谈死亡时间会有意外偏差或者连景渊记错时间，但是现场重建呢？

上午程泽生在反驳向阳的同时，心里也在对犯罪现场进行推测。何危脖子上的勒痕匝数只有一圈，没有结扣，凶手为了快准狠，想要致命必然需要尽全力。所以麻绳上的痕迹反映的是最真实的作案情况，留下的都是无暇掩饰、也不想掩饰的指纹印记。

可检测结果却表明，它们都属于何危。这是程泽生一直无法很好重建现场的原因，他根据这些证据，脑中浮现的画面只能是何危在背后勒死了他自己。因此程泽生才会让乐正楷再去现场，尽量找到可以推翻这个想法的其他证据。

不可能犯罪。

程泽生往后一仰，背靠着小沙发，抬头望着天花板。

肯定漏了什么没找到的证据，这个世上没有不可能犯罪。

第13章
第 三 人

这间地下室面积不大，但入眼皆是枪械，手枪、步枪、冲锋枪、轻机枪等。它们被分门别类地挂在墙上，每一把都有配套的枪套，和程泽生的书一样，被精细地保护起来。并且每一把枪的枪管看不见一点锈迹，银的雪亮黑的乌锃，好似一个个威风凛凛的骑士，随时做好出战的准备。

地柜里摆放着一盒盒各种口径的子弹，甚至还有某些杀伤力极强的特种子弹，比如达姆弹、玻璃弹等等，说是武器库一点都不夸张，常用的罕见的这儿齐活了。

"AK系列，勃朗宁系列，格洛克系列，伯莱塔系列……有些型号我见都没见过，弹药也充足，他这是打算自己组支武装军？"

"那我不清楚，有钱倒是真的。"何危的目光从一把把枪身上掠过，他将墙上那把沙鹰拿下来，"喏，你不是心心念念有生之年摸一回沙鹰吗？满足你的心愿。"

崇臻拿着沙鹰在手里掂着重量，觉得不过瘾，甚至想去打个几发试试手感。何危走到另一面墙前，注意到一个突兀的空位，在一把NP22的上方。满墙的枪支，唯独这里有了一片留白，十分扎眼。

不过程泽生的枪没有全部标上型号，何危也不知道消失的是哪一把，隐隐感觉有可能是造成他死亡的92式。在武器库的侧面还有一道小门，何危推开，又是别有洞天——后面还有一个小型靶场，两个射击位，没有观摩厅也没有移动靶位，防护措施很简陋，多半只是用来自娱自乐才弄了这么一个射击场。

地下室里的通风不好，尽管装着排气扇，推开门之后依然能嗅到一股淡淡的硝烟味。崇臻目测射击位到靶位的距离，大约二十五米，刚好符合射击测试的需求。

第一个射击位的耳罩和护目镜随意地放在桌上，旁边还有一支消音管，崇臻将它拿起："可拆卸高端消音管，难怪周围没有邻居举报呢。"

“也不是什么枪都能装，92 式就不行。”何危指着屋顶，“墙体和顶部肯定做过消音，本来手枪声也大不到哪儿去，又不是步枪。这里还是地下室，传到上面去可能就和修车的动静差不多。”

射击位置的地面上散落着数颗弹壳，他蹲下来，捡起一颗，发现上面已经出现棕褐色锈斑，放在鼻尖轻嗅，残留的瓦斯味浅淡，便说：“这批弹壳的发射时间最少在三天前，看数量至少打光了一匣，让郑幼清下来，全部带回去检验。”

崇臻也捡起一颗：“9 毫米的？发射枪支会不会就是打死被害者的那把？”

“所以要带回去比对。”何危看着远处的靶位，清晰可见的弹孔都落在圆心附近，还有重叠穿透孔。崇臻去把弹头捡回来，问：“欸，老何，你觉得这个射击水平跟你能不能一战？”

“距离不够，三十米以上再谈吧。”

“哟，你瞧你这骄傲的样子，神枪手了不起啊。”

郑幼清一路惊叹着走进小靶场：“真厉害，外面那些枪都是程泽生收集的？”

“看样子是，不是他的他敢把自家地下挖空了弄这些？”崇臻啧啧摇头，“一开始还以为是文艺青年手无缚鸡之力，这下看来是恐怖分子坐拥兵火利器。”

“幼清，你们检查程泽生的衣物时，火药残留是怎么分布的？”何危问。

“这个我电脑里有数据，大部分是集中在创口，还有少量迸溅在肩头、腰部的位置。”

何危看着放进证物袋的弹头和弹壳，陷入沉思。尸检报告里，程泽生的双手只有很微量的火药成分，还不能排除是不是摸到衣物上的火药残留沾到的，杜阮岚没有写上死前开枪的结论，证明她也认为检测到的分量不足以做出这种判断。

但是火药残留也容易被人为清理，当时现场有第三人在场，就在程泽生的身边，程泽生的尸体多半也是被他摆放整齐的，且这种可能性极大。

把弹壳和弹头装好之后，郑幼清顺便拍照、采集指纹，她随身携带的物证箱就像是一个小百宝箱，什么都能变出来。崇臻靠着墙，看着那一屋子枪，心里惋惜："这些都是好枪啊，还有很多型号都停产绝版了，销毁了真可惜。"

"不上报你想怎么样？接过他的担子自己干？"何危拍了下他的肩。

"啧，想都不能想了？"崇臻拿起桌上那把沙鹰，"好枪，真是好枪！可惜，可惜。"

他在发出感叹的同时，何危已经打电话上报给郑福睿。郑福睿对此也感到震惊意外，没想到这个钢琴家家里居然收藏着数量上百的枪支，算是近几年升州市缴获非法枪支最多的一次。

根据何危的推测，程泽生收集枪支也不是一两年了，也许在J国就一直在做这种事。倘若真的只是兴趣爱好，那何危只能感叹，这人对武器的狂热程度真是让人咋舌。至于他是怎么将这么多枪走私到国内的，这些还需要慢慢排查程泽生复杂的关系网才能得知。

总之何危有预感，这件案子会是一个大工程，没那么容易结案。现在查出一个兵器库，他的枪杀原因变得更加复杂，郑福睿决定成立专案组，任命何危为组长，调查这起命案。

"要什么人你把名单列出来，我给你抽调。"郑福睿顿了顿，"还有啊，你两天没回宿舍了吧？东西都搬走了，要睡就去新家睡。"

局长办事效率就是高。何危叹气，以后去局里的路程要多半个小时了。

伏龙山的废弃公馆如胡松凯所说，已经快成旅游景点了。尽管巡警们说得口干舌燥，案件还没侦破，不要频繁出入增大工作量。但就是有那么些不听劝的，执意上山，还追问破案进度，他们也不能把这些粉丝怎么样，一个个苦不堪言，只能尽量把守。

车停在斜坡口，何危和崇臻一起上山，路上还遇到一队来追悼偶像的粉丝，告诉两人不能从大路上去，给警察封了，跟他们走，从小路上去。

何危笑了笑，跟在他们后面从那条硬生生踩出来的小路爬上伏龙山。崇臻走在前面，和那几个粉丝唠了一路，聊的都是程泽生。他脸皮厚嘴皮子利索，把自己伪装成粉丝，一问一答什么都能聊上两句，装得像模像样滴水不漏。

“生生真的超级暖，去年的生日会，下着大雨，他被困在国外的机场回不来，还特地开直播，找了一架钢琴弹了一首曲子送给帮他庆生的粉丝。他真的人超级好，温柔又帅气，为什么这么突然就离开了……”

年轻的小妹妹说着说着眼眶泛红，带动另外几个粉丝一起潸然泪下，崇臻也不得不低头，装模作样擦擦眼睛。何危跟在后面，显得冷漠得多，一直面无表情地思考问题。

山路陡峭，拿着花的姑娘踩到碎石脚下打滑，何危下意识伸手扶一把，四目相接，她的眼中闪烁着异样的光芒，站稳之后轻声道谢，时不时回头悄悄偷看何危。

崇臻拉着何危低声吐槽：“你瞧瞧你，出来办案还撩妹。”

何危一脸莫名其妙，撩什么妹了？助人为乐还有错了？

粉丝们献的花都放在警戒线之外，他们轮流鞠躬之后依依不舍地下山离开。刚刚被何危出手相助的姑娘站在后面，悄悄拉了拉他的外套袖子：“刚刚多谢你帮忙。”

“不客气。”

“冒昧问一下，你和程泽生是朋友吗？”

何危偏头看着她，显然不太理解她为什么会这么问。姑娘用手挡着半张脸，轻声说：“我在街上偶遇过你们，给你点提示，饮料贩卖机。”

何危的眼皮跳了跳，姑娘观察着他的表情，眼中有些失望：“想不起来就算了。”

人走光之后，崇臻捅捅何危的胳膊：“欸，那小姑娘和你说什么呢？”

“她说程泽生和我认识。”

崇臻倒是不诧异，耸耸肩：“是把你和何陆弄混了吧？他们广告公司和娱乐圈也有交集，你有空去问问何陆。”

何危也是这种想法，所以刚刚既没有承认，也没有否认。他和崇臻再次踏进公馆，经过胡松凯和夏凉的努力，已经画出弧形射击区域，确定射击点，这一老一少估计是忙活完了，正坐在一块儿吃冰棍。

夏凉是乖孩子，懂事得很，看见何危立刻站起来。胡松凯这个老油条比崇臻还没皮没脸，爪子晃了一下，意思是让小夏去给他们讲解，自己连招呼都懒得打。

“何支队，我们推测的射击位置在靠近门口这里，火药残留散落的范围很大，沙发也有沾到，所以我们推测凶手可能和某人在沙发这里推撞或是厮打。”

“没有明显的搏斗痕迹。”何危的手在沙发上摸了下，“而且这是真皮沙发，指纹很容易被清除。”

“真的！何支队你相信我！”夏凉拉着他蹲下，“你看，沙发的脚底有一点偏移，我打灯往里面看，灰尘的印子偏差了 0.5 厘米。”

何危拿着手电打灯去看，果真如同夏凉所说，沙发的位置被动过。他笑了，摸一把夏凉的头发：“年轻人果真眼神好。”

夏凉嘿嘿一笑，崇臻想起来那颗玻璃珠子：“那颗弹珠是在沙发这里找到的，很有可能是凶手掉的，痕检结果出来没？”

“哪有那么快，之前鉴定枪支耽误了，今天又带一批弹头弹壳回去，技术组加班不眠夜。”何危的手摸着沙发脚移动造成的痕迹，“按照这么推测，这个第三者和凶手有可能不是合作关系，而是站在程泽生这一边的。”

“还有可能杀了程泽生，分赃不均，那批枪都想独吞，”崇臻打个响指，“又破案了。”

“那也没必要在这里打起来，他们完全可以回地下室再动手。那里空间宽敞，隐蔽性好，尸体还不容易被发现。”何危的注意力都在尸体周围被清理过的现场痕迹上，“这里虽然也够隐蔽，但还是有学生来探险——”

他的话戛然而止，猛然起身观察距离不远的公馆门口，问夏凉：“做笔录的时候有没有问，他们为什么要来这里探险？”

“啊？当时他们说是在一个网站看见有人发布探险令，完成的话有奖金的，我也经常能看到。”

“去查这条探险令什么时候发布，谁发的。”何危走到那片之前被踩得脚印混乱的位置，眼底有光闪过。

“也许是有足迹留存的，在那片被学生踩乱的脚印里。”

第14章

被害者差异性

从公馆带回来的证物里，缺少一样在信息社会人手不离的东西——手机。倒不是没找到，而是找到的时候屏幕已经损坏，无法开机，交给技侦那里一个精通电子产品的技术人员维修了。

此刻夜深人静，局里永远不缺加班的人，技侦的办公室就亮着一盏灯。程泽生倚着门框，手指在门板上轻敲，发出“笃笃”两声脆响。

亮着灯的办公桌是最里面那张，男人抬头看见程泽生，打了声招呼：“程哥，这么晚还没回去？”

“你都在加班加点帮我们刑侦修复资料，我哪儿好意思先回去。”程泽生拎着咖啡走进来，“弄得怎么样了，小陈？”

“嗐，还没好呢。这两天挤时间零零碎碎弄一点，这不是最近都在帮着经侦的白组长盯洗钱案嘛，好家伙，几个地下赌场，监视他们的通信，咱们每个队负责一个，轮班倒一个星期了！”小陈的桌子上手机零件拆得到处都是，“今天正好换我回去休息，我就赶紧回局里修手机了。”

“辛苦，辛苦，”程泽生把咖啡递给他，“食堂的，别嫌弃，等哥手里案子办完了请你去咖啡馆。”

“谢谢程哥。”小陈嘿嘿一笑，插上搅拌棒，“正好给我提神，您放心，这手机开不了机没关系，字库芯片能读出来就行，我这儿刚下下来，除了胶连电脑就OK了。”

程泽生拉张椅子坐下，和他闲聊最近的工作和局里的八卦。捣鼓一阵，小陈把字库芯片放在设备上提取镜像，再恢复数据，打个响指：“程哥，你来看，要找什么都有。”

“所有的记录都在吗？”程泽生弯腰，看着屏幕，“主要是通话、信息、聊天软件的记录，调出来给我看看。”

“通话的在这里，”小陈点开一个文件夹，“但是通信录无法匹配，只能看见号码。”

“有号码就够了，现在能查吗？”

“能啊，咱们现在联网系统丰富得很，注册资料都能查得到了。哪像以前，还得去运营商那里跑一趟。”小陈点开内部软件输号码，“欸？空号。”

导出的通信号码里，一排查下来，全部是空号。

小陈感到莫名其妙，抬头一看程泽生，发现他眉头深皱，低声说：“再看看导出的信息和聊天软件的记录。”

小陈挨个点开，发现导出的数据全部是乱码，他插拔几次字库芯片，确认读取没有问题，只有导出的数据不对。他盯着字库芯片喃喃自语：“没道理啊，如果受损的话是根本无法读取的啊……到底怎么回事啊？”

程泽生沉默不语，把“Photo”文件夹点开，整个文件夹里只有一张照片，点开之后，是一张只写了一行的简谱。

1 7 5 2 3 5 1 2 6 5 2 1

其中 1 和 7，6 和 5 上面有半括号相连，两个 5 上面有圆点，程泽生摸着下巴，他天生五音不全，也想不出这想表达的是什么。

“这什么？死者还是个玩音乐的？”小陈问。

“不清楚，明天找个懂音乐的问一下。”程泽生把所有的文件看过一遍，确定整个字库芯片除了这张照片和一堆空号，也没什么有价值的东西了。

答应帮人家修复数据，事情还没办成，小陈不好意思地挠挠短发：“程哥，这个芯片暂时先放我这儿，我再研究一下。这个东西说不准的，也许过两天就好了，那批空号说不定也是数据问题。”

程泽生拍拍他的肩：“不急，你抽空帮忙我还觉得过意不去。能恢复当然最好，恢复不了也别有压力，咱们干刑侦也不是吃干饭的，以前那些老前辈没这些高科技还不是照样破案？”

今天查到的都是不利消息，程泽生开着车，一路上还在思考这桩看起来不复杂背后却迷雾重重的案子。明明只是死了一个人，但排查起来背后的谜团一个接一个，关键是掌握的证据连自己都无法说服，还怎么说服别人？

他的车开进军区大院，门口的岗哨一看车牌，程参谋长的儿子，敬个礼放行。程泽生轻手轻脚进家门，生怕把爹妈给吵醒，结果门刚关上，黑暗中一道低沉的声音响起：“回来了？”

“嗯。”程泽生“啪”一下打开灯，“爸，您还没睡哪？”

“你几天不着家，我怕老黄给我送木盒来。”

“……”又来了。程泽生一抬头，就瞧见一家四口的照片挂在墙上，他和程圳清搂着肩膀站在一起，两人都身穿正式的公安制服，年轻笑脸洋溢着青春烂漫的气息。

“省厅那边您别施压了，我不会过去的。”程泽生轻描淡写地换鞋进屋，“哦，还有，我这两天就会搬去宿舍，那儿离局里比咱家近。”

说完，他也懒得看父亲的脸色，上楼睡觉。

拥挤狭小的办公室里，程泽生和向阳一边一个围着保安，正在等待调取4月13至14日的监控录像。

何危租的房子在老城区，没有专门的物业管理，监控更是无从说起。直到去年街道响应政府号召，拨款全面整改，各个老小区才把监控装起来，还特地弄了一个保安亭出来。

但这个小区监控探头一个门装一个，一共也就只有三个，小区内再无别的探头，因此只能判断何危是什么时间进的小区，有没有回家就不得而知了。

彩色监控画面里，第一次见到何危，是13日傍晚6点，他下班回来，手里还拎着菜；第二次见到何危，是将近晚上9点，他换上一身休闲装出门，然后监控一直快进，大约晚上12点左右，何危再次出现在画面里，他回来了。

他走得很慢，晃晃悠悠，仿佛真的喝醉了一般，还停在树旁，手在口袋里摸索什么。这时，何危忽然抬起头，那张五官周正的脸正对着摄像头，眼神也猝然变得犀利，全然没有一丝醉酒的样子。

程泽生眼疾手快按下暂停，将画面放大。低廉的摄像头画质并不清晰，放大之后脸部变成像素点组成的图案，他又把画面缩小，拿出手机翻出尸体照片，跟着画面反复对比，才说："不对。"

"嗯？"向阳盯着画面和手机看了半天，实在看不出有什么不同，虚心求教，"哪里不对？"

"从头到脚都不对。衬衫颜色相同，但一个袖口和领口有条纹格，一个没有；裤子的皮带扣款式不同；鞋的款式也不对，虽然都是蓝白配色，但一个是 AJ11 北卡蓝，一个是 AJ11 蓝蛇，蓝蛇的鞋面有蛇皮样纹格。”程泽生把照片放在监控图像旁，“看出来了吗？”

向阳揉揉眼睛，盯着瞧了半天，懵懵懂懂地点头：“好像是的。”

“什么好像，就是！”

向阳一双眼睛黏在屏幕上，几乎要瞪出来：“看不清眼睛下面有没有痣，不过应该不会是何陆，他的不在场证明很充足，这个时间段和同事一起在外地的宾馆里休息。”

“我的确在怀疑这个人不是何危，但没怀疑他是何陆。”

向阳还是一脸懵懂，这是什么意思？程副队的话越来越高深莫测，连命题他都快听不懂了。他小心翼翼地问：“也有可能是出去一趟，换了一套衣服？”

“那他出去干什么就很耐人寻味了。”程泽生看着保安，“你们小区除了正门之外，还有其他地方能出入吗？”

“靠近南门有一个破损的栏杆，后面靠着菜场，很多老人家图方便都从那个栏杆钻出去买菜。”

保安领着他们一起过去，只见这个出口人来人往，就算是有有价值的线索也早已损毁。向阳观察这条路，倒是有两家烟酒店装着探头，如果何危从这里走的话有可能会被拍到。

于是程泽生派他去挨个查监控，而自己拿着钥匙去了一趟何危家里。这间只有三十平方米的出租屋就是何危的家，一室一厅，墙面已经泛黄，房顶还有部分开裂，但屋子里干净整齐，陈旧却并不破旧。

程泽生在出租屋里绕了一圈，麻雀虽小五脏俱全，几平方米狭小的厨房里配置了咖啡机、奶泡机，由此可见何危虽然身处陋室，但日子过得还是挺小资的。

同事来过一次，全部搜查过一遍，没有找到什么有价值的东西。何危的兴趣圈和交际圈都很狭窄，从他书架和抽屉里的书就能看出这人性格内向，尽钻书里了，其他信息也隐藏得很深，身边的父母和朋友没有一个知晓。

他经常出入 Avenoir，不过连景渊也说了，何危很洁身自好，来酒吧大多数情况都是找他一起聊天。

再拉开书桌抽屉依次检查，没发现何危家里有任何关于音乐的书，倒发现抽屉里装着不少药，不像艺术家像养生专家。程泽生把手机里转存的那张简谱找出来，和何危书里的字迹对比，感觉完全像两个人写的，特别是“5”这个数字，何危习惯性连在一起，导致不仔细看的话像是一个“8”。

他收起手机，继续在何危的家里查看。打开衣柜，衣服不仅款式单调，连颜色都是黑白灰三种颜色，不知是不是想暗喻上班的心情就像是上坟。打开鞋柜，几排黑白灰的皮鞋和运动鞋里，两双彩色的运动鞋显得很扎眼，一双是浅绿和明黄的配色，另一双是深蓝和深红的配色。

程泽生将鞋子拿出来，观察几秒断定，肯定是别人送的。并且何危并不喜欢这种款式和颜色，几乎没怎么穿过，这两双鞋和新鞋没什么区别。他瞬间联想起那双北卡蓝，那么靓丽的颜色肯定也是别人送的，何危还特地穿上出门了，是去见什么人？

他蹲在地上思考，电话忽然响起，是向阳打电话过来了：“程副队，烟酒店有拍到何危，他来买烟。但是按着你的说法，可能不是那个‘何危’，脚上穿的还是蓝蛇。”

“你说他买烟？”程泽生猛然站起，回到书桌拉开第三个抽屉，从里面翻出一瓶布地奈德福莫特罗粉吸入剂。

“向阳，你问问老板，何危去买烟的次数多吗？”

向阳在对面问老板，片刻后他回答：“他说第一次见何危来买烟，平时最多买啤酒。”

“当然了，”程泽生将手中的药瓶攥紧，“他有过敏性哮喘，当然不能抽烟。”

第15章

单身公寓

何危的车停在未来域附近的露天停车场，崇臻从车里出来，吹一声口哨：“哟，弄得还真不错，政府的设计品位有提升啊。”

这栋楼整体外墙是烟蓝色，乳白色条纹在每一层错开分布，侧面有一明一灭的星形装饰灯，和繁星密布的天空相得益彰。何危只看了一眼，便插着口袋走进去，崇臻跟在身后，还在夸：“难怪都抢着申请，外观上是真不错，比局里的宿舍年轻化多了。咱们那墙灰不溜秋，还挂个那么大的警徽，群众可不认为是宿舍，都说像班房，我也感觉怪像的。”

“就你爱瞎想，我住那么多年怎么从来没这感觉？”

“哪能跟你比？你除了案子还管过别的？连家都不是自己搬的。”

两人一起踏进未来域，一楼还有一个前台，不过现在无人值班，也许是因为新公寓的分配还没落实到位，搬进来的人寥寥无几，刚刚在外面看见亮灯的只有两三户而已。

进电梯之后，何危便对新公寓产生了好感：不错，电梯够快，没有慢吞吞蜗牛似的挪上去，四层楼一眨眼就到了。

走出电梯，楼道弯弯绕绕，设计得像是写字楼。404在右拐最里间，何危掏出钥匙开门，推开之后还能闻到一股淡淡的油漆和木材的味道。听说装好之后为了散甲醛，晾了半年才开始分配，但平时门窗都关着，那股新屋的味道还是不容易散干净。

开灯之后，地板上堆了三个大袋子，何危去开窗通风，崇臻自行参观。整间公寓上下两层加起来六十平方米左右，一楼是客厅、厨房、卫生间，一个木质小楼梯上去，二楼有两间小卧室，果真是按照单身公寓那么设计的。关键是全部装好了，他们这一行虽然大龄单身青年太多，但南漂攒钱买房的也不在少数，如果能分到这么一套小公寓，拾掇一下能做婚房。

“所以说老郑偏袒你吧，给你一人一间，他是不是打算等你和幼清成了，然后搬一块儿住啊？”

何危卷起袖子翻个白眼：“没影的事儿你们一个个说得跟真的一样，老郑舍得让他女儿来住宿舍？想太多了吧。”

“不是我们想太多，是幼清那丫头的心思明明白白写在脸上，拿你当哥哥我是不信的。”崇臻也脱了外套将袖口挽起，“上面两间房，一左一右对门开的，你住哪间？”

“哪间靠楼梯近？”

崇臻明白了，拎着两个袋子上了楼。何危的东西很少，除了衣服、被子和生活用品之外，两个电子产品——笔电和掌机，再加一个篮球，齐活。他和崇臻只用半个小时就把东西全部放好，何危打一盆水，拿着毛巾打扫家里的卫生，这个崇臻就不参与了，他对做家务一向不擅长。

“阳台也好，外面没有铁栅栏，星星看得特别清楚。”

“家具配得挺全的，沙发茶几都有，是不是每间屋子都是这种配置？这装修加家具局里得贴多少钱。”

何危在擦茶几，瞄一眼：“你以为白给的？老郑当初说可以自己带家具也可以装修之后帮着配，我嫌麻烦，交钱省心。”

崇臻明白过来，抬头瞧见客厅正中央的石英钟，笑出声：“这也是你要求配的？能不能有点青春气息，整得跟老头子似的。”

何危也抬头，正对面是一座挂在电视上方的圆形石英钟，表盘深蓝色，数字是明黄色，色调没什么问题，但下面那个黄铜钟摆，顿时就让这个石英钟带上一种民国的年代感。时间刚好 9 点整，钟摆晃动的同时，响起一段钢琴曲，而后停止。

“还带整点报时啊。”崇臻拿把椅子站上去，观察片刻，“还挺高级的，后面有 USB 插口，可以随时换报时音乐。”

“哦。”何危敷衍地答一声，盆递过去，“换一盆来。”

他放下毛巾走到阳台，抬头看着夜空，繁星闪烁，皓月当空，明天也会是一个晴天。可惜案情还不够明朗，今天抽空回来收拾家里，算是有一个睡觉的窝，但不知道下次回来休息是几天之后的事了。

换过三盆水，家具全部擦过一遍，瓷砖地面也拖得一尘不染、光可鉴人，何危拿着拖把，这才露出满意的微笑。崇臻啧啧摇头，洁癖真可怕，拖那么干净做什么？当镜子照？

“谢了，回去吧，改天我请客。”何危叮嘱，“明天去找程泽生父母，调查一下他在 J 国的情况。”他想了想，又补一句，“还有，合照里的那个男人，有消息的话第一时间通知我。”

午休时间，云晓晓趴在桌子上，夏凉悄悄走过去，看着她的苍白脸色和倦容，轻声问：“晓晓，你还好吧？”

“没事。”云晓晓抬起头，揉揉眼睛，“就是没睡好，周末不加班的话我要睡一天。”

她最近因为程泽生遇害的事情绪一直比较低落，买的演奏会的票夹在电脑旁边，虽然主办方已经开始组织退票，但云晓晓舍不得，打算当作一个永久的纪念。

郑幼清一手拿着文件夹一手拎着奶茶出现在门口，云晓晓对她挥手：“幼清！你来找队长的？他 2 点回来。”

“没有啦，来看看你。”郑幼清脸颊微红，把奶茶放在桌上，“给你带的。”

“还是幼清你像天使！”云晓晓插上吸管，喝一口，“这是全糖的？”

郑幼清眨眨眼：“对呀，看你一直苦着脸，多吃点糖心情会好点儿。”说完伸手捏着云晓晓的脸颊，“而且快体检了，我感觉你又要被点名要求增重。”

云晓晓叹气，这也怪不了她，原来在警校，她的体重还是 9 开头，进刑侦队之后，每年下滑，体检经常被要求增重，由此可见干刑侦多么熬人。别人轧马路，她去出现场；别人买衣服，她去查尸体；别人在唱歌，她在做笔录……总之不能提，年轻貌美硬生生熬成一脸沧桑。

“可怜我没男朋友也就算了，梦里的老公还死了，人生凄苦猝不及防。”云晓晓托着腮叹气，夏凉轻咳一声：“你的目光别放那么远，身边也有好的。”

云晓晓和郑幼清一起盯着他，郑幼清笑而不语，云晓晓好半天才反应过来，惊讶地睁大眼：“疯了吧你，队长那种男人，谁能撩得动啊？也就幼清，有愚公移山的精神。”

夏凉回到自己的位子上，心拔凉。

2 点不到，何危和胡松凯风风火火地进来："那条探险令查得怎么样了？"

夏凉赶紧举手："查到了，发布时间是 14 日下午 4 点，要求是 15 日凌晨 3 点之后去伏龙山公馆，过程必须全记录，悬赏金额高达 5 万人民币。"

云晓晓翻开笔录："据卢志华，就是探险队的队长所说，他们接到主动邀请的邮件，一看地点在本市，金额还这么高，就叫上队友们夜里一起去了。在上山途中没有遇到任何人，抵达目的地之后，公馆的院门和大门都没有锁，一推就开。他们进去之后录像还没打开，就有队员发现尸体，一群人吓得惊慌失措，赶紧报警了。"

"探险令让我看一下。"何危站在夏凉身后，夏凉点开网页，介绍："这个网站专门以灵异作为卖点，可以上传各种灵异视频求鉴定，也可以参加各种线下的冒险游戏。其中发布探险令有偿请别人探险是一大特色，满足那些想去鬼屋又不敢自己去的人的好奇心，不过悬赏金额都是几百元到几千元不等，5 万元这么大手笔在这个网站很罕见。"

点开探险令，一只占据整个屏幕的血红眼睛睁开，一行行幽蓝文字浮现，仿佛一簇簇鬼火在屏幕上跳跃。胡松凯探头："整得挺吓人的啊，吓死几个心脏病就热闹了。"

"心脏病谁敢来看这个。"何危看过探险令之后，点开发布者的昵称，头像简介什么都没有，参与 0 发帖 1 讨论 0，明显是一个新建的账号。

"这个人在 14 号下午发布这条悬赏，又主动发邀请给卢志华的团队，恰好他们过去就发现尸体了，不像是巧合。"何危的手搭在夏凉肩头，"能查到 IP 地址吗？最快的方式。"

夏凉和何危深沉的双眼对上，心领神会："明白！"

郑幼清今天过来，是把那片踩得纷乱的鞋印鉴定交给他。经过比对，那片鞋印里不仅含有10个学生的，还有另外两种鞋纹，但都掺杂在重叠的鞋印里，提取难度很大，至今还没提取出完整鞋印。

但是可以确认其中有一个是死者程泽生的，有四分之一的鞋纹图块可以完全比对上，至于另一个，只能提取出鞋跟和鞋尖的部分，连鞋纹中间的鞋码都无法辨识，只能看长度确定在41码左右，凭着零碎的鞋纹确定种类是运动鞋，其他的目前还没什么头绪。

何危翻着报告，饶有兴趣道："很聪明。"

云晓晓、郑幼清和夏凉一起好奇地盯着他，胡松凯坐下跷着腿："你们何支队的意思是，这人愿意留下痕迹，但留下的都是让人可以看见却无法做出更精确推算的东西。比如现场的喷溅血迹，完全可以破坏鲁米诺反应，却没有这么做，而是故意留白让人知道他的存在。还有足迹，他也可以清除掉，还可以戴着鞋套犯案，更方便不是吗？"

夏凉看了看何危，吐吐舌头："像是在和咱们警方下挑战书一样，有本事就留下更多的证据啊！指纹怎么不敢留？！那颗弹珠上有他的指纹吗？"

郑幼清惋惜地摇头："早晨刚比对过，有程泽生的，没有嫌疑人的。"

夏凉摊开手，看看，还是不敢吧，就是故弄玄虚又不敢直面我们警方真正的实力！

"换个角度想想，也是一种挑战，对抽丝剥茧的过程会很期待吧？"

"……"

夏凉、云晓晓和胡松凯一起看着何危唇角微扬，露出既期待又夹着淡淡兴奋的"变态"笑容，纷纷沉默。

不期待，我们是真的无法产生共鸣。

第16章
尸检结果

程泽生带着在何危家里找到的病历材料和药，开车载着向阳回局里，把去搜查的那组人叫来，冷着脸训话："怎么做事的？这么重要的东西都没发现？！"

带头的小范表情无辜："副队，您消消气，我们当时重点查看的是和案件有关联的线索，没在意这些细节。"

"这是和案件无关的东西吗？关联大了！"程泽生将那瓶治哮喘的吸入喷雾重重放在桌上，"死者的身份都不一定对！"

小范和身后几名同事面面相觑，忍不住问："副队，这是什么意思？死者不是何危？"

向阳站在一旁，很为难地开口解释："可能是他，也可能不是他，目前很难说得清。"

他也是一知半解，感觉云里雾里。虽然这些东西证明何危有漫长的哮喘病史，但也不能因为一次买烟的举动就推断不是一个人吧？他对程泽生提出疑问时，程泽生回他的是更加模棱两可的两个字——直觉。

"好了，别耽误时间，马上去医院调查。"程泽生将病历和报告分发给小范那一队，"何危的所有病历和报告都是这家三甲医院出具的，你们把写病历、出报告的医生都问一遍，一定要弄清楚得哮喘的到底是不是他。"

他又抽出一张验血报告："这张报告出来的时间是何危被害前一天，

间隔不是很久，去医院问问血液样本还在不在了，有的话带回来。”

大家分头做事，程泽生捏着眉心，把现场的尸体照片在桌上摊开，打开手机，和今天在监控里拍下的照片比对。仔细比对之下，何危9点离家、夜里12点回来、公馆被害，三个时间段的穿着都有差别。虽然大体的颜色相同，款式也差不多，但在一些小细节方面还是能发现不同。就像是一个找碴儿游戏，三张图有各自的不同点，拼的就是细心程度。

一个人，短短的几个小时里换了三套衣服，怎么想都觉得难以理解。更匪夷所思的是何危的病史，因为程泽生在尸检报告里并未看见他有哮喘病史。绝不是江潭查不出来，只可能是身体根本没有反映出这种情况。

9点之后，没人知道何危去了哪里。监控只排查到他出现在天桥后便消失，他的生活圈那么小，没有去酒吧找唯一的朋友，也没有恋人，和家人更是不常联系，这样的人，究竟能去哪里？

至于晚上12点回来的录像，在别人眼中，可能连他换了衣服都看不出来，但程泽生却感觉已换了一个人。他的洞察力一向出色，干刑侦年头也不少，更是练就了一双火眼金睛。面对犯罪嫌疑人，有时候仅凭细微的面部表情变化就能判断出来有没有在说谎，因此看见何危走路的姿势形态以及眼神，程泽生直觉判断这和之前的何危根本不是一个人。

联系到无法重建的现场，这种想法更加根深蒂固。这时候他反倒希望是何陆冒名顶替，医院里那堆检查报告也并不是何危的，否则的话他将碰上一个科学无法解释的迷局。

正在烦躁的时候，电话响起，来自“磨人精”谢文兮。

“我听程叔叔说你要离家出走了？住在哪儿啊？新家怎么样？”

“局里的宿舍，我还没去看过。”听她提起，程泽生才想起来到现在还没去过未来域，嘴上说着搬出去，万一是个毛坯住进去连个睡的地方都没有怎么办。

“那正好，我在市局附近，咱俩吃顿饭，然后再去新宿舍看看。”

“免了，我最近忙。”程泽生一口回绝，他才不想和谢文兮吃饭，这丫头是记者，负责的是社会民生的版块，经常上他这儿取材套消息。

不过程泽生嘴很严，又不吃美人计，谢文兮往往空手而回，过两天再卷土重来。要不是他们两家门对门，父辈在一个军区工作，抬头不见低头见的，程泽生早就离这种彪悍女人八丈远了。

他抬手看看表，已经快到下班的点，于是拿起车钥匙，准备去一趟未来域。

跟着导航行驶半个小时不到，未来域就在眼前。程泽生下车，先打量整体外观，还不错，比局里的旧宿舍光鲜亮丽。

进去之后，程泽生去的是四楼，要找的是 404 这一间。404 在楼道最里面，打开门映入眼帘的是干净整齐的宿舍，地砖一尘不染，茶几光可鉴人。程泽生深感惊讶，黄局待他真不薄，不仅家具一起配好了，还收拾得这么干净，下次他老人家再找自己谈话可不能乱发脾气，毕竟拿人手短嘛。

地上拖这么干净，程泽生都不好意思穿着鞋进去乱踩，打开鞋柜发现里面有一袋一次性鞋套，拆了两个套上。他顺着楼梯上去，有两个房间，靠近楼梯那间居然打不开，程泽生耸肩，拧开对面那扇门。

听说新宿舍都是两人一间，可能会有同住的室友？老黄没有明说，程泽生也无所谓，他脾气不算差，只要没戳到雷点上，算是个好相处的人。

回到客厅，挂在墙上的石英钟瞬间吸引了他的注意。整间公寓从装潢到家具，都是走的现代简约风格，唯独这座钟，却是那么格格不入。

黄铜钟摆一下一下摇晃着，整点报时还有音乐，复古又新潮。

算了，东西也不是自己准备的，他在家里的时间肯定没有在局里多，压根不用在意一座钟。

新宿舍参观结束，程泽生心满意足地离开，今晚就回家收拾行李。

隔天一早，小范急匆匆赶回局里，何危在医院做检查的血液样本带回来了，已经送去技术组。程泽生问他调查情况，小范点头：“是真的，人民医院的呼吸科主任和何危很熟，何危在他那边看病快十年了。”

“确定是何危不是何陆？”

“没错，就是何危。老主任也知道他的双胞胎弟弟何陆，以前帮忙来拿过药。两人气质性格完全不一样，一眼就能认出来。”

“何陆以前还帮何危拿药？”程泽生摸着下巴，“那看来兄弟俩关系曾经还不错。”

“这一点不清楚，老主任只说这几年没再见过何陆，都是何危一个人过来，有时候是另一个戴着眼镜、长相温润的男人陪着他一起过来。”

这描述的就是连景渊。

血液鉴定的结果出来之后，成媛月专程送来，程泽生只扫一眼，脸色凝重，带上材料直奔法医科：“小潭子！快出来！”

“在呢！瞎叫什么？！”解剖室的门拉开一道缝，江潭露出半张脸，面色阴沉，“叫我江法医或者江科长。”

“何危的尸检结果你确定准确无误？”

“……”江潭“哗啦”一声拉开门，“程泽生你过分了！前些天我就告诉你，我以我十年的职业资历保证，没有一点问题！”

“他有哮喘。”程泽生将何危的肺部CT以及血检结果一起递过去，江潭翻了翻，渐渐惊讶，快步冲回解剖室，门也关得死死的，不给任何人进来。

程泽生坐在外面烦躁不堪，柳任雨帮他倒了杯水："程副队，先休息一会儿，老师应该很快就会出来。"

"我就怕他出来，然后告诉我噩耗。"程泽生捏着眉心，"以江潭的专业水准，出错的可能性极低，这个案件的走向就更奇怪了。"

柳任雨在他身边坐下，笑了笑："程副队，你相不相信这世上有很多无法解释的奇妙现象？"

程泽生看着他："你是指闹鬼？"

"可能是，也不一定是，"柳任雨推了推眼镜，"在科幻片里可以常看到，人处在一个四维时空，每一个时间段的自己都有可能相遇，见面的话会带来一种非常奇妙的感受。"

"……我相信科学。"

"这在科学上是成立的，包括更高维度的世界和生物，都是成立的，只不过我们现在的文明无法探索而已。"柳任雨拿出手机，找出一张海报，"下个月这部科幻电影会上映，程副队感兴趣的话可以去看一看。"

程泽生瞄了一眼，还没说话，解剖室的门打开，江潭脸色铁青地出来："不可能！"

程泽生站起来，江潭将那病历和报告摔在桌上："里面那具尸体，肺部表面残留的焦油显示最少有五年以上的吸烟史！但是气道平滑肌没有增生现象，也没有支扩，整套呼吸系统没有病变，不存在哮喘！"

"那他的血液结果怎么解释？总 IgE（免疫球蛋白）是常人的几倍，达到过敏性哮喘的指标，而且检出的 DNA 也相符！"

江法医的暴躁脾气快压不住了："我怎么知道！总之里面那具尸体

是何危，血检报告是不是他我不能百分百确定，也有可能是他弟弟的。双胞胎 DNA 相同，干脆做基因测序，检测甲基化差异来慢慢排查！”

程泽生太阳穴突突跳个不停，本来这个案子之前找到的证据就已经有一些不符合常理，现在更是夸张，连人都可能不对，让他感到一个头两个大，真正像是走在迷宫之中。

“那就找何陆，提取样本。”程泽生食指点了点桌上的病历报告，“江潭，你再仔细检查一下何危的尸体，任何不合常规的地方都标记出来，不要有遗漏。”

江潭能怎么办，自己挖的坑只能自己填。他倒是无所谓，就是再次打扰死者，心里有点过意不去。

柳任雨从柜子里把何危的尸检报告拿出来，问：“老师，基因测序麻烦又复杂，工程庞大，你觉得有必要吗？”

“有必要。”江潭回答得很干脆，“我不相信同样一个人，会有两个身体以及两种完全不同的生活经历。”

第 17 章 不愉快的初见

专案组会议上，崇臻将带回来的调查报告递给何危。何危大致浏览一遍，程泽生果真不是独生子，他还有一个哥哥，比他大四岁，但在很小的时候被拐卖了，父母当时找了两年也没消息，才会又生下程泽生。

程泽生那个走丢的哥哥叫程圳清，儿子被拐卖之后，丁香感觉是名字起得不好，水至清则无鱼，于是第二个儿子就起名“泽生”，取福泽恩生的吉意。崇臻把项链里的合照拿给程家父母过目，丁香感到不可置信，但是看见那男人和程泽生相似的眉眼，一种母子之间的怜惜感油然而生。

他们感觉这个人应该就是大儿子，但也想不通他为什么没有和他们相认，只去找程泽生。而程泽生也一直瞒着这件事，压根就没提到过哥哥，若不是警方问起，丁香还以为这辈子也见不到大儿子了。

收集枪支的事，程家父母一无所知，对儿子会做出这种举动深感不解。程泽生从小安分乖巧，在允许持枪的J国也从来没买过一把枪，回到国内却建起一个兵器库，他们做父母的想都不敢想。

“大致就是这个情况，反正程泽生的父母一问三不知，不仅不知道程圳清在哪儿，还要我们警方帮忙找儿子。”崇臻叹气，“我们也抓瞎啊，目前连程圳清是不是真实存在都不清楚。程泽生身边的人都没见过他，包括关系最近的助理和经纪人，全都不认识他。”

“是存在的，地下室那些枪上有提取到其他人的指纹。况且一个人只要在这里生活，就不可能将所有痕迹全部抹去。”何危放下资料，“这也是我说嫌疑人聪明的地方，无法抹灭痕迹那不如让我们无力辨认。”

“那接下来的重点是找到程圳清？”云晓晓问。

“崇臻，还是交给你负责，把那张照片复印一下，在程泽生家附近五公里范围内排查。”何危端起茶杯喝一口，“找人是一方面，别的疑点也很关键，比如程泽生怎么出现在公馆的，他没开车，步行的话那么多天眼一个也没拍到，太蹊跷了。”

“蹊跷的多着呢，比如那个第三者完全没影，凶手也没下落，我都怀疑就是他哥哥杀的人。”

胡松凯这么一说，参加会议的几名专案组成员纷纷点头，感觉这个推断极有可能成立。从隔壁禁毒队抽调来的吴小磊问："根据程泽生父母的说辞，程泽生应该是不了解枪械的，那武器库也和他无关？"

"不能这么说，程泽生会用枪。"何危将今早技术组送来的鉴定报告翻开，"地下室发现的那些弹壳弹头的鉴定结果出来了，和程泽生体内的子弹是由同一支92式射出，而且还检测到他的指纹，我相信那一匣子弹都是他打的。"

"那凶手真是奇怪，只把弹壳捡走，弹头干吗不一起处理了？"崇臻问。

"大概是弹头在体内不好找吧？有时候还要拍X光才能照出来。"云晓晓说。

夏凉歪着头："时间不够？怕被人看见？"

吴小磊推测："也可能害怕，不敢挖。"

何危思索着，手中的笔一下一下叩着桌面。不对，都不对，他既然拿走弹壳，枪也没留下，那就证明不希望被警方查到，但弹头不处理，反而会留下更直观的膛线可以比对。

如果发布那条探险令的是凶手，那从程泽生的死亡时间开始算起，他有很长时间来处理这个弹头。再不好找，中弹部位就在胸口，切开组织的话，耐心点也能找到。胆小更是无从说起，在何危心中，这就是一个心思缜密的杀人犯，绝对能做出最完美的现场处理，是什么原因让他没有这么做？

"换成是我，我肯定不敢挖，"夏凉啧啧摇头，"况且人家是大帅哥，胸口开个大血洞，多破坏美感。"

何危忽然抬头："你说什么？"

"呃……我不敢？"

“下一句。”

“他是大帅哥，胸口开个大血洞，多破坏美感？”

何危将程泽生的验尸报告找出来，翻到体表检查，“手脚指甲修剪整齐”“面部未见喷溅状血迹”以及“衣着整齐完好，未见搏斗痕迹”等等描述映入眼帘，让他眼皮一跳，一个想法跃然而出。

不是不愿意，而是不忍心。

他们一直思维固化，认为处理现场掩盖真相的一定是凶手。但恰恰忽略了那个在场的第三人，他精心整理程泽生的仪表，还帮忙修剪指甲，关系非同一般，却又基于某种特殊的原因，不得不帮着凶手处理现场。

这个第三者到底是什么样的存在？年轻男性，身高 180 厘米左右，心理素质很好，心思细腻善于隐藏真相，注意仪表，也许有一些不同于一般人的癖好……

不够，信息量还是太少。何危的眉头越皱越深，办案多年，这并不是最复杂的案子，却是第一个对在场嫌疑人无法完整侧写的案子。

天色已晚，在局里一耗又是两天，何危合上卷宗，打算回家洗澡换身衣服。

车在未来域门口停下，何危抬头，发现亮灯的依然是那么零星几户。他感觉这样挺好，清净，没人打扰。不过刚一打开家门，他便察觉到异样。

第一眼注意到的是门口鞋柜上两个拆开的鞋套，他记得很清楚，上次离开时鞋套在柜子里，根本没有拿出来。而玄关地面还有一些尘土，能模糊看出一块波浪形状的鞋纹。

何危用手机拍照之后，从口袋里拿出塑胶手套戴上，然后也从鞋柜里拆了两个鞋套，避免破坏那块鞋纹，走进客厅，回家像是进案发现场。

他先去检查阳台的窗户，发现并没有破坏的痕迹，于是又打开门，门外的扶手上也未发现指纹。按着现场这种情况，可以判断嫌疑人是直接用钥匙开门进来，放在一般案件里，何危就要怀疑是熟人作案了。

客厅、厨房、卫生间，所有家具的摆放位置都没有变动，何危上二楼，走到自己房间门口，终于在扶手上发现一枚不清晰的指纹。他“噔噔噔”下楼，拿了一卷胶带上来，小心翼翼将指纹覆盖住，再缓缓揭下。这枚指纹清晰印在胶带上，形状是拇指，右流箕，右手拇指指纹。

提取之后，何危才用钥匙开门。刚一推开门，他便断定闯空门的人没有进入这里，只看了一眼便又关上。

还剩下对面那间。何危站在房间门口，心里忽然冒出一种怪异感。他握着扶手下压开锁，缓缓推开，很久没有过心跳如此快速的情况了，就像是第一次出现场、第一次解剖尸体、第一次开枪那样紧张。

什么也没有。

何危一愣，面对着这个房间，好半天才唇角轻提，又退出去关上门。果真是案子办多了神经敏感，还有，刚刚莫名其妙的到底是在期待什么？

房子里一样东西都没少，这人就像是来观光旅游似的，转一圈又出去了。何危实在想不到是谁这么大胆敢来闯警察宿舍，也弄不明白这人来一趟的目的是什么，压根就没进他的房间，屋子里虽然没什么值钱的东西，但撬了锁带走笔记本起码能挣个路费。

时间不早，何危顾不了那么多，先把要紧事办了再说。他拆开桶面泡上，今天回来的目的是洗澡，顺便吃饭，等下回局里把指纹一起带去化验。

浴室里，他打开莲蓬头，磨砂玻璃门隔音做得很好，以至于门口传来的开门声都被水声掩盖，什么动静都没传进来。

程泽生今晚搬家，拎着一个旅行箱进门，听见浴室传来水声，猜到应该是那位“邻居”先来了。人家在洗澡，也不方便打招呼，他拖着行李箱，看见茶几上摆着桶面，叉子扎住包装口，还有一阵阵红烧牛肉的香气从缝隙里溢出。

程泽生拿起来看了看，邻居和他口味相似，都喜欢吃这种原味的红烧牛肉面。不知道是哪个警队里的同事，应该也挺忙的吧？晚饭就靠泡面凑合了。

他把泡面放下，先上楼收拾行李。何危擦着头发出来，刚走到客厅，第一眼便发现茶几上的晚餐不见了。

何危眯起眼，快步走到玄关，地面上出现新的痕迹，长条形的轮印，很像是行李箱底部的滚轮留下的。他回头环视客厅，最后走到楼梯口，一步步上楼。

何危先打开自己房间的门，没有异样，又推开对面那间门，还是什么都没有。房间里只有一张床、一张桌子、一个衣柜，但是刚刚窗户是关起来的，现在却被打开一半，初夏的微风缓缓吹入。

程泽生正在叠衣服，门忽然像是被一阵强风吹开，他回头看着窗户。不可能，就算是风，也该是门外来的风源才对。

他走到门口张望，邻居没上来，也没人在门口，刚刚不知什么原因门就开了。程泽生耸耸肩，重新关上门，继续收拾衣服。

“啪。”身后的门合上，何危转身，瞄一眼半开的窗户，这种风力能把门吹关上？

他在房间里仔细查看，之前衣柜还是关着的，现在却是打开半扇。

何危摸着下巴，在脑海中补圆这个场景：有人带着行李进来，然后开始放衣服，就像是那天他刚搬进来一样，正蹲在地上收拾。

但这里什么都没有，明明有人进来，他却找不到那个人的踪影。

何危拿出手机，打开拍摄模式，对着房间录像。有时候电子眼会比人眼看到更多。程泽生站起来，从何危身边走过，相机屏幕闪过一片黑影，眨眼间又恢复正常。

身后的门又开了。

程泽生下楼，浴室的水声没了，邻居已经洗过澡，但茶几上的泡面还在，泡的时间太长，汤汁全被面条吸收，面变软变坨。

人呢？面泡好了还不来吃？程泽生站在楼梯口，对着楼上喊一声："喂！你的泡面再不吃要坏了！"

无人回应。

程泽生又喊了一声，还是没人答应，他坐回沙发上，猜想可能是临时出任务，他也经常如此，电话来了不管在做什么都要放下手里的事，任务放在第一位。

确定邻居真的不在家，程泽生晚饭也没吃，干脆拿起泡面。到时候打声招呼，他也是做好事，倒了多浪费。

何危从楼上下来，在楼上待了那么久一无所获，心里疑云重重，走到沙发边坐下。

胃又了叫一声，他的眉头拧成麻花，人不见也就算了，面呢？

两人一个靠着沙发正在吸溜着面条，一个托着腮眉头紧皱，形成强烈对比。

他们之间明明只隔着一个位置，却无法感知对方的存在。

第18章

你听得到

杜阮岚锁上法医科的门，路过刑侦处，发现何危这个支队长正在办公室里啃饼干看破案纪实节目。她敲了敲窗户，何危抬头，杜阮岚对他露出笑容，推门走进来。

“下班了？”

“我刚下班，你又来上班了。”她双手插在白大褂里，“回家洗澡都没来得及吃饭？你也太敬业了吧？”

何危表情尴尬，嗫嚅道：“被偷了。”

“嗯？”

“泡面，被偷了。”他咽下干巴巴的饼干，“还是在家里。”

杜阮岚来了兴趣，这话真是让人听不懂，堂堂市局刑侦支队一把手，还能在警察宿舍里被人偷东西？

不过何危的表情明明白白写着“我没开玩笑”，杜阮岚弯着腰，半个身子伏在桌上，手托着腮：“我还真好奇，到底谁敢对你何支队长下手，有线索吗？”

“指纹，交给技术组了。”他就是为了赶着回局里交指纹，路上才没来得及解决晚饭。

“哦，那破案就是分分钟的事了。”杜阮岚从包里摸出一袋面包，“这个给你，比饼干好吃。”

何危谢过岚姐，还省得再下楼跑一趟小卖部。杜阮岚走后，他啃着面包，继续研究案件，家里遇到的怪事并没有影响他的心情，回到工作岗位上该做什么还是做什么。

同一时间，程泽生没有回局里，去的是 Avenoir。他提前和连景渊联系过，今天过去，连景渊早已让人调好一杯天蝎宫，就在等着程警官的到来。

“程警官，这次还有什么我能帮你的吗？”连景渊把天蝎宫推过去，“知无不言，言无不尽。”

程泽生瞄一眼色泽亮丽的鸡尾酒：“谢了，办案时间不喝酒。何危有哮喘？”

连景渊点头：“嗯，大学时候就有。”

“那他会抽烟吗？”

“不会，学长的生活一直规律，最多只会喝喝啤酒、鸡尾酒，也是点到即止。至于烟嘛……”连景渊轻笑，“他知道自己有哮喘，碰都没碰过。”

果真如此。程泽生点点头，又问：“我听何危的主治医生说，何危和何陆兄弟俩以前关系还不错，他们为什么会闹僵？”

提到这个问题，连景渊有点尴尬：“这件事有点复杂，怎么说呢，也有我的原因。何陆一直都相信自己哥哥是乖巧安稳的人，认为他跟我在一起混久了被我带坏了。他让学长不要和我做朋友，学长没有听他的，还不停出入酒吧，何陆感觉有这种哥哥太丢人了，所以和他断绝联系，已经几年没有来往了。”

“嗯，看得出来，认尸还是捡着会议空当来的。”

连景渊叹气，何陆的脾气和何危大相径庭，当初知道哥哥总喜欢去酒吧，还来酒吧闹过几次，后来见哥哥“死不悔改”，这才心灰意冷，对哥哥的态度越加冷淡，能不见面就不见面，几年之后彻底形同陌路。

程泽生记下，继续问：“那天夜里何危来找你，你有没有察觉到和平时有什么不同？”

连景渊的食指搭着下巴，似乎正在回忆细节。片刻后，他缓缓开口：“若说真有什么不同的话，应该是他整个人从眼神到气场都和我认识的学长不一样。学长平时沉默内敛，相当恬淡安静，但那天他坐在我的对面，却带来一种压迫感，还是在他默默喝酒没有开口的情况下。”

“开口之后，更是让我惊讶，一瞬间我都怀疑这个人不是何危，毕竟说话的方式和口吻差别太大。”连景渊端起自己那杯尼格罗尼轻抿一口，“从前我们聊天，都是我占主导地位，但是那天完全相反，我几乎都是在回答他的问题，完全被他带着走。”

程泽生问他们的聊天内容，连景渊说聊天的主题是学长失恋了，还找不到方法追回，因此才会这么痛苦借酒浇愁。连景渊也很意外，之前从来没听何危说过对谁有意思，和谁有发展，也不明白他为什么莫名其妙就失恋了。

“我们也没调查到他和谁有过于亲密的接触，所以我来就是想问问你，知不知道他晚上 9 点到 12 点，有可能会去哪里。”程泽生说。

连景渊思索几秒，面带苦笑：“真的想不到，学长的生活太过单调，而且他那种性格也不愿意轻易改变生活轨迹，所以晚上除了会来我这里或者回家，我实在想不到还能去哪儿。”

程泽生观察着连景渊的表情变化，他的双眼就像一台相机，将连景渊面部表情细微之处全部摄入瞳孔里。唇角的弧度、眨眼的次数、皱眉的程度等，都可以作为判断是否说谎的依据。可惜的是，在程泽生眼中，连景渊不仅没有隐瞒，还很诚恳，倘若他说的不是实话，那只能说明这人心理素质强到变态，也太会演戏，影帝在他面前都要逊色三分。

“对了，这个你知道是什么意思吗？”程泽生拿出手机，把那张简谱图片调出来，“这是在何危手机里发现的，会不会有什么特殊含义？”

连景渊盯着简谱瞧了半天，然后站起来，让程泽生跟他进去，里面有架钢琴，弹出来或许能受到启发。

他们去的地方是老板休息室，连景渊揭开黑布，露出一架乳白色的钢琴，程泽生问：“你会弹？”

连景渊点头，他学了不少年，父母希望他成为音乐老师，谁知道最后成了酒吧老板。他看着简谱，弹出那一小段曲子，程泽生在这方面毫无天分，让他听就是标准的“对牛弹琴”。连景渊又弹了一遍，摇头：“不属于任何一段古典乐，我也没听过，要不要录下来用软件在曲库里匹配试试？”

现在也没有什么更好的办法，程泽生点头，只能麻烦他再弹一遍。录完之后，连景渊合上钢琴：“弹了几遍，我倒感觉这不像是曲谱，不怎么好听。”

“我起初怀疑是密码，但是试了几种，都没有合适的破解法。”

“是像电影里的那种吗？摩斯密码。”

程泽生解释道：“一般来说，乐谱运用摩斯密码，是用强弱调还有长短音来代表点线之间的关系，但是这段简谱用这种方法却完全解析不出什么，能尝试的密码我都试过了，一无所获。”

连景渊对这些专业知识一窍不通，他只是一个酒吧老板，没有福尔摩斯那种头脑，帮不上什么忙。程泽生谢过连景渊，从他这边了解的消息比外围调查的还要全面，还帮忙弹乐谱，有这么配合的群众警方都该感到欣慰才对。

连景渊送程泽生出门，程泽生忽然问：“你说那天何危和原来不同，有怀疑过何陆吗？”

连景渊淡淡道：“没有，他没办法装成何危的。”

“为什么？”

“程警官，像他那种个性张扬，喜欢把情绪摆在脸上的人，想隐藏什么真的很难。相反，像学长那种沉默内敛又冷静的人，想隐藏什么，才没人能看出来。”连景渊笑了笑，“装满水的杯子，不论放进多小的石头都会漫出来，但装满石头的杯子，想再装下大半杯水，却是绰绰有余，就是这个道理。”

何陆张着嘴，正在配合警局技术组的人员采集口腔拭子。棉签在嘴里刮过一圈，成媛月采集结束收进物证箱里，何陆问要不要抽血，还挽起衬衫袖口。

“抽血不用了，再把指纹留一下。”

何陆二话不说把两只手伸出来，相当配合，态度坦荡。程泽生在一旁抱着臂，何陆十个指头的指纹全部按好，站起来冷笑：“你们有这个时间调查我，真凶早就跑了。”

“别废话，谁是凶手光凭你一张嘴说了算的？你是福尔摩斯还是赫尔克里？”

何陆脸色一变，问成媛月：“你们警方办案这种态度，我可以去公共关系科投诉吗？”

成媛月皮笑肉不笑地回答：“下楼右拐第一间，走好不送。不过投诉受理都会调查，作为在场同事，我并未感觉到程副队的态度有任何问题。”

何陆又是一声冷笑，看一眼程泽生，眼中带着不屑一顾：“长成这样，难怪破不了案就会来事，你们警局没人用了？”

程泽生：“……”

成媛月：“……”

取样结束，何陆还要赶飞机先走一步。成媛月怒道：“什么人啊？白瞎了那张脸，真想揍他。”

程泽生也感到厌恶，从第一次见面他就对何陆印象不好，这人就像是一只长满刺的豪猪，滚着扎人，无差别攻击。他也有兄弟，如果他哥是这样的人，程泽生早就打得他满地找牙了。

至于这件案子，程泽生倒是没有怀疑过他。这次取他的DNA，完全是为了解开另一个谜题。江潭已经申请做这对双胞胎的基因测序，法医科几名同事一起跟着科长当牛做马，加入这个浩大的工程里。

他不可能告诉何陆，警方现在怀疑在停尸间的不是你哥哥，那不仅解释不清还会乱了套，干脆就先把他当成嫌疑人，走程序也方便快捷。

晚上，程泽生特地去了一趟超市，把生活用品买齐，顺便又买了一桶红烧牛肉面。回到公寓之后，繁忙的邻居还没回来，于是他将泡面放在茶几上，当作是昨天晚餐的谢礼。

何危今晚也特意回来，他本来打算留在局里，但心里总是记挂着那个闯空门的贼，干脆回未来域看看这人有没有可能再来。

果真，门一打开，地上又有鞋印，何危照样拍照留证据。走进客厅，茶几上摆着一桶面，他拿起来看了看，又去厨房查看，确定不是自己的储备粮，而是一桶多出来的泡面。

怎么回事？这是昨天的道歉？特地还回来的？

何危回到客厅，对着泡面沉思，忽然厨房里又传来动静，冰箱的门开启，响起短促的提示音。

何危快步走进去，厨房里依旧空无一人，冰箱的显示屏亮着灯，显然门刚关上。他之前才检查过一遍，这次再打开，牛奶和三明治不见了。

“……”

何危脸色难看，他捏紧拳，马上拿出手机打电话给技侦，要求准备一组摄像头，全彩的、画面最清晰的，明天过来安装。

程泽生哼着歌，吸管插进牛奶里，咬一口三明治，优哉游哉地看报道。

邻居真好，冰箱塞得满满的，总吃别人的实在不好意思，明天他也买点储备粮补上。

第19章

宁可信其有

“何支队，您看这样行吗？”

技侦同事摆弄着电脑，推给何危看屏幕：“客厅、厨房、房间、楼梯口都装了，这种微型摄像头不注意看不出来，暂时设定的录像保存七天，可以吗？”

何危点头，七天够了，足够让他破解这个贼装神弄鬼的手法。他拍了拍同事的肩头：“谢了，回去和你们聂队打声招呼，东西用完就还回去，不会耽误太久。”

“何支队说笑了，刑侦处有需要咱们技侦配合的地方，当然义不容辞。聂队吩咐过，能帮上何支队的忙才是最重要的。”

他走后，何危楼上楼下转一圈，这些微型摄像头都装在很隐蔽的角落，相信那个喜欢偷食物的贼也不会有时间去寻找这些。只要电子眼能拍到人，他就有信心可以将那人捉拿归案。

何危回到局里，先去技术组，郑幼清刚好准备找他，抱着文件歪头站在门口，眉眼一弯，甜美如邻家少女。

“何支队，那么严重啊？技侦都叫去了。”

“嗯，我没时间时刻在家盯着，所以找技侦装几个摄像头。”何危的视线落在她手中的报告上，“指纹比对出来了吗？”

“我找你正想说这件事呢。”郑幼清挥挥手，让他进来。何危跟着她走进实验室，只见郑幼清用镊子夹起一段胶带，递到他眼前：“喏，这是你给我的东西。”

何危接过镊子，仔细观察胶带，忍不住疑问：“指纹呢？”

“不知道啊，你带来的时候我正在做同一认定，就先放进物证箱。过半个小时后再去取，发现只有一截空胶带，根本没有指纹。”

何危的心中冒出一股怪异感，立刻把手机拿出来，点开相册查看拍到的那些鞋纹。果不其然，照片里的玄关地面干净整洁一尘不染，压根就没有什么鞋纹。

怎么会这样？何危眉头蹙起，郑幼清的手在他眼前晃了晃，语气有些不安：“怎么啦？别在意，物证在某些保存不当的情况下的确会丢失，下次有指纹你让我去取，就不会弄丢了。”

不，没那么简单，这和物证丢失是两回事。何危心里清楚，却没告诉她在宿舍里发生的那些诡异事件，吓到小姑娘就不好了。

最近真是不走运，除了手里扑朔迷离的案子之外，麻烦事又多一桩。

伏龙山那座公馆的主人已经联系上了，他在外地做手术，昨天才出院，今天回到升州市第一时间就来警局配合调查了。

“姓名。”

“夏凉。”

“年龄。”

“二十四。”

柯冬蕊打量着这个毛头小子，问：“那座公馆怎么会登记在你名下？家人送你的？”

“是我爷爷年轻时候从英国人手里买的，他只有我一个孙子，前两年当作遗产留给我了。”

“既然给你，那么大的房子为什么一直空着不住？”柯冬蕊翻开资料，“据我们调查，你在市里住的房子还是租的，面积连公馆的五分之一都比不上。”

“我想住里面啊，但是不敢。”夏凉睁着一双圆眼，表情无辜，“小时候还在里面住过呢，后来全家一起搬到城里，公馆里有不干净的东西，我爸想挂出去卖来着，但是爷爷不给，这下还死了人，真成凶宅了。”

“不干净的东西？”柯冬蕊手中的笔转了下，“闹鬼吗？”

夏凉的表情顿时夸张起来，描述得绘声绘色。什么家里的东西会莫名其妙不见，夜里总能听见说话声，有时候还会在楼梯口看见人影……总之他的例子和鬼片里那些片段相差不大，标准恐怖鬼宅故事。

柯冬蕊将信将疑，总觉得这个毛头小子说的话不靠谱，但还是如实记录下来。她把何危的照片拿出来：“这人认识吗？”

夏凉摇头，从来没见过。柯冬蕊没说话，排查社会关系时也没查到这两人有什么联系，看来何危的死和公馆无关，只是凶手见那里无人居住，才会选择在那里杀人而已。

例行问话结束，夏凉确认笔录签字之后，柯冬蕊送他离开。出门时和迎面走来的程泽生碰上，夏凉停住脚步，回头盯着程泽生的背影，柯冬蕊问：“怎么了？”

“没什么，刚刚那男的长得真好看，我好像在梦里见过。”

这句话把柯冬蕊逗笑：“你是男人欸，我们程队可不想做一个男人的‘梦中情人’。”

夏凉挠挠后脑勺：“他姓程？我梦里他好像也是这个姓，我还是警察呢，嘿嘿。”

程泽生并不是外出刚回来，而是收拾东西准备出去。他开车去了省中医院，路上买了一篮水果，还偷偷带一包烟，藏在果篮里。

住院部四楼是外科病房，程泽生拎着果篮，找到熟悉的床位，还没走进去，便听见里面传来声音。他一直站在门外，等里面的家庭干部指导结束，才敲了敲门。

来开门的是一位中年妇女，看见程泽生就眉开眼笑：“泽生，你怎么有空过来的？”她回头叫一声，“老头子！别装睡了，泽生来了！”

“师母说笑了，再忙也要来看看师父。”

在病床上装睡的中年男人猛然坐起来，可惜腿上打着石膏行动不便，否则该是一个动作潇洒的鲤鱼打挺才对。师母念念叨叨，说他两句就装睡，来人了立刻精神抖擞，分明就是没把老婆放在眼里。

这个腿部打着石膏的男人正是升州市局刑侦支队支队长严明朗，他是程泽生的师父，程泽生自进入市局之后就一直跟在他身边，算是他一手栽培出来的贴心徒弟。严明朗年逾五十，离退休还有些年头，但是身子骨已经不允许他再奔波在一线，特别是两个月之前追嫌疑人不小心右腿摔成粉碎性骨折，年纪大恢复得不好，现在还没通知出院。

老婆每天不辞辛苦来医院照顾，苦口婆心劝他内退，把队里的重担交给年轻有担当的程泽生。严明朗之前和黄局聊过，也有这个想法，但黄局的意思是让他先别这么快把担子卸下来，还要帮扶一把，不过他目前身体还没养好，基本上刑侦队的重担已经落在副支队长程泽生肩上了。

师母拿着水瓶去开水房，严明朗瞄一眼果篮："你小子不够有诚意啊，师父我缺什么你还不明白？"

程泽生看着门外，确定师母走远了，才对着果篮努努嘴："在下面呢，您收好了，我这是'走私犯罪'，被逮到是要'判刑'的。"

严明朗手一伸，摸到硬硬的烟盒，顿时喜笑颜开，夸他上道，动作迅速地把烟盒藏枕头下面。两人聊起案子，程泽生提起最近遇到的怪事，请经验老到的师父来分析一下。

"你是说，尸体和被害人的很多信息对不上？"

"相差太大，但是又有同一张脸、同一副指纹和同样的DNA，实在是离奇。"

"其实我们办案，相信科学是对的，但办的案子多了，难免会遇到一些不科学的事。"严明朗摸着下巴，"我不是和你说过吗？刚从警校毕业那年，跟着老前辈去查一宗凶杀案，那是三十多年前了，一个屠夫杀了自己老婆，但死活就是找不到尸体在哪里，无法起诉屠夫，只能放他回去。"

"屠夫回家之后高高兴兴地把家里的猪杀了，做一大锅菜给六岁的儿子吃。当天晚上儿子就开始上吐下泻发高烧，嘴里说胡话。后来老前辈带人去猪圈仔细勘查，终于在一堆泔水里找到一根手指，才知道这个男人把自己老婆的尸体喂了猪。"严明朗摊开手，"事后屠夫对杀人行为供认不讳，但死活想不明白儿子怎么会知道，他杀人的时候儿子已经送去外地的奶奶家，根本不在身边。所以你说怪不怪，如果不是因为‘托梦’，可能找不到尸体，这宗案子也就成悬案了。”

程泽生点头：“我知道是有这种可能，但是手里这个案子和之前遇到的都不太一样。师父，不瞒您说，我们根据现场重建、证物上的生物痕迹，得出的结论就是那个被害人是自己勒死自己的，但是有可能吗？人怎么可能会有分身技能？”

“泽生啊，这世上科学难以解释的事情太多，既然有证据链支撑你的怀疑，那就继续查下去，总会得到一个解释的。”

离开医院之后，程泽生路过超市，想起来要去买储备粮，免得邻居还认为自己吃白食，到时候关系处不好多尴尬。他一股脑儿买了一堆真空熟食、速冻食品以及乳制品，一个大袋子装得满满当当。

回家之后，程泽生把食品塞进冰箱里，冷冻室和冷藏室瞬间塞满。他想了想，顺便留了一张条儿贴在冰箱上。

东西随便吃，别客气。

后面的署名是一个字——程。

何危最近晚上回去得勤，崇臻感到惊奇：“你怎么回事？连着三天回去，金屋藏娇？”

“……”何危对他招招手，示意他上车，带他去看看到底藏的谁。

“没想到啊没想到，你老何竟然也有这些花花肠子，铁树都要开花了。”崇臻语气优哉游哉，“说说吧，谈了个什么样的姑娘？哥们儿给你把把关。”

“我怕你吓死，”何危冷笑，“人鬼情未了。”

“……”崇臻不信，他跟着何危回到404，打开家门之后，何危蹲下身观察着门口的痕迹，低声说：“来过了。”

“什么？”

他拿出手机，对着崇臻笑了笑：“变个魔术。”

何危让崇臻看好门口的鞋纹，然后用手机拍照，给崇臻确认是不是已经拍下来。紧接着，两人退出门外，他再把那张图片点开，上面只剩下雪白干净的地面，一个脚印也没有。

“！”震惊过后崇臻从牙缝里挤出一句话，“你是用什么软件处理的？”

“没有处理，就是这么拍的。之前提取的证物也是，带回局里就没有了。”何危打开门，淡淡道，“目前我还不知道原因，所以才装了摄像头看看到底怎么回事。”

崇臻心里发毛，起了一身鸡皮疙瘩。

何危进去之后，先在家里检查一遍，走到厨房，注意到贴在上面的字条，瞳孔骤缩。

他打开冰箱，只见里面被塞得满满当当，种类繁多，比前几天被偷吃的东西多出数倍。何危看着手中的字条，“程”这个姓最近接触太多，这张字条的字迹也越看越眼熟。

“崇臻，你回一趟局里，把带回来的那本程泽生的笔记本拿来！”

崇臻忙不迭地答应，拿起车钥匙脚底抹油，恨不得早点离开才好。

何危打开笔记本电脑，开始看监控。白天的时候家里空无一人，到了晚上7点左右，就在他回来前一个小时，门开了。

就像是被人打开的，不过两秒，防盗门又自己关上。虽然看不见任何人，但何危却能模拟出这人进来的场景。他将监控切到厨房，只见画面像是被电磁干扰，出现波浪纹，轻轻晃了下，眨眼间冰箱上已经多了一张字条。

“……”何危又把那张字条拿起来，凝视着上面的字。

他始终不相信这世上有鬼，但是这几天发生的种种，每一件事都在打破常规认识，让他不得不怀疑。

崇臻气喘吁吁地回来，何危翻开笔记本，和字条对照，观察写字的笔画习惯。他虽然对字迹鉴定不是很在行，但如果对字迹的确定程度达到 80%，那基本上结果也就差不多了。

“这张字条，可能是程泽生写的。”

第 20 章

看不见的邻居

未来域 404 公寓里安静下来，一阵风从阳台刮进来，崇臻的鸡皮疙瘩起得更厉害。

“老……老何，你别吓人啊，程泽生还在解剖室躺着呢！怎么可能会是他写的字条？”

何危对他招招手：“你自己来看，他写字时‘丿’喜欢带个尾巴，还有连笔也很相似，‘气’这个字是不是一模一样？”

“我不用看了，这是临摹笔迹，一定是！”崇臻的头直摇，“留字条的人心思险恶，知道咱们在查这宗案子，所以装鬼吓你，让你知难而退！”

何危没搭腔，他想到刚刚的监控录像，不像是被做过手脚的样子。

如果这就是原件的话，那这栋404公寓的确存在着一股神秘的力量，结合之前的种种现象，仿佛他是和一个“看不见的邻居”生活在同一屋檐下。

“老何你在想什么？说话啊！你一声不吭，我这心里毛毛的。”

片刻后何危才缓缓开口：“没想什么，我会查清楚到底是怎么回事的。”

崇臻伸手在何危的额头探一下：“我看你印堂有点发黑啊，要不去庙里拜拜？咱们办案子经常接触冤死的人，万一被脏东西上身多不好。”

何危感到哭笑不得，对崇臻的提议压根没在意。崇臻拉住他的胳膊，认真道：“你还真别不信，原来我也顶天立地从不信这些鬼啊神啊的，前几年不是生过一次大病嘛，浑身无力天天发烧就是查不出原因。后来我奶奶去庙里给我求了一个平安扣戴着，哎，好了！这你可是亲眼所见啊，真人真事！”

“我感觉你是去西南水土不服引起的，回来之后调理一下当然就好了。”

崇臻着急，这人怎么就是不开窍呢？宁可信其有，不可信其无，举头三尺就算没有神明，也指不定存在一些不能说破的东西。

何危一副无所谓的样子，在他眼中，人心可比鬼要险恶多了。倘若的确是程泽生的鬼魂跟着他，那何危也相信他找自己是为了申冤，没有加害之意。

崇臻走后，何危又仔细看了一遍监控，发现只要出现电磁干扰的信号，画面发生抖动，下一秒房间里的东西或多或少都会发生一点改变。比方说沙发上抱枕的位置、茶几上忽然出现的烤肠袋子、卫生间的水龙头自己打开又关上等等，何危凭着，完全可以脑补出一个男人的正常生活轨迹，仿佛就像是在自己家里，随意且不受拘束。

他盯着字条沉思许久，从茶几抽屉里翻出一支水笔，在字条的下方留下问句。

你是谁？

双胞胎 DNA 甲基化差异的检测正在进行中，江潭将第二次尸检的报告交上来，比前一次的页数足足多了一半。

“我把他从头到脚、该查的不该查的全部查过了，包括他生前受过什么伤、可能得过什么疾病，只要是在身体组织上有呈现的，都记录在里面，你看一下。”

“辛苦了。”程泽生翻开报告，江潭坐在对面，抱着臂：“这点小事没什么，就是对死者过意不去，我跟他说了，要找就去找你，是你不相信我的技术，让我重新开膛破肚的。”

“话不能这么说，不是我不信你的技术，发生的怪事你都清楚，如果能说出个所以然来，还费那个劲做什么基因测序？”

江潭张了张嘴，无话可说。经过这次前所未有的细致尸检，他也不得不承认躺在这里的何危和资料上的差异过大。在他们得到的资料里，何危是一个手无缚鸡之力、有十年哮喘史、老实安分的上班族。但从尸体上得到的信息却是这人身强体健常年运动，腰部腿部背部有不少于五处的陈旧性伤痕，刀伤枪伤运动伤一样不缺，不禁让江潭惊叹，在役军人差不多也就这体格素质。

柳任雨在一旁做记录，到后来江潭拧着眉头已经不想说话，都是他对着录音笔叙述，显然老师对这种怪事无法做出合理的解释，索性自闭了。

若说这不是何危也就罢了，可偏偏 DNA、指纹全部都能对得上，比对得出的结论就是同一人。最大的可能性就是何危表面是上班族，而私下里却从事着什么高危工作，像程泽生一样，常年摸爬滚打在一线，才锻炼出这样一副身体。

他把这个推论告诉程泽生，程泽生摸着下巴，反问："小潭子，你觉得这种可能性有多大？"

"我怎么知道，我只负责解剖工作，查案是你们的事啊程副队。"江潭忽然倾身靠近，"哎，你有没有换个思路？"

"嗯？"

"就是他们兄弟俩，多年前就已经调换了身份，何陆是何危，何危是何陆。去看病的一直是何危才对，但死的是何陆，我这么说你理解吗？"

"我有过这种怀疑，但这一切要等基因测序的结果出来之后再说。"程泽生提醒道，"医院带回来的血样，也放在一起比对，别忘了。"

案情停滞不前，外围调查也没什么进展。真是见了鬼了，何危那天晚上 9 点出去，就跟人间蒸发似的，没人知道他去了哪里。他住的地方在老城区，地况复杂人员更复杂，地毯式的排查工作还在进行，只不过都没带回什么对案情有用的线索。

负责此案的这组人苦着脸，程泽生见时间不早，难得不用加班，让大家回去该干吗干吗，明天再去一趟现场。乐正楷和程泽生同路，两人聊起来新宿舍的事，乐正楷问："新邻居怎么样？"

"还没见过面，不过人挺好的，特爱干净，我每次回去家里都收拾得干干净净。"

"这就好，我还怕你这暴脾气压不住，两句话不对付就要动手呢。"乐正楷笑道。

程泽生无语，一拳打在他的肩头："我是那样的人吗？尽瞎说。"

到家之后，程泽生打开门，在玄关换鞋。何危正坐在沙发上，发现门开了，缓缓站起来。

他亲眼看着门是如何打开，又如何关上，和监控里一模一样，就像是有人披着隐形斗篷，堂而皇之地开门进入。

何危屏住呼吸，仔细辨别着这间公寓里不一样的声音。不一会儿，楼上的门打开，他走到楼梯口抬头，想象着一个男人正在步履轻快地踩着楼梯下来，接下来会去哪里还不得而知。

程泽生拿着衣服去浴室，发现架子上放着一瓶没见过的沐浴露，拿起来打开瓶盖，一阵蜜桃香味飘出，比他用的香皂味道要好闻多了。

啧啧，没想到邻居居然有这种偏好。算了，喜欢什么那是别人的自由，看破不说破，日子才好过。

浴室里传来水声，何危眯起眼，走过去，轻手轻脚地打开浴室的外门。为了保护地面，淋浴间做的干湿分离，还有一道磨砂门，而此刻何危只看见空无一人的淋浴间水龙头开着，正在往外哗哗淌着热水。

他走进去，磨砂玻璃门是双开拉门，他移开靠近莲蓬头的那一边，露出一道缝，手伸进去将混水阀关上。

“欸？”程泽生抬头，水怎么停了？

他低头一看，混水阀关上了，估计是自己转身拿肥皂的时候不小心碰到了，于是手一抬再次打开。

这次何危是眼睁睁看着这个混水阀如何被一股神秘力量打开。他皱起眉，心里疑惑却并没有感到害怕，如果真是程泽生的话，死都死了还浪费他家里的水电煤气，心里顿时不爽，干脆去厨房，打开柜子把总水阀拧上。

程泽生再度抬头，怎么又没水了？

混水阀开着，这种情况只能用停水来解释了。幸好他洗澡够快，已经收尾，不然带着一身肥皂沫子多难受多尴尬。

他从浴室里出来，换上T恤短裤，擦着头发去厨房，解决一下晚餐问题。

地面上出现水迹，还有一个个湿鞋印，何危跟着这些痕迹，一路走进厨房，停在冰箱前。

程泽生脖子上挂着毛巾，发现冰箱上的字条没了，说明室友已经看到并且拿走。他的手刚碰到冰箱门，还没用力，只见冰箱门当着他的面自己缓缓打开，开门的提示音乐同时响起。

程泽生一怔，冰箱门打开的大小很合适，刚好适合一个人拿食物。几秒之后，门又合上，仿佛什么都没发生过。

甚至一瞬间，他仿佛听见很轻微的呼吸声擦过耳边，条件反射地退后一步："谁？！"

可惜厨房里除了他之外，空无一人。程泽生盯着冰箱，刚刚发生了什么？他还不至于办案压力大到出现这种幻觉吧？

他走过去，喉咙发紧，手猛然拉开冰箱门。上下左右看一圈，什么都没少，真是奇了怪了，刚刚真是他看错了？

别自己吓自己。程泽生拿出一罐冰啤酒，贴到脑门上降降温，又拿一盒速食炒面放进微波炉里，接着离开厨房回客厅。

何危抱着臂，看着微波炉里正在转的速食面，又瞧一眼冰箱，死鬼居然没有注意到字条？还是说看见了不屑于回答？

"叮"的一声响，他面无表情地打开微波炉，把热腾腾的炒面端出来，拿双筷子，去客厅吃面。

程泽生正在用手机看球赛，听到面好了，去厨房一看又傻了眼。

微波炉里空空如也，他刚刚热的炒面呢？一眨眼的工夫怎么不见了？

程泽生在厨房里东翻西找，厨房拢共只有几平方米，可那份炒面就这么凭空消失了。

联想到之前的灵异场面，程泽生心里发怵，他将近三十年的人生还没遇到过这种离奇古怪的事情，猛然想起江潭提起再次解剖尸体，说“要找的话就去找你”，此刻在家里上演的可不就像那些鬼片里的灵异桥段吗？

不过他也是不信邪的主，气冲冲地拿一桶泡面出来，倒上水端去客厅，眼睛一眨不眨，牢牢盯着桶面。

何危一转头，发现茶几上多了一桶泡面，红烧牛肉的，眉头皱得更深。嚣张无比，面也是他买的，不经过他同意就拿出来泡了吗？

他空出一只手端起泡面，这时，墙上石英钟的分针和时针已经走到9点整，一段钢琴音响起，整点报时一秒不多一秒不少。

两人同时抬头看着石英钟，报时过后，程泽生再低头，瞳孔骤缩，“唰”地站起来。

面呢？怎么说没就没了？

他去阳台还有玄关查看门锁，确定无人进出，最诡异的是他还在跟前一直盯着，不过抬一下头，东西却不翼而飞。

等到他再回来，茶几上贴着一张字条——

我买的东西你不许动。

下面的署名是一个字，“何”。

第21章
正面交锋

程泽生最近认识的“何”姓人士有两个——一个是何陆，每次见面都臭着一张脸，一言不合就要投诉；另一个就是何危，躺在冰冷的停尸房里，什么时候火化还不得而知。

但现在，在自家遭遇灵异事件，又收到这种充满警告意味的字条，饶是程泽生久战一线见过大风大浪，也难免头皮一阵发麻，脑中“嗡”的一声冒出许多经典恐怖片片段。

“我买的东西你不许动。”仅仅是简单的几个字，便传递出十足的怨气。程泽生有点无辜，之前那盒速食炒面可是他买的，他不也一口没吃到吗？

他一直认为泡面是从未见过面的邻居买的，现在产生两种猜测，一种是邻居是鬼，一种是邻居装神弄鬼。

作为一个坚定的唯物主义无神论者，程泽生毫不犹豫地相信后者，推测或许是因为前两次吃东西没有打招呼，那位邻居怒了，才会想出这种主意吓唬他。冰箱门自动开启也许是设定了什么程序，泡面可能是有人藏在某处，趁他分神便顺手拿走。

这么一想，程泽生顿时感觉有理有据，他相当自觉，吃东西没打招呼的确是他的问题，有什么矛盾大家坐下来好好解决，大不了他请客，邻居想吃什么随便点。

何危正在房间里看监控，又是电磁信号的干扰，意料之中，那张贴在茶几上的字条消失了。他摸着下巴，估计“死鬼”已经将它拿走，他会怎么办？是继续嚣张地在家里捣乱，还是知难而退见好就收？

“笃笃”，门口响起清脆的叩门声，何危没有立刻站起来查看。这是卧室房门，也没有装猫眼，贸然开门的话，不知道面对的会是怎样的危险。

程泽生轻咳一声：“你好，我是程泽生，方便开一下门吗？”

房间里无人回应，程泽生继续说：“刚刚是你把泡面和炒面拿走的吧？不好意思，前几天是我没打招呼，擅自动了你的食物。这样好了，你把门打开，咱们好好聊聊，我当面向你道歉。”

依旧寂静无声。

何危一直盯着房门，叩门声只响起一次便停止了，时间过去五分钟，他还在门口还是已经离开？

足足等了五分钟，邻居一直没有发出任何声音。程泽生将耳朵贴在门上，片刻后眉头蹙起，人真的不在房里。

他带着疑惑下楼，拿出手机拨通黄占伟的号码。

“黄局，是我，程泽生。你安排和我同住的是哪个部门的同事？电话方便给我一下吗？”

听到黄局的回答，程泽生心头一沉，下意识捏紧手机。

“胡说什么，谁给你安排室友了？我那天难道没告诉你，那间宿舍给你一人住的？”

程泽生拿着两根铁发夹，插进锁孔里挑动。这一手还是跟着师父学的，干刑侦要的就是什么都会，放在罪犯身上那是溜门撬锁偷鸡摸狗，放在他们身上则是技多不压身，有些技术自己掌握了，反而能更容易判断犯罪嫌疑人的作案手法。

得知的确没有邻居之后，程泽生缓了一口气，不得不倾向第一种推测。但程泽生是谁，心气高、能力强、年轻有为的市局刑侦支队副支队长，遇上怪事的第一反应绝不是吓得夺门而出，而是实事求是寻求解决方法。

他挂了电话之后将字条塞进外套口袋里，再拿出塑胶手套戴上，从随身携带的小盒子里拿出闯空门必备道具，回到那个“邻居”的门口，打算进去一探究竟。

但他不知道的是，何危和他之间只有一门之隔。何支队面无表情盯着门锁，听到“咔嗒”一声脆响，眼疾手快拧着圆钮将门再次反锁。

程泽生的喜悦只燃起一秒便被浇灭，门在一瞬间再次被反锁，犯罪嫌疑人有极大可能就藏在里面。

这个消息让人紧张又兴奋，程泽生再度尝试，开锁的那一秒迅速按住门把手往里推。但何危反应更快，膝盖抵着门，毫不留情再度拧上门锁。

程泽生站起来，像是自言自语，也像是说给房里那人听的，“你有本事吓唬人，你有本事开门啊。”

何危蹲下来，顺着门缝往外看，什么都没有。他知道自己没有什么“阴阳眼”，是看不见“死鬼”的，因此也无法判断此刻“死鬼”是不是正在门外。

时间一分一秒过去，何危思忖许久，终究被好奇心战胜。他强烈地想弄明白到底怎么回事，于是主动把门锁拧开，缓缓打开门，盯着门外那片虚无的空气。

程泽生正在考虑要不要破门而入，然而天无绝人之路，门自己开了。门内并没有嫌疑人，程泽生第一反应是那人藏在门后，于是将开锁用的两根铁发夹夹在指缝里，作为暗器“掌心针”。

他一手扶着门，身子滑进去，右臂抬起已经做好格挡的姿势。出乎意料，门后也没有人，不，准确来说是整个房间都没有居住的痕迹。

房间里的配置和他那一间相同，一张床、一个衣柜、一张书桌。程泽生还不敢放松，将衣橱门一扇扇打开，又检查床底，再拉开窗户检查窗外，确定是没有生人活动的痕迹，心里的怪异感更甚。

何危则是站在门口，静静目睹活生生出现在眼前的超自然现象。他知道程泽生进来了，因为衣橱门一扇扇被打开，床下的抽屉被拉开以及窗户也被推开半扇。这活动的轨迹有些眼熟，和他搜索现场的顺序差不多。

程泽生把窗户关起来，这间卧室的外墙没有攀爬物，连根水管都没有，人如果是从这里出去，落脚点都找不到。

比起离开，程泽生更相信他还在家里，也许又用一个开门的小机关，将自己吸引后，迅速离开这个房间再躲到另一个地方。

他再次巡视房间，遗憾叹气，还以为多了一个好邻居，结果可好，招来一个梁上君子。今晚把他折腾得够呛，逮到人的话一定要让他在拘留所里蹲个十天半个月。

程泽生将门关上，再去自己房间巡查一遍。楼上排查结束，他打着小手电，从玄关开始，边边角角都不放过。在洗脸池里，程泽生捡起一根头发，颜色偏棕，发质柔软，并不是他的，他立刻用暂时充当物证袋的保鲜袋装起来。

手电筒打到厨房的储物柜，一道异常的反光划过去。程泽生盯着储物柜的把手，那是金属材质的，下端有两块对称的圆形茶色玻璃，但是其中一块……他眯起眼，凑近了仔细一瞧，顿时惊讶——微型摄像头！

这里是局里刚刚分配的新宿舍，居然装有微型摄像头，是谁在监控他的一举一动？黄局还是他爸？

一想到这种可能，程泽生心里压不住的火气烧上来，他把家里翻了个遍，最后一共找出五个。他找把尖刀一挑，便将那块伪装成玻璃的摄像头拆下来，机体只有小指大小，刻着编码，还不是市面上的廉价货色，像是他们公安系统内部研发的产品。

程泽生动作利索，将五个摄像头全部拆下来，一溜排摆好了放在桌上，拍照发给黄占伟。

何危终于从房间里出来，他电脑上的几个监控画面的信号已经全部丢失，没想到一个死人竟比活人精明数倍，能将那些位置隐蔽的摄像头一个不落全部找出来。就算是现勘同事来了，想要找全还得费一番工夫，他居然能在这么短的时间里完成，能耐不小。

此刻已是半夜，黄局年龄大早已睡下，一直没给回信。程泽生又将照片发给技侦的小陈，问这批微型摄像头是不是从他们那儿领的。

小陈回消息了："摄像头在哪儿？程哥你怎么发一个空桌面。"

程泽生点开一看，相册里的图片明明是五个黑色的微型摄像头并排摆放，可发给小陈之后，只有一张茶几桌面，干干净净空无一物。

程泽生惊讶，他直接打电话给小陈，诡异事件先摆在一边，问："你们技侦最近有没有配发一批编号是 SZQ 开头的微型摄像头？"

"欸？程哥你怎么知道？这是我们上个星期才领的！都还没对外公布呢。"

"别管我怎么知道的了，有人来领吗？黄局有没有问你们要过？"

小陈立刻回答："没有，这批是内部研发的新产品，咱们还没测试性能呢，怎么可能发给别人用？"

石英钟的时针和分针重合在一起，指向"12"这个数字，整点报时的钢琴音适时响起。

琴音响起的同时，带起肉眼不可见的波纹在公寓里缓缓晃动，仿佛平静的湖面泛起涟漪。

何危站在楼梯口，不对，零点报时的钢琴音和之前不同。平时这个时间，他要么在局里要么已经睡了，今天还是第一次听到午夜零点的报时音，并不好听，曲调随意又漫不经心。

程泽生也发现了，这段音乐有点耳熟，电光石火之间，乍然记起，这不正是何危手机里的那段简谱吗！连景渊当时弹过数遍，不知不觉也给他这个音痴留下深刻印象。

“程哥，你打电话给我到底想问什么？大半夜的——”小陈打个哈欠。

“先别说话，”程泽生走到石英钟前踮起脚，抬起钟面，发现后面有USB插口，“小陈，你明天来一趟，帮我看个东西。”

何危猛然抬头，盯着石英钟的方向，瞪大双眼。

他听见了。

属于男人低沉清晰的嗓音，在幽黑寂静的夜晚格外清晰。石英钟的钟面被抬起一个角度，似乎有人正站在那里查看，并且他的语气不像是自言自语，倒像是在和谁打电话。

“程泽生？”

程泽生怔住，缓缓回头。身后空无一物，但刚刚那一瞬间，他的名字被一个略带清冷的声音叫出。

“是不是程泽生？回答我。”

程泽生缓缓放下手机，这次不只是说话声，还伴着由远及近的脚步声，“啪嗒啪嗒”，最后在身边停下。

一呼一吸的热气传递而来，可以推测，两人之间的距离不到十厘米。

程泽生从未如此紧张，当年面对顶上脑门的枪口都可以临危不乱，还能骂一句“你大爷的”。此刻心脏却快跳出胸口，肾上腺激素也在不断飙升中。他狠狠掐一把虎口，强迫自己冷静："你是？"

"何危。"

何支队拿把椅子坐下，对着那片空气，换上预审的语气："说说吧，来我家里干什么？"

第22章

死者初审笔录

程泽生站在404公寓的客厅里，此刻心情复杂，难以形容。

对面摆着一张空椅子，一个自称是"何危"的隐形人，用一副提审的语气："说说吧，来我家里干什么？"

尽管这场景充满常人无法理解的诡异，但程泽生不仅没有怯场，还迅速冷静下来，反问："这里也是我家，我还没问你来做什么。"

"你家？呵呵。"何危冷笑，跷起腿，指着另一张椅子，"你也搬一张坐下来，咱们慢慢聊。"

程泽生抱着臂，居高临下地看着空椅子："凭什么你提要求我就必须得答应？你是我上司还是我爹？"

"你之前强调主权时用的是'也'，说明潜意识里是承认这间公寓有我的所属权。既然我们对彼此的目的都很好奇，为什么不谈谈呢？"何危淡淡道，"至于你想把我当成你上司还是你爹，随意，我都不介意。"

"……"程泽生还是头一次遇到这种钻完空子再顺杆爬的人精，资料里的何危沉默内向，但这个"何危"却能言善辩，语不惊人死不休。程泽生不屑一顾，还怕你不成？于是也去搬张椅子，摆在对面坐下。

“好，咱们的问话正式开始。”何危从口袋里拿出巴掌大的小便签本，再摸出一支笔，咬着笔帽打开，刚写下“嫌疑人”三个字，又感觉用词不合适，划掉重写——死者程泽生初审笔录。

“姓名。”

“你不是知道吗？”

“性别。”

“……女的，你信？”

何危边写边提醒：“注意态度，这些都是流程。”

程泽生翻个白眼，感到莫名其妙：“你这是谈话还是审犯人？”

“有差别吗？”何危抬头，“你一个嫌疑人——不对，人不人鬼不鬼的来我家，骚扰我正常生活，现在被我当场抓获，不应该好好审审？”

程泽生抱着臂，不甘示弱地反驳：“搞错了吧？我之前说过，这里是我家，停尸间和骨灰盒才是你的归处，人死了魂还不安宁，来催我破案啊？”

破案？何危皱起眉，抓住一个重要信息：“你再说一遍，我怎么了？”

刚刚还咄咄逼人，现在一副失忆的模样装给谁看？不过转念一想，程泽生以前也听过一些封建迷信的传闻：有些遭逢意外的死者，灵魂会失去记忆，不知道自己已经死去，因此会继续停留在人世间游荡。此刻在他眼中，何危正符合这种情况，像是一个找不到归处的亡魂，只能跟着他一起回来了。

虽然程泽生很不想承认这世上有鬼，可事实胜于雄辩，他现在坐在这里，确确实实在和一个看不见的鬼魂交流着。为什么没怀疑是录音器或是远程扩音器？别开玩笑了，这都分辨不出来程泽生还做什么副支队。

于是他将椅子拉近，身体前倾，告诉何危：“你死了，14 号那天就死了。”

呼吸的气息打在侧脸，何危皱眉，性格清冷的他不曾和任何人有过如此近距离的接触，更别谈对方还是个鬼。他伸手推一把，意料之中推了个空虚，推了个寂寞，只能用脚尖撑着地将椅子向后滑一步。

“说话就说话，谁让你靠那么近的？”

程泽生无语，他又看不见何危，怎么测出具体距离？再说，都是男人，不用敏感成这样吧？

何危则是对程泽生的话饶有兴趣，为什么会认为他是死者？而且死亡时间也是 **14** 号，和程泽生的死亡时间一样。

“你确定是我？”何危问。

“本来还有那么一丁点怀疑是你弟弟，现在百分百确定了。”魂都找来了还能出错？

“没想到你还知道我弟弟。”何危拿着笔，继续问，“我是怎么死的？”

“机械性窒息。”

“缢死、勒死、扼死还是别的死法？”

“勒死。”

“凶器是什么？”

“一根麻绳。”程泽生反应过来，“你怎么又用这种审案子的语气了？是你在求我告诉你，态度能不能好点？”

“我态度已经很好了，请你主动配合我的工作。”何危看着笔录，“陈尸地点在哪儿？有目击者吗？现场证物有什么？”

“在伏龙山一座公馆里，别的你知道也没用。”程泽生的潜台词其实是——知道这么多，可以去投胎了吧？

听见自己“死”在伏龙山公馆，何危怔了怔，差点脱口而出“你也死在那里”。不过他想问的还没问完，继续套话：“你好像对我的死亡事件很了解啊。”

“废话，你的案子就是我在查，不然你怎么会缠上我跟我回来？”

客厅霎时间变得安静无比。

程泽生敏锐地察觉到这安静来得不同寻常，因为何危的呼吸声也一起消失不见了。他抬头看向石英钟，距离12点半还差几分钟，何危来得突然，走得更突然，竟然就这么莫名其妙地离开了。

而何危坐在椅子上，问出“你是警察？”之后，程泽生便没了动静，静谧夜色缓缓铺来，又将客厅覆盖。

他站起来，从便签本的后页撕下一张，写了四个字留在茶几上。

明天继续。

程泽生顶着黑眼圈走进市局，碰上经侦的刘焰，被一把拽住：“哎，美男，明天放假，活动你去不——哎哟，怎么回事？憔悴成这样，你们刑侦处最近也没听说搞什么大案特案啊？”

程泽生一脸从坟里爬出来的苍白和死气：“失眠，熬夜，你有事快说。”

“说了啊！放假聚餐，领导组织的，一水的警花小姐姐，解决一下咱们历史遗留的单身问题。”

程泽生对此毫无兴趣，摆摆手当作回了。刘焰薅着他不放：“明天你安排什么事了？没事来玩玩，给咱们撑撑场面。你可不只是你们刑侦处的门面，还是我们整个市局的脸面啊！”

“……”程泽生扒开他的手，“我有事，约了心理顾问。”

“你们刑侦压力大到都要去咨询心理顾问了？”刘焰放开他，还把弄乱的袖口抹平，“去吧，兄弟，有病就要吃药，吃了药就不能停，千万别拖严重了。”

程泽生懒得理他，没回办公室，而是拐去局长办公室，门都不敲就闯了进去。助理正在帮黄局泡茶，吓一跳：“程副队，您怎么来了？”

“门都不敲，你当我这儿是餐厅还是旅馆？”黄占伟虎着脸，摘下老花镜，把报纸折起来，“来得正好，坐下来，有事找你。”

“摄像头怎么回事？”程泽生抢先发问，“是不是我爸让人装的？”

“什么摄像头？谁敢在公安宿舍里装摄像头？就算是纪委调查，也不会用这么不光明的手段。”黄占伟桌子一拍，“还有，你个小兔崽子对你爸意见就那么大？他堂堂一个参谋长，犯得着这么跌份儿装摄像头监视你？！”

“可我宿舍里真有，还有五个！”程泽生气势汹汹地掏口袋，要把证据甩出来。谁知摸半天，口袋里只有车钥匙和证件以及一个空袋子。早晨他明明把五个小摄像头一起装着，这会儿袋子口还扎得好好的，里面的东西却不翼而飞了！

程泽生盯着空袋子，经过昨夜的离奇事件，已经没什么能让他的心湖泛起波澜。他淡定地将空袋子扔进垃圾桶，对着黄占伟笑了笑：“一场误会。”

“……”

黄占伟五指扣着茶杯举起，就要砸过去，对上程泽生那两只熊猫眼，硬生生止住了：“泽生，你有点不对劲啊，昨晚跟我说室友，今早就来问摄像头，是不是在那边住出问题了？”

“没什么。”程泽生故作轻松地耸耸肩，“就是昨天发现有小偷出没，管理真不到位，还能给人家偷到公安宿舍来了。”

黄占伟喝一口茶，告诉他新宿舍才刚分配，人员都在陆陆续续入住，等住得差不多了保洁和警备处都会配齐。况且当警察这么多年还能给小偷得逞？那不如警服扒掉回家摆摊得了。

他今天找程泽生是想问问案子，在严明朗那儿听说挺棘手的，现在见到程泽生的模样，嗯，果真很棘手。

“伏龙山公馆的案子进展如何？”

程泽生开始汇报，打的都是官腔，什么暂不明朗有待后续侦查的。黄占伟让他说实话，都是自己人，有什么不能说的？哪怕他就是一句“黄局这案子我不行”都不丢人。

助理给程泽生端来一杯新沏的花茶，程泽生双手捧着茶杯，低声道：“我约了心理顾问。”

“怎么？”

他抬起头，表情严肃地看着黄占伟：“因为我见到死者的鬼魂了。”

何危回到局里却心情不错。

崇臻见他拎着在楼下小卖部买的早点踏进办公室，精神奕奕，唇角微弯，便凑过去问他碰上什么喜事，顺便抓起一个包子塞嘴里。

“你最好别问，说出来又要吓死你。”

崇臻咬一大口皮薄馅鲜的肉包：“那你还是别说了，我不听鬼故事。”

“那不听鬼故事，给你说个都市传说。”何危一手托着腮，一手拿着豆浆，“哎，你信不信这个世界上可能会有两个我？”

“两个你？”崇臻翻个白眼，“一个你就够够的了！还来俩？老天爷不给活路了是不是？”

“别打岔，说正经的。”何危拿了两支笔，其中一支竖起，“一个我，是现在的刑侦支队长何危，”他再将另一支竖起，“另一个我，在14号的时候已经死了，被勒死的。”

“不相信，那一定是弄混了，你不是还有个长得一样的弟弟吗？弄混也正常。”

“这一点排除，死的人就是我。”何危的手下意识抚到脖子上，“用麻绳勒死，造成机械性窒息，陈尸地点也是那座公馆，听起来是不是很奇妙？”

何危微微一笑：“也许在某些死人眼中，我才是死者。你看见的我也不一定是真正的我，而是应该死掉的那个。”

“……”崇臻嘴里的包子顿时不香了，他缓缓放下，“大清早的连饭都不让人好好吃，这什么都市传说？谁编的？”

何危哈哈大笑，拍拍崇臻的肩，把剩下的早点全部留给他。

这时，夏凉在门口探脑袋，一副有话要说的样子。何危对他招手，他像只兔子似的蹿进来：“报告！那个发布探险令的账号，IP地址的具体位置找到了！”

第23章 平行世界

专案组的组员们一起围着夏凉的座位，夏凉兴致勃勃地叙述破解过程：“真是麻烦，这人用的代理服务器，还不是普通级别，高匿的！我找技侦那边查出这个代理服务器的所属人，不在本市，远着呢，幸好日志有保存，又从数据中心筛选过滤……”

何危将手搭在他的肩头：“不错，厉害，具体地址在哪儿？”

夏凉点开文件夹：“这个，阜佐路56号，我搜出来是一家网咖。网咖这种模式，网站日志记录的都是公共IP，想查是哪台电脑，还要看内网的IP地址。”

“知道地点就行。”何危单手拎起外套，“小夏，二胡，跟我去一趟。”

坐上吉普车，夏凉注意到后座的真皮座椅快磨成帆布座椅了，说：“何支队，座椅是不是要换了？都快看到内衬了。”

“要换也要找后勤部，找你何支队没用，这是公家的。”胡松凯看着老旧的内饰，啧啧摇头，“这个老伙计还是特警队前年换下来的吧？他们都开上大奔了怎么咱们还得靠这破吉普东奔西走呢？”

“有车就不错了，还挑三拣四。”何危把车钥匙插进去发动引擎，“崇臻天天要换枪，你嚷嚷着要换车，你们俩干脆一起去给老郑打报告，别拉我垫背。”

胡松凯回头对着夏凉使眼色，看见没，这就是咱们何支队，永远这么与世无争，得过且过，有苦有泪一声不吭，都往肚子里咽。

“说真的，换枪不如换辆好车，人家犯罪分子现在都开超跑了，咱们一辆破吉普颠颠跟在后面，两条街就跟丢了！”

何危打着方向盘吐槽：“拉倒吧，有几个开超跑的？去年一整年，就遇见一个强奸犯开个保时捷，还是抢的，怎么到你这儿全民都布加迪了。”

“听听何支队这满不在乎的语气，‘就一个保时捷’，对，您有藐视的资格，咱都明白。”胡松凯拱拱手。

夏凉的眼睛滴溜溜在两位前辈身上打转，他悄悄问胡松凯：“二胡哥，何支队是不是很有……这个？”他的食指、中指和拇指并在一起搓了几下，做出点钱的经典手势。

胡松凯还没开口，何危已经一脚刹车，吉普车刚好停在路口等红灯。

“别跟小孩子乱说。”

胡松凯惊愕：“……乱说？”

夏凉蒙了：“……小孩子？”

四十分钟之后，三人抵达雷竞网咖，一路驶来，何危总感觉街景有种莫名的熟悉感，直到看见城市广场的巨大艺术雕塑，才想起这里距离一位朋友家很近。他来的次数不多，平时开车走的都是另一条路，这次跟着导航换了一条，难免会感到陌生。

雷竞网咖共有上下两层，装修环境比一般网吧要高端大气上档次，设有大厅、卡座和包间，因此每小时上网费也比一般网吧贵点。尽管如此，网咖生意还是很红火，工作日一楼能全部坐满，都是在游戏里挥洒热血的青年男女。

何危要查的是 14 号当天的监控视频以及探险令是从哪台电脑发布的，前者轻而易举就能调出，后者却需要时间。夏凉正在总机上一个一个查看分机的网页浏览日志，但若是开启无痕浏览或是删除记录的话更麻烦，层层破解，俄罗斯套娃也不过如此。

网管将监控录像调出来，何危问老板娘：“14 号人多吗？”

“和今天差不多，我们这儿工作日的客流量很稳定。”

“有生面孔吗？或者是行为比较怪异的客人？”

老板娘把收银的小姑娘叫来，让她想想 14 号下午有哪些眼生的客人。小姑娘眼珠转了转，说：“我想起来了，有个客人个头高高，戴着口罩和墨镜，全副武装，到室内还没摘。我还以为他是什么明星，结果看身份证又不认识。”

14 号下午 3 点到 4 点的监控录像调出来之后，何危让小姑娘来辨认，录像快进到 3 点 35 分，一身黑衣、身材高挑的男人走进来，站在前台要求开一台机子。

“就是他！”

胡松凯让网管查一下当时登记的身份信息，一分钟后网管抬起头：“叫‘连景渊’，相连的连，景色的景，深渊的渊。”

何危一怔，仔细盯着监控录像。只见“连景渊”登记过后拿回身份证，接着抬头，看着右上方的摄像头。

口罩和墨镜几乎挡住男人整张脸，但何危只瞧一眼，便下定论：“不是他，有人冒用证件。”

胡松凯倚着吧台，惊奇道：“你是怎么看出来的？！”都捂成这样了还能发现和身份证上长得不一样？这什么眼神，太吓人了吧。

“连景渊我认识，”何危直起身，不再看监控，“他是我高中同学，就住在附近。”

午休期间，小陈找来刑侦支队办公室，程泽生一眼瞧见，冲他招招手。

小陈小跑进办公室里，关上门之后还要拉百叶帘，程泽生拦住他：“拉上反而更容易引人怀疑，怎么，你们技侦又不是保密局，设备还不给看了？”

“关键这是新产品，我们裘队不给往外拿！”小陈小心翼翼，做贼一般从口袋里拿出一个黑色的微型摄像头，“就是这个，你说的 SZQ 型号，性能还在测试呢。”

程泽生拿起微型摄像头观察一番，果真和昨晚见过的那批一模一样。可惜那五个不翼而飞，不然还能给小陈带回技侦查一查是从哪里流出的。

“程哥，你让我上你这儿看什么东西？”

程泽生想起当时是想让他帮忙看看石英钟，但现在公寓有灵异鬼怪出没，吓到人就不好了。于是随口换个话题：“何危的手机修得怎么样了？”

小陈连连摇头：“我是真的尽力了，通信录导出来几次，还是全部都是空号。估计真的是字库芯片损坏，修不好了。”

程泽生点头：“行，弄不好就算了，辛苦了。”

小陈揣着微型摄像头蹑手蹑脚地回去，乐正楷一直在门口守着，打趣道：“你让人家做什么了？偷偷摸摸的。”

“没什么，看看技侦的新玩具。”程泽生捏着眉心，喝一口从黄局那儿顺来的花茶，最近总是容易头疼，看来他也要学江潭保温杯里泡枸杞了，人到中年不服不行。

下午，程泽生带着一队人和两只警犬，又去了一次现场。

伏龙山的警戒线一直没有拆除，程泽生穿着鞋套戴着手套，走进案发公馆。目前案件的走势很不明朗，既然从何危的社会关系那里排查不到有用的线索，那还是要从现场下手，再仔细查找一遍，也许会有意外收获。

一队人分头行动，三个带着警犬去搜山，四个留在别墅里，做一次比地毯式还要精细的现勘。

当时现场只有两种鞋纹，但推断是不少于三人，再次查看两片鞋印，乐正楷忽然问：“蓝蛇和北卡蓝的底纹不一样，按着监控来看，何危最后离开小区穿的是蓝蛇，这边为什么没有留下它的底纹呢？”

“这也是离奇点之一，我不是告诉过你吗？以我的直觉，那两个何危不是一个人，有可能没有来公馆。”程泽生推测，“或者是鞋纹被清除，毕竟遗留下一种鞋纹更容易混淆视听。”

“会不会中途换了一双鞋？”

向阳的声音忽然插进来，程泽生和乐正楷一起抬头。

程泽生：“深更半夜。”

乐正楷：“荒山野岭。”

向阳：“？”

成媛月忍着笑，拍拍向阳的背：“他们的意思是你的推论不成立，好了，傻孩子快去忙别的吧，再不走程副队想把你回炉重造。”

向阳一脸茫然，他为什么觉得有这种可能呢？万一真的带着一双鞋备用呢？

程泽生观察着那组断在客厅的脚印，将之前痕检拍的照片翻出来，挨个对比之后，终于发现了一点异样。

“拿放大镜来。”

乐正楷把放大镜递过去，程泽生照着鞋印上半段：“阿楷，去中间那片鞋印看一下，右前脚掌正数第三行圈纹，右上有没有很细微的凸起？”

乐正楷几乎是趴在地面上观察着残留的脚印，摇头：“没有。”

“你来看一下，这个可能是什么造成的。”

乐正楷走过去，拿着放大镜看，在鞋纹里，那一点凸起在放大镜之下都不明显，需要很强的观察力才能看出来。程泽生找成媛月要了本子和笔，按着圈纹的形状画出来，乐正楷皱起眉：“是卡了什么东西？”

“像是石子，在缝隙里。”程泽生站起来，“媛月，何危的那双鞋鞋底有卡小石子吗？”

成媛月摇头，何危的鞋底有泥，却没有遗留下什么难处理的东西。

乐正楷惊讶：“站在这里的可能不是何危？”

“我不清楚，有可能是，也有可能不是。”程泽生摘下手套，“这下好了，大概率是四个人，可以凑一桌麻将，咱们第一次来达成的共识还是挺对的。”

向阳在旁边听着，又发出灵魂拷问：“为什么不能是走到那边去之后，小石子掉出来了？”

“你的鞋子平时自己洗吗？”

向阳愣愣摇头。

乐正楷慈爱地捋一把他的短毛：“以后洗一次就知道了。”

夏凉筛选大半个小时，终于从数台电脑里找出登录网站的分机，B046，正是那个男人用来上网的机号。

B046 的座位在后面的卡座里，摄像头在走廊中央，看不到卡座里的情形，只能看见他是往那个方向走去。网管证实黑衣男人的确是坐在那个位置，待的时间很短，大概只有十几分钟便下机了。

监控拷贝一份带走，胡松凯和夏凉去周边调查，找出黑衣男人来网咖的路线。何危站在网咖门口，回头看着相隔几百米的数栋高楼，那个楼盘名叫湖月星辰，因为小区里有七个小人工湖连成北斗七星的形状而闻名。他的同学连景渊正住在那里，前年刚搬进去。

那个人在连景渊家附近，还用他的身份证上网，难道会是连景渊的熟人？

何危拿出手机，拨电话过去，语音提示已关机。他看看表，这个时间连景渊可能正在上课，便发了条消息，让他忙完回个电话。

“老何，来这里。”胡松凯站在十字路口一家小卖部对着何危挥手，“这儿有家店拍到了！”

何危盯着屏幕，小卖部的监控果真拍到黑衣男人从门前走过，看方向是从马路对面过来。胡松凯把夏凉叫来，准备去对面分头排查，何危将他们拦住，将监控回放，暂停又放大，接着抬头扫一眼马路对面的店铺，指着右边一家花店：“他从右边来的，从那里开始查。”

“？”胡松凯感到不解，“有什么说法？”

何危懒得解释，指指监控画面。胡松凯盯着瞧了半天，还是一脸茫然，倒是夏凉，渐渐睁大双眼：“这里好像沾东西了，白色的。”

胡松凯一听，又去看画面，片刻后对着何危惊叹：“我的天啊，你这眼睛到底有多毒啊？都糊成马赛克了还能看出来！”

黑衣男人在监控里出现的时间只有短短两秒，并且因为柜面的遮挡，只能看见一个上半身。但正是上半身露出的胳膊肘，蹭到很细微的白色粉末。而对面那家花店为了招揽生意，外面摆了一张桌子，将扎好的一捧捧玫瑰摆出来展示，花瓣上均匀喷洒的正是银粉，在灿烂阳光的照耀下闪烁着细碎的光芒。

胡松凯还不死心：“你怎么不认为是面粉？对面还有一家包子铺。”

何危道：“你家面粉会反光啊？”

压根就看不见反光的胡松凯服了，心服口服。夏凉已经变成星星眼，厉害！真不愧是传说中一个人就能组成一支刑侦队的何支队！

从花店开始排查，果真没走几步，又有监控拍到男人的身影。一路找下去，最后是在一个岔路口失去了男人的行踪，何危望着对面优雅气派的社区门头，暗暗思忖：男人有极大的可能进了湖月星辰，看来真的有必要找连景渊好好聊聊了。

日落西山，刑侦队三人组收队回家，连景渊也回了他的消息，说在外地开学术研讨会，明天下午回学校上课。何危没有明说找他什么事，回一句“知道了”，具体时间都没约。

未来域目前已经陆陆续续搬进了大半住户，何危在楼下遇到同事往电梯里搬柜子，伸手搭了一把。同事赶紧道谢，他靠着电梯口，问何危住在几楼。何危说四楼，同事露出羡慕之意：“四楼好啊，楼层合适采光最好，我当初打报告申请想要四楼，结果没同意，给我批的顶楼，你看，搬东西上下都费劲。”

何危笑了笑，四楼一到，他从大衣柜旁边留下的小缝钻出电梯。回家的这条路已经走熟，拐了个弯后，撞见一张更是熟得不能再熟的脸，顿时愣住。

“哥。”何陆靠着墙，揉了揉脖子，“你怎么才回来？我等你半天了。”

“坐，”何危招呼弟弟坐下，去厨房倒杯水，“你怎么知道我住这儿的？”

何陆耸肩，这还不简单，他打电话问老妈，老妈问的郑局，就知道地址了。他抬头环视着新公寓，由衷赞叹：“真不错，比原来那间小宿舍大多了。”

何危笑道：“你还会觉得不错啊？天天睡豪宅的人。”

何陆不客气地拆台：“那是你不肯回家住，咱妈都跟我抱怨，那么大的屋子天天就她一个人住，半夜醒来心慌。”

兄弟俩相视一笑，气氛轻松愉悦。何危给自己的茶杯添满，切到正题：“今天来找我什么事？”

“没什么，就是年后都没见面，关心一下哥你最近怎么样。”

“说实话。”

何陆摸了摸鼻尖，头低下来，道：“哥，6 月中旬北天琴座流星群，会有火流星，辐射点在夜里到达天顶位置——”

“停停停，你知道跟我说这些我是听不懂的。”何危打断他，“想约连景渊是吧？那就直接打电话去约啊。”

何陆说：“我想啊，但是上次得罪他了，我就想去赔个罪。”

“那你让我帮忙约他，万一也不成功的话该怎么办？”

“不会的，”何陆认真道，“你说话比我好使。”

何危想再怂恿弟弟去试试，但何陆抓着他的胳膊，拜托他就帮这么一个忙。

“好吧，刚好我也找他有事。”

何危问他吃了没有，他去弄煎饺，很快就好。何陆看看时间，说不吃了，有饭局，某传媒公司的经理等着他呢。

兄弟俩已经习惯彼此繁忙的生活节奏，何危也不强留，临走时忽然想起来一件事：“阿陆，程泽生你认识吗？”

“认识啊，以前合作过。”

“关系怎么样？”

“还行吧，普通朋友。”何陆坐在玄关换鞋，抬起头，“你不提我还想不起来，前段时间他不是被杀了吗？凶手抓到没？”

何危盯着他的眼睛，从弟弟的眼神、表情确定他没有说谎或者隐瞒，才缓缓摇头：“还没。”

“哦，我们公司不少小姑娘喜欢他，还去伏龙山献花呢。”何陆站在门口，像是不放心似的，又提醒一遍，“哥，那个流星群……”

“知道了，肯定帮你搞定行了吧。”何危做了个手势，“到时候电话联系。”

程泽生晚上没有回未来域404，并不是不想回去或是害怕回去，而是被妈妈一个电话叫回家里，回不去了。

“泽生，你别担心，明天跟妈去庙里，妈帮你求几个符，带在身上就能保平安。”丁香满面担忧，“后院有桃树，等会儿妈去摘一根桃枝回来，给你插门上。”

“……”程泽生无语，“妈，你都是听黄局说的？”

“是啊，你这孩子搬走连个电话都没有，要不是老黄经常告诉我们你的情况，我都不知道你查案撞鬼了！”

“妈，你听我解释，这是个误会。”程泽生头疼，他在办公室里不是说了吗？开个玩笑而已，没遇见什么鬼，就是熬夜没睡好罢了，怎么老黄嘴那么快，还是捅到自己爹妈这儿来了。

程老参谋长大马金刀地坐在沙发上，张姨上茶，他端起来轻抿一口：“这才住出去多久就出事了？搬回来。”

程泽生更加无奈，想自我掌嘴，没事在黄占伟面前提闹鬼的事干吗？这下可好，妈妈要带他去庙里爸爸要他搬回来，都是能折腾的主。

“我说了是个误会，早晨和老黄开玩笑的。我在那儿住得不错，一切都好。”程泽生给了丁香一个拥抱，赶紧找借口脱身，“妈，我没事的，你放心。先走了，晚上还要开会。”

“你晚上有什么会？我怎么不知道？”

“刑侦支队的内部会议，这还要跟您汇报？”

“老黄说案子暂时还悬着，你今晚睡家里，陪陪你妈。”

“就是悬着才要开会讨论，集思广益，走向明朗的话都破案了。”

父子俩的对话弥漫着火药味，丁香赶紧拦着，对程泽生使眼色，让他别顶嘴。程泽生心里不痛快，真是要命，何危特地留字条，他也应下了，不回去的话岂不是被当成胆小失信又怕鬼了？

“妈，我今晚真的有事，下个星期我回来住两天陪陪你，一定。”

程泽生拿起外套和车钥匙往门外走，还没到门口，便听见身后传来“哎哟哎哟”的叫唤声。他回头一看，刚刚还脸色红润的妈妈捂着心口倒在沙发上，影后附身一般把心绞痛演得相当传神，而父亲吹胡子瞪眼，眼神似刀剜着他，一脸怒气。

“……”

今晚这个公寓是注定回不去了。

何危看书看到夜里12点，家里静悄悄的，程泽生相当豪迈地爽约隐身了。

呵。何危合上书，果真是“男人的嘴骗人的鬼”啊。

周六下午，东利科技大学的阶梯教室里，连景渊的课程是平行量子宇宙，这节课讲解的是有关多元宇宙的概念。

“当我们想象量子多元宇宙时，我们就像拉里·尼文的短篇小说《万千之路》里的主角一样，面临着这种可能——在不同的量子宇宙中，我们的平行自身可能具有完全一样的基因密码，但在漫长人生中的一些关键时刻，机遇、面临的选择以及梦想的驱使都有可能将我们引向不同的道路，引向不同的生活轨迹和路线。”

台下有学生举手：“连老师，那是不是说明我这辈子无法成为百万富翁，但是在多元宇宙的另一个我或许已经拥有劳斯莱斯了？”

教室里发出一片轻笑声，连景渊温和一笑：“有这种可能，不过我觉得你还没毕业，这么青春的年纪就过早给自己定性不太好。正如你幻想多元宇宙的另一个你有钱有势，或许他也在幻想存在于这里的你已经住上豪宅了。”

另一个学生举手：“连老师，那如果有一天我能见到另一个平行自身，我们可以做朋友吗？”

“如果有这种机会的话，我的建议是规避。”连景渊在黑板上写下这个词，手撑着讲台，“蝴蝶效应大家都该知道吧？一只小小的蝴蝶扇动翅膀，可能会引起远方的龙卷风，放在这个问题上是一样的道理。你的人生轨迹放在四维时空来看的话，像一卷录像带，每一个时间点就是一帧图像，如果在其中插入另一卷录像带的画面，会播放出什么样的电影？”

“肯定很奇怪。”

“乱码吧？”

“人生的走向肯定完全改变了。”

连景渊唇角微弯：“会变得杂乱。而我们的宇宙是一位严格的‘老师’，是不会允许出现这种乱章的。”

下课铃声适时响起，同学们抱着书依依不舍地离开教室。连景渊正在收拾教材，一抬头，瞧见教室最后排站起一个男人，慢悠悠拍着手。

“第一次认真听你讲课，真的很不错，难怪连选修课也座无虚席。”

连景渊推了推眼镜：“如果知道你在台下，可能我就要发挥失误了。”

何危手插在裤子口袋里，他今天穿着休闲装，带帽卫衣和牛仔裤，显得只有二十出头的样子，混在一群大学生里也没有违和感。他从后排走来，连景渊抱着书，抬手看着表：“能陪我去一个地方吗？”

“有约？”

“嗯，带你去见见我的小情人。”

连景渊开车，载着何危往城南的方向驶去，大约一刻钟后，在一家宠物医院门口停下。何危这才知道他的“小情人”是谁——一只海双布偶猫，起名叫斯蒂芬，为了纪念逝去的物理学家斯蒂芬·威廉·霍金。

“……没想到你连养猫都要和科学扯上关系，为什么不叫薛定谔？”

连景渊抱着斯蒂芬，抚摸着它的软毛：“斯蒂芬比较好记。”

两人一路上就着猫的话题闲聊，何危抱着猫，斯蒂芬乖乖躺在他的怀里，还会用脑袋蹭着胳膊撒娇。何危笑道：“它好像一点都不怕我。”

“布偶猫性格温和，很容易和人类亲近。”连景渊打着方向盘，“你有事找我吧？咱们去哪儿？”

“去你家吧，快到了。”

宠物医院距离湖月星辰并不远，碰巧经过阜佐路的那家雷竞网咖。何危敲了敲车窗：“要不去网咖坐坐？身份证带了吗？”

连景渊尴尬：“真是不巧，我身份证前段时间丢了，现在正在补办。”他又看一眼在何危怀里乖巧安睡的斯蒂芬，“还带着它呢。”

“怎么这么不小心，身份证都能丢了？”

连景渊苦笑，何止是身份证，还有几张信用卡一起丢了，一趟趟跑银行，麻烦得要命。

何危挠着斯蒂芬的下巴，心里大致清楚这件事和连景渊无关，他纯粹是无辜受牵连，给别人捡了身份证作案去了。

连景渊家住在十七楼，也许是楼层过高的原因，家里异常安静，听不见任何杂音。再加上隔音良好的双层玻璃，更是连一点风声都无法透进来。

斯蒂芬来家里已有半个月，放下来就知道哪里是舒适的睡眠圣地，迈着优雅的猫步跳上飘窗晒太阳。连景渊给何危泡的是金银花茶，何危接过来：“你真神了，知道我最近因为案子上火呢。”

“看你眼角有点红肿。”连景渊在对面坐下，托着腮，“要问我什么？”

“也没什么，就想找你随便聊聊。小时候你就是天才，比我们小好几岁还跳级跟我们上同一个班，班里同学有什么不懂的都去问你。”

连景渊让他别取笑了，跳级是爸妈的主意，和一群大几岁的孩子一起上课，他不仅害怕还有压力。

况且古人有言：“小时了了，大未必佳。”拿那么多奖有什么用，还不是没进中科院，做了个平平无奇的老师。

何危一口茶差点喷出来：“你还叫‘平平无奇’？才多大年纪都带研究生了，还要怎么样？”

连景渊笑而不语，何危不浪费时间了，说到正题：“我最近遇到一些无法理解的事，想问问你。”

“你说。”

何危斟酌着说：“我住在新公寓，那里只有我一个人居住，但却发现了另一个人存在的痕迹，提取到的和他有关的证据也无法带出公寓。很奇怪吧？忽然响起开门声，浴室的淋浴会自己打开，茶几上莫名其妙多出东西……还有，我那天还听到他的声音了。”

连景渊的视线一直停在何危的脸上，观察他的表情，过了会儿才说：“阿危，我一直做的都是理论研究，却从来没有碰到过真实现象。如果你说的是真的，那有可能就是你们处在两个平行世界的结点吧。”

“……结点？”

“平行世界分为两种，可能处在同一个空间体系，或可能处在同一个时间体系。你可以和遇到的那个‘室友’，这么说应该对吧？探讨一下你们生活的时间地点，推断是哪一种情况。”

何危晃着手里的金银花茶，说：“他提到的一个地点是我这里真实存在的，而且在他的世界里，我已经死亡，这科学吗？”

连景渊轻笑着摇头：“你要问我科不科学，我只能告诉你，从理论的角度出发，另一个宇宙的你拥有一段和这个宇宙的你完全不同的生活轨迹，这是肯定存在的。你今天听了我的课吧？那个死掉的并不是你，只是和你有相同基因体的平行个体。”

“我知道那不是我，就是感觉有点好奇。”何危继续问，“那我无法从那个结点带出属于他的东西，是怎么回事？”

“你们的相遇只存在于那个结点，除开结点，你们身处的依然是两个不同的世界。”连景渊从茶盘里拿起两条绑礼物的彩带，打一个结，“两根绳子只有这一个相交点，两个平行世界的原子结构可以在这里稳定，一旦离开，多重因素会导致结构崩溃。除非是有什么外力，可以让两个平行世界形成完整循环，这样离开结点也可以保持原子结构的稳定。”

何危听得云里雾里，这些东西对于他来说实在是超纲严重，换成何陆来或许可以侃侃而谈。

想到弟弟，何危轻咳一声，话题很自然地拐过去：“对了，6 月份有个什么星座的火流星，有没有兴趣去山上围观？”

“什么星座火流星啊？是 16 号的北天琴座流星雨吧？”连景渊哭笑不得，“你怎么想起来叫我去看这个？不用查案子了？”

“哪儿是我，阿陆不好意思约你，就派我来了。”

听见何陆的名字，连景渊点头，笑容也变得浅淡。何危趁热打铁：“我当你答应了啊，到时候让他联系你。”

“嗯，好，我会去的。”

时间不早，何危不打算继续打扰，准备离开。斯蒂芬从飘窗跳下来，蹭着何危的腿，发出温柔的猫叫声。

“它真的挺喜欢我的。”何危揉揉斯蒂芬的脑袋，“下次再来看你，放心，绝不会空手。”

第24章

蹭吃上瘾了

“程副队，这是测试结果，你的精神状态和心理状态都很健康，没有任何问题。”

“那就说明我不会产生精神分裂，幻想出一个谁和我对话了？”程泽生接过表格，折好，反正他看不懂那些图标和曲线，只知道测试得出的各项分数都在正常值的区间里。

洪顾问点头，人在正常精神状态下是不会发生臆想的，只有脑部存在器质性或功能性的精神障碍时，才会产生幻想和妄想。

程泽生一直认为他的精神状态没有问题，从未把何危的存在当成是他的幻想产物。但是本着严谨的办案精神，各种可能性都需要排除，因此他才会约心理顾问，确定精神和心理一切正常，家里发生的灵异现象以及何危的出现都是真实且客观存在的。

“我看程副队最近好像压力有点大，可以口服谷维素和维生素B1、B12进行调整。”洪顾问好心建议道。

“还好，都习惯了。”程泽生把表格收好，临走时和洪顾问商量，别把今天谈话和做测试的详细内容告诉黄局。洪顾问心领神会，把访谈记录当着他的面销毁了。

离开咨询室，程泽生去了一趟医院帮母亲开药。丁香不愧是文工团出来的，拥有数十年舞台表演的经验，做戏就做全套，心绞痛压根没犯，还躺在床上不起来，写张单子给儿子，让他去开药、买东西，还要回家吃晚饭。

程泽生能怎么办，程泽生只能照做。以前爹妈那儿什么事都有他哥顶着，自从程圳清为国捐躯之后，照顾老人家的责任就落在他肩头了。家事国事天下事，家事排在第一位，家里不安宁他案子也查得不安心。

何危和连景渊告辞之后，慢慢晃去小区西门，忽然想起什么，方向一拐走向物业大楼。

出示过证件之后，何危要求调取小区四个门14号下午3点至4点的录像，可惜并未找到黑衣男人出入的影像。物业处的管理员问："警官，还有什么需要我们配合的？"

何危沉思片刻，缓缓摇头，道谢之后离开物业楼。他站在小区门口，观察着岔路口的商铺和人流，昨天这几条街全部排查过，没有监控拍到那个男人的身影。天色渐晚，对面两栋高楼之间夹着一条小巷，一轮红日斜斜挂在巷头，余晖温暖刺目，将他的双眼逐渐染红。

猛然间，何危感觉这幅场景似曾相识，好似某个时刻他也曾站在这个路口，眺望远空的夕阳。这种对某件事"似曾相识"的现象在科学上被称为"即视感"，大多数解释倾向于是大脑的错误记忆或是梦里曾经出现的场景，何危以前也出现过这种情况，但这次的感受有点特殊。

那一瞬间，仿佛身边还应该存在一个人，陪着他并肩站在这里。

会是谁呢？

华灯初上，何危回到未来域404，开门之后，眼前的景象让他震惊不已。

家里到处贴满黄纸符，从里到外、从客厅到玄关，起码几十张。头顶也有异样，抬头一看，门梁正中居然用红绳悬着一把巴掌大小的铜钱剑。

“……”何危偏头避开铜钱剑，再低头，地上一堆灰烬，像是符纸和柚子叶燃烧后残留的痕迹。

这是捉鬼来了？何危从鞋柜上撕下一张黄纸，上面是用朱砂画的符，还是很早港片里镇压僵尸的那种，下笔遒劲有力，画得还挺像模像样。

他走到楼梯口，只见黄纸符顺着楼梯一路贴上去，楼上也未能幸免。上楼之后，对面的房门门把手上用红绳绑着一根桃木枝，门楣还贴着一面巴掌大的八卦镜。

原先何危还有些气闷，看到这副架势彻底气笑了。这都什么乱七八糟的？程泽生是真的把他当成鬼了？

原先他也认为对方是冤死的鬼魂，但听连景渊上过一课，豁然开朗，清楚认识到他和这个“程泽生”是处在两个平行世界，因此那天他所说的案件是真实存在的，是发生在那个世界的真实案件。

并且程泽生的身份也让人倍感好奇，听他的语气，和自己很像是同行，难道真有这么巧，他们竟然在不同的世界调查彼此的命案？

何危看着这满屋子的黄纸符，无奈叹气。家里弄得乱七八糟，幸好是周末，不然都没时间收拾。

而程泽生正在着急忙慌地往公寓赶，听说妈妈故意支开他，求高人在家里做过法事，将冤鬼赶走了。他惊讶不已，顿时饭也顾不上吃，拿起钥匙就往回赶，内心焦急：可千万别给何危看见这些啊，他那张嘴肯定要疯狂嘲讽。

可惜已经迟了，程泽生打开家门，家里干干净净一尘不染，一沓黄纸符堆在茶几上，用铜钱剑和八卦镜压着，旁边还摆着一根桃木枝。

“……”程泽生已经能想象公寓里原先是何等的夸张景象，这么厚一沓，最起码要楼上楼下贴得密集恐惧症发作才能全用完吧？

厨房的玻璃隔门关着，油烟机发出轰鸣声响，程泽生一愣，看来请道士的钱花得冤枉，何危不是没走吗？还在厨房里做东西呢。

出于礼貌，程泽生觉得有必要说明一下具体情况，便打开门：“那个——”

“啪！”刚拉开一半的磨砂玻璃门又给合上了，让他猝不及防。

“？”程泽生有点蒙，这是生气了？

何危正在厨房里做煎饺，尽管油烟机噪音很大，他没有注意到程泽生进门，却在玻璃门打开的时候发现了。厨房里都是油烟，散出去把客厅的墙熏黄了可不好，于是何危眼疾手快拉着门重新关上，有什么事等做完煎饺再说。

程泽生在客厅来回踱步，虽然何危的确是鬼，自己在昨天之前也希望他赶紧投胎，但父母插手的话性质就完全不同了。就好比童年时期，两个孩子打架，原本各凭本事，其中一个忽然把家长叫来了，这还打什么打？自己打自己的脸。

他此刻正是这种感觉，坐立不安。一般鬼生气了会做什么？有没有能人可以给出专业解答？

何危关掉油烟机，把色泽金黄的煎饺盛出来端去客厅，又回去厨房，折腾蘸料碟。

程泽生还在纠结这个男鬼的气量到底有多小，桌上眨眼间出现了一盘煎饺，油烟机的声音也停了。

程泽生又蒙了，这是——做给他的？

“何危，你在吗？”

客厅很安静，程泽生等了三分钟，何危都没有任何回应，而那盘煎饺摆在桌上，冒出袅袅香气，勾引着他的食欲。

程泽生下意识伸手摸了摸脸，他虽然一直清楚自己这张脸对男女老少都具有不俗的杀伤力，但是没想到对鬼也能起作用，仿佛增加了什么奇怪的知识。

是做给他的吧？不然以何危的性子，不让碰的东西早抢着宣布主权了。煎饺色泽金黄形状可爱，程泽生的五脏庙提出抗议，强烈要求主人赶紧把现成的祭品给弄进肚里。

几乎没做什么思想斗争，程泽生迅速拈起一个煎饺塞嘴里，咽下去又感到做贼心虚。家里静悄悄的，何危不知去哪儿了，或许正站在桌子边上看着他也说不定。

“我吃了啊。”程泽生打声招呼，去厨房拿了双筷子。

何危正在厨房里研究蘸酱的配料，之所以半天都没出来，就是在搜索既好吃他又能吃的配料表。说来悲惨，何危的过敏体质导致他吃东西都会很小心地研究配料表，久而久之养成了自己动手丰衣足食的好习惯。他对市面上大部分会添加豆瓣的酱都过敏，干脆自己调，更放心一点。

程泽生在享用煎饺，两口一个，不得不说何危手艺真不错，虽然是速冻食品，但煎也是需要水平的，换成他的话绝对没法把饺子皮弄得这么酥脆。

他对何危越来越好奇，他到底来家里的目的是什么？帮忙收拾屋子还做饭，就跟田螺姑娘似的。如果每次下班回来都能迎来热腾腾的饭菜，不用再吃泡面，那养着何危也没什么问题。

这个想法一冒出来，程泽生被呛到了，使劲咳嗽几声。他放下筷子，别人养小鬼，求财求权；他养男鬼，洗衣做饭。实在惊恐，匪夷所思。

何危耗费数分钟，终于调好一碟喷香的蒜泥麻油辣酱，喜滋滋出来一看，一盘煎饺只剩三个。

“……”

何危怒了。

程泽生正要上楼，忽然背脊发凉，感觉有一阵阴风刮过。厨房的门再次关上，“啪”！这次的动静十分响，震得程泽生心口发慌。

很快他就意识到又做错事了，想想也没毛病，有谁规定饭做好了不能出去遛个弯回来再吃的？

何危面无表情地开冰箱，拿速冻生煎包，倒油，上煎锅。

他难得给谁弄得没脾气，对着一个看不见的人，打也打不得骂又听不到，一肚子火气只能憋着自我消化。

尽管相处只有短短一个星期，何危已能清晰感受到另一个世界的程泽生和这个世界的钢琴家大相径庭。在这里，他是温文尔雅的艺术家，在那边呢？蹭吃蹭喝皮厚中空，快赶上崇臻那个没皮没脸的货了。

一刻钟之后，生煎包出锅，何危不打算拿出去，准备就在厨房里解决。他一手拿着筷子一手端着辣油碟，叼着生煎包转身，发现玻璃门上贴着一张纸。

对不起。

何危懒得理睬，只想赶紧填饱肚子，等会儿还有正事要办。

过了会儿，何危从厨房里出来，拿走字条，听见浴室传来水声，直接推门进去。

程泽生在冲头发，从莲蓬头造出的水帘里窥看，只见凝满雾气的玻璃门上，一笔一画地浮现出几个字。

洗完去客厅，有事找你。

第25章
信 息 互 换

何危坐在靠近沙发扶手的位置，手撑着额，工作忙碌，难得能有一个夜晚闲下来看看书。他的双腿交叠，上面放着一本《法医毒物学》，这是上个月一起投毒案之后杜阮岚借给他的，平时太忙压根没时间翻，这本书至今才看了三分之一不到。

一行带着水迹的脚印陆续接近沙发，何危瞄了一眼，决定定个规矩：洗澡之后拖鞋必须在浴室里擦干，不许把水带到客厅。

还有他的沐浴露，已经不见好几天，估计也是给程泽生顺手牵羊了。虽然那个味道他不喜欢，太香太甜，但好歹是妈妈买的，不用也得摆那边收着。

程泽生换上工字背，脖子那儿搭着毛巾，他知道何危在这里，只不过暂时判断不出他的具体位置。

天也不早了，人来了就办正事吧。何危将正在阅读的那一页夹好书签合上书："程泽生，你能听见我说话吗？"

同时，程泽生也开口："谢谢你做的晚餐，找我是要聊你的案子？"

双方都没有得到回应。

何危的手抚着后颈，猜想应该在什么样的条件下才能触发对话。这就像他曾经玩过的一款恐怖游戏：操控主角在一栋类似迷宫的房子里破题解密，想要情节继续，必须找到提示物品，再破解触发条件。他现在已经和“提示物品”在一起，却还没解开如何触发对话的难题。

程泽生摸着下巴，抬头望向石英钟。那天是零点钟声响起，他们忽然听见彼此的声音，是必须到那个时间点还是需要那段特殊的钢琴音？

带着疑惑，程泽生走过去，手摸到石英钟背面，将时间调整到离12点还差一分钟。他的眼睛盯着一停一顿的秒针，三个指针重叠在一起，那段特殊的报时钢琴音响起。

何危猛然抬头，甚至站了起来，音乐声只有短短几秒便结束了，他试探着询问：“程泽生？能听见吗？”

“何危？”

彼此依旧没有听见回应。

看来关键还是时间问题，等到12点的时候再尝试吧，看看猜想的触发条件准不准确。

何危也是同样的想法，推测在固定时间，这个平行世界的结点会发生一些特殊异变，生活在两个世界的人才能产生短暂的交集。

程泽生对着表将时间调回去，顺便去楼上拿了纸笔，坐在沙发上，暂时和何危只能继续以字条作为沟通媒介。

他正在通过文字解释从做法事到误吃煎饺这一系列的误会，何危的字条先一步出现，内容比以往都多，三大要点。

1. 我不是鬼。

2. 你我都是真实存在的，平行世界。

3. 你也死了，枪杀。

程泽生拿着这张信息量巨大的便笺纸，注意力集中在“平行世界”和“枪杀”这两个词上。平行世界他是听说过的，以前也看过相关的科幻电影，但怎么也想不到自己竟能有机会亲历。他对何危的话还保持一定怀疑的态度，可现在也找不到什么更合理的解释，姑且只能先当成是这么回事。

至于他在那边也死了，还是死于枪杀，程泽生倍感好奇，把“枪杀”圈起来，在下面提问死亡时间、案发地点以及尸检结果。

他把字条放回桌上，何危没有拿，桌上又凭空出现一张字条。

字条你看见了，没什么想法？

程泽生皱眉，观察着何危留下的便笺纸，再看看自己手里的本子，脑中产生一个想法，将先前写的撕下来揉成一团，丢进纸篓里。

何危的笔在手中转着，程泽生半天没动静，在想什么？震惊到哑口无言了？

终于，桌上出现了一张颜色不同的字条，上面是程泽生的笔迹。

我在你的字条上回信，你收不到。稍等，我出去一下，很快回来。

何危还没看完，大门打开又合上，程泽生已经走了。

他拿着程泽生传递而来的信息，脑筋飞快转动着研究原因。程泽生拿走他的字条，在同一张纸上回信他无法收到，换了一张就可以。仿佛这个载体具有单向性，程泽生触碰过后就会消失不见，他再也无法看见。

何危在家里四处走动，观察他们共同居住的404公寓。家具和家电都是搬进来之前配好的，这些东西程泽生每天都在触碰，它们却一直在公寓里好好留存着；程泽生住在这里，他的私人物品在楼上的房间里完全没有显露，买的食物却可以塞满冰箱，包括今天出现在客厅的黄纸符……

"咔嗒"，清脆的开锁声响起，程泽生回来了，拎着一个袋子，里面是两支马克笔。他直接去厨房，瞥一眼洁白光滑的冰箱门，拿出一支马克笔在上面试着写了几个字，再用抹布一擦，干干净净光洁如新。很好，可以用来当白板了。

"笃笃"，是厨房的玻璃门发出的脆响。

来得正好，省得他再想办法把人叫过来。程泽生用马克笔在冰箱上写下：

料理台上面有一支笔，能看见吗？

何危拿起另一支马克笔，站在冰箱前面，在那行黑字下面回答：

能。

程泽生：

根据我的猜想，家具家电是我搬进来之前就有的，我们都能触碰，但私有物对方拿到就会消失。

何危：

泡面和煎饺，你碰到就没有了，黄纸符我碰了，收在桌子上，你还能看见吗？

程泽生写了一串省略号，尴尬地告诉何危，那不是他贴的，他妈妈下午来过一趟。

何危抱着臂。黄纸符经过他的手，程泽生也可以看见，说明第三者的东西不在物品交换的抵触规则里。这可真是奇妙，难道这种神奇的换物规则是专为他们两人而设计的吗？

冰箱门已经写了半面，程泽生拿起抹布擦干净。终于找到一个可以持续交流的方法，这样比字条方便多了，不仅可以看见之前的记录，还不用浪费纸张，直观又环保。

接下来的交流变得顺畅许多，何危简明扼要地把两人目前的状况交代了一下，将从连景渊那里得到的知识归纳总结，让程泽生明白，他们两人是在两个平行世界中，只有在这里会有交集，离开之后，依然还是生活在彼此的世界不受影响。

程泽生忍不住感叹，他不信这个世界有鬼，却被未知的科学现象给唬住了。想到和自己交流的人属于另一个世界，他一时之间心情复杂，仿佛在和外星人交谈。

经过讨论，他们了解到，彼此生活的地方都是升州市，城市建筑群的大体结构相似，细节之处却有区别。比方说何危毕业的公安大学旁边有一家已经开了二十年的老字号面馆，但在程泽生那里，那家面馆的位置是一家书店。

不过伏龙山的废弃公馆却是在两个世界都存在的，并且陈设和细节相差不大，算是他们所得知的相似度最高的地方。

你真是警察？

何危提出疑问。

程泽生反问：

你真的在刑侦支队？

同一认定的模式？

两种，整体同一认定，分离同一认定。

程泽生回答之后，换成他出题：

喷溅血迹形态特点？

长条状，一端膨大一端细小狭长，常有拖尾，尖端处表示血迹喷射方向。多数呈放射状排列，如果血量大或是方向垂直，下方通常可见流柱血迹。你想听完整的形态分析，这一面冰箱门写不完。

程泽生不需要再了解了，这么扎实的功底，不是同行都没人信。

交换信息之后，两人了解到对方都在市局刑侦队工作，一个支队长一个副支队长，彼此身边的同事群体没有重叠，连市局局长都不同，还能指望领导班子一样?

细聊之下，诸如此类的区别数不胜数。两个平行世界，时间的流逝是相同的，地点和人物有一定区别，却又在一定的框架里。如果类比的话，这两个平行世界就像是两幅同时期描绘的画作，相同的画布相同的主题，不同的艺术家绘制的风格不同，呈现出的人物和细节也存在差异性。

特别是两人在彼此平行世界里的身份，程泽生听说他是靠脸吃饭圈粉无数的大明星之后，脸都绿了。什么玩意儿？他可是最讨厌别人冲着这张脸来的，怎么到了那边居然靠这个维生了？真是没追求。

何危对于另一个平行自身是普通的公司职员没什么想法，淡淡评价一句“那可太埋没人才了”，让程泽生无语。

厨房里充当黑板擦的百洁布已经变成黑色，马克笔的油水渗进去太多，洗不出来了。程泽生又拿了一块出来，这时客厅里忽然传来一阵钢琴音乐声，程泽生惊讶，都已经12点了?

他和何危一直在交换信息，全然没有留意几个小时就这么匆匆而逝。钢琴音结束，程泽生本能地感觉到厨房里多了一个人，距离很近，平缓轻微的呼吸声低低传入耳中。

“这一晚上写的字比我的结案汇报还多。”

何危低沉又略显冷淡的声音回响在厨房里，程泽生倚着橱柜，甩了甩手：“谁不是？快赶上我小时候被罚抄书了。”

经过长时间的交流，尽管见不到面，他们听到对方声音的那一刻，也产生了一种莫名的安心感。这种感觉很奇妙，像是吃了一颗定心丸，之前的推断和结论都没有错误，零点的钟声一过，那个人就会出现在对面。

“闲话不说了，你跟我讲一下案件细节。”何危看一下时间，体会到真正的争分夺秒，“拣要紧的说，我来分析一下自己是怎么死的。”

第26章

基因测序

何危和程泽生一起坐在客厅里，和上次一样，两张椅子面对面，在外人眼中，他们就是在对着空气自言自语，自娱自乐还不亦乐乎。

程泽生将鞋印位置以及陈尸位置画出一张示意图，再分别标出哪些是属于被害者哪些是属于第三者，传给何危之后，何危看着这张图，出现了短暂迷茫："靠近客厅的那片鞋印标出的1和2是什么意思？"

"根据鞋印的分布，1是凶手的，2是死者的。""但它们都是一样的，凶手和死者身高体重相仿，还穿着同样的鞋子，朋友或亲人的可能性较大。那这边呢？3又是什么意思？"

"3是上次排查现场发现的，鞋底的圈形底纹里夹着小石子，1号2号都没有，所以……"

"所以你判断现场有四个人，但是其中三人的足迹是一样的。"何危淡淡一笑，"那个何危这么厉害，影分身都会吗？"

从他的语气中，程泽生能明显感受到一股嘲讽，他皱起眉："你以为我想这么认为？凶器上留下了不可能造成的生物物证，还有尸检结果更离奇。那个何危有十年的过敏性哮喘史，可尸体的支气管不仅没有病变，还检查出有至少五年的吸烟史。"

"DNA和指纹都能对得上？确定是他吗？"何危摸着下巴，"我弟弟你们调查过没有，他和我是同卵双胞胎，有相同的DNA。"

"早就调查了，我们局里的法医也不相信这种离奇事件，怀疑弄错人了，已经从你弟弟身上取样做了基因测序。”程泽生摇头叹气，“但我觉得没有弄错，指纹都能匹配上，世上没有两片完全相同的叶子，在双胞胎的案件里指纹往往比 DNA 更能说明问题。”

从案件一开始，程泽生就在怀疑死掉的何危和他们在调查的何危是两个人，原来他还一直不信一个人会有两副躯体这种离奇故事，不过现在连平行世界都出现了，还有什么不可能的？这儿不就还坐着一个何危吗？

“你抽烟吗？”他问道。

何危笑了笑：“怎么，你怀疑死掉的是这边世界的我？那现在谁在和你说话？”

程泽生低声道，“我也不清楚，就是有这种直觉。”

“这个案件我得到的信息还不够，暂时没什么头绪。”何危建议，“明天你把痕检报告和验尸报告还有物证一起带回来，我仔细研究一下。”

“给你看？”程泽生的声音明显带着迟疑。

“不行？咱们又不在一个地方办公，我看了也不会泄密，也许还能帮你尽快破案。”何危顿了顿，“况且，死的是我的一个平行个体，我看我自己的报告有什么问题？”

“不是，问题不在这里。”程泽生提醒道，“我把物证带回来，你碰过了，我还上哪儿找去？”

“你不说我还想不起来，摄像头呢？”何危质问程泽生，“你拆了就不见了，我拿什么还给技侦？”

程泽生惊讶：“是你装的？！”原来真的误会父亲了，幸好回家的时候没对他阴阳怪气，为了莫须有的事把老爷子气到医院可就热闹了。

何危冷笑，继续问他摄像头哪儿去了。程泽生非常委婉地告诉他上个星期带回局里，想拿去技侦那里辨认型号，结果带出去就不见了，找回来的可能性不大。

“不是可能性不大，是找不回来了。”何危捏着眉心，语气无奈，“不属于这个世界的东西，带出结点的话原子结构就会崩溃，我连你的指纹都带不出去，更别提摄像头。”

“……”程泽生试着转移话题，“你的案子就这么多，也该到我的了。”

“你的案子没有那么玄，暂时没发现是不可能犯罪。不过凶手和在场的第三个嫌疑人都很聪明，几乎没留下什么痕迹。哦对了，你在那边是不是也有个哥哥？”

“死了，”程泽生的声音猛然低下来，“死在毒贩手里的，好几年了。”

客厅里迎来短暂的沉默，何危本想挖一下有关程圳清的信息，但听他语气低沉，就知道他情绪低迷，话到嘴边打了个转又咽下去：“节哀。”

这两个字刚说出口，客厅的气氛陡然变得不同，那股深夜的静谧一股脑儿扑来。何危抬头，这次的时间是零点三十分，比上次多出几分钟。

谈话结束。

经过几天对程泽生居住地附近的摸排走访，崇臻兴冲冲地回来，带回一个好消息：终于找到有关程圳清的消息，确定这个人在升州市，也的确在附近活动过。

“真是不容易，一组人把方圆五公里所有的电子眼、商铺监控全部调出来查，另一组人拿着照片到处问，查了三天一无所获。”崇臻拧开矿泉水猛灌一大口，擦了擦嘴，“直到前天晚上，一个捡垃圾的老太太说见过程圳清，当时她背的饮料瓶太多，有几个掉在地上，就是程圳清帮忙捡起来的。”

吴小磊接着说：“这人真能藏，平时外出少，还很小心翼翼，每次都戴着口罩，只露一双眼睛出来，这上哪儿找去。那天还是为了吐口香糖，才把口罩给摘下来，碰巧看见老太太瓶子掉了，伸手搭了一把，给老太太看见脸了。”

“后来我们又重新把监控调出来，按着老太太描述的身高体形特征重新筛查，果真找到几个程圳清被拍到的身影。”崇臻把折好的地图打开，“上面的点就是监控拍到的位置，我连过线之后大致框出这么个活动范围。但是想找到人还是不容易，那一片主要是居民楼，除非挨家挨户去敲门。”

云晓晓眨着一双水汪汪的大眼睛：“可以让派出所配合一下，登记户籍。”

何危看着地图，黑笔画出的范围涵盖四个社区、一家大型超市、一家综合性商场，还有一所学校、两条商业街。他问：“程圳清最后一次被拍到是在哪里？穿的什么衣服？”

崇臻猜到何危要问这个，已经提前把那段监控给拷贝下来，存在手机里。只见视频里一个身材高挑又清瘦的男人站在十字路口，戴着黑色口罩，身着黑色风衣和卡其色休闲裤。对面的十字路口是绿灯，他却没有过去，等变成红灯了，才转身往右边的人行道走去，拐进巷子里。

“那条巷子里面只有两家旧杂货店，没有监控，后面又是另一条岔路，我估计是为了躲避监控才会选择走那边。”

云晓晓探头来，好奇地问：“他既然要走另一条路，还愣在那边干什么？”

吴小磊猜测：“可能没考虑好路线吧？”

“我觉得他是在看什么东西，刚刚头抬了几秒。”崇臻说。

胡松凯闲闲地坐在一旁，这种东西就要交给老何去看，他那双眼睛太毒，肯定是把孙悟空的火眼金睛抠下来给自己安上了。

果真，何危将监控视频放大又缩小几回，转头问云晓晓："晓晓，程泽生的代言里是不是有名表？"

云晓晓赶紧点头，把手机拿出来："有有有，那张海报拍得特帅！我在街上看到就拍下来了。"

何危在两个手机屏幕上分别扫一眼，得出结论："他在看程泽生。"

"？"吴小磊一脸茫然，何危叹气，两指一滑将视频放大，放在桌上，站起来泡茶去了。

崇臻和吴小磊扒着手机，崇臻先发出意味深长的叫声："哦——原来如此，不愧是老何，看你炫技我就是服气。"

吴小磊揪着他的胳膊："崇哥，到底怎么看出来的？"

"你看，这上面有个边，是不是露出一截灰西装衬衫袖口和金表的边了？你再看看晓晓拍的海报，对比一下是不是一模一样？"

吴小磊瞪大双眼："那是衬衫和手表？"他看这模糊的一白一黄一灰，还以为是白加黑感冒药的广告！

崇臻丢给他一个遗憾的眼神，胡松凯嘿嘿一笑："哎，你们衡队没这本事吧？要不来咱们刑侦支队？多的是东西让你学的。"

吴小磊盯着何危匀称挺拔的背影，眼中莫名带上崇拜之光。何危泡自己的茶，丝毫不知无意间竟圈粉了一名禁毒队成员的。

柳任雨来找程泽生，江老师请他去一趟法医科。

两人并肩同行，聊起江潭，柳任雨摇头："程副队，老师情绪很不好，我建议你等会儿别问太多，等他心情平复再说。"

"不至于吧，能给打击成这样？"

柳任雨的表情凝重，下巴颏点了两下，像是在强调问题的严重性。程泽生了然，已经清楚是什么结果了。他忽然想，要是告诉江潭，家里又出现一个活生生的何危，他会不会吓傻掉？

“对了，你上次提的要上映的科幻电影叫什么名字来着？”程泽生问。

“《三叠记》。”

“那不是恐龙时代吗？”

柳任雨笑着摇头：“之所以叫这个名字，是因为那部电影里有三个时空交叠，原著的口碑很好，程副队可以买一本看看。”

两人已经走到法医科，江潭坐在办公桌后面，握着保温杯，眼睛一眨不眨地盯着检验报告。门被推开，他的眼皮抬了抬，死气沉沉道：“你来了。”

“嗯，看你的表情就知道情况不乐观，说吧，我早就做好心理建设了。”

江潭先拿起一份报告：“这个，是何陆和何危的 DNA 甲基化差异的检测结果。在取样 DNA 构建块中，他们俩有 47 个位点差异，用 illumina 450K（甲基化芯片）分析，何危的样本里有 AHRR（芳烃受体抑制因子）和 F2RL3（F2R 样凝血酶或胰蛋白酶受体 3）这两个基因，何陆没有，COMT（儿茶酚 -O- 甲基转移酶）启动子区的 2 个 CpG（DNA 的一个区域）位点也有明显差异。详细内容都在这份报告里，基本可以完全区分出这对 MZ Twins（同卵双胞胎）。”

接着，江潭拿起另一份：“这一份，是何危和医院带回来的血液样本的甲基化差异检测结果，取的是同样的 DNA 构建块，没想到这两个 DNA 样本，竟然也有 15 个位点差异。虽然都有携带致敏基因，但过敏途径一个来自 IgE（血清免疫球蛋白 E），一个来自 IgG（血清免疫球蛋白 G）。”他拿起第三份报告，“医院的血液样本和何陆的测序结果，有

56个位点差异，你知道这代表什么吗？”

“你说。”

江潭深吸一口气：“这代表，三个样本，来自三个不同的人。何陆的样本和尸体还有医院的血液样本甲基化差异较大，排除做同一认定的可能性。尸体和医院血液样本的DNA分型几乎完全相同，一般检测取21个位点的话虽然可以认定来自同一人，但却仍然存在甲基化差异，再加上尸体内部表现出的矛盾情况，排除嵌合体奇美拉现象，我只能断定这也是两个不同的人。”

程泽生虽然有做好准备，但真正拿到结果，还是感觉手里的东西相当沉重。似乎只要和何危相关的事，都不同程度地偏离了正常的科学法则。

江潭像是卸了力气一般跌坐在椅子上，娃娃脸垮成一片：“疯了，同样的人居然有两种基因性状，如果不是亲眼所见，我这辈子都不会相信能发生这样的事。”

第27章 顾问和线人

程泽生临下班前，想起何危的话，左思右想，最终还是将各项检查报告和证物照片复印了一份。至于证物就算了，带回去真的弄到何危那个世界，他可是要担大责任。

江潭一整天都是那副没什么精神的鬼样子，下班之后也不回家，白袍不换，站在程泽生的身后幽幽地问：“怎么还没走？”

复印室没开灯，只有他们两人，走廊的灯光斜斜打进来，江潭刚好逆光站着，白袍飘飘，颇有几分鬼魅气质。程泽生一惊，回头抱怨道：“干什么你，站后面出声，想吓死谁？”

“吓你。”江潭看一眼复印机，“你怎么亲自来印材料了？不是给你配了小助理吗？”

“我才不像你，什么都交给徒弟去做，等小柳哪天受不了跑路了，看谁还去给你泡枸杞茶。”

江潭没心情跟他拌嘴，见从复印机里出来的材料都是和案件相关的报告，好奇地问：“你复印这些干什么？准备拿给你师父，请他出出主意？”

“嗯。”程泽生含糊点头，将印好的内容归置整齐，原件再放回去。江潭一直在等他，心里郁闷想喊他去喝一杯，毕竟何以解忧，唯有杜康。

时间还早，程泽生答应了，和江潭一起去了一家常去的烧烤店，先点一大盘烤鱼，再点些肉和蔬菜，最后江潭要了五串烤腰子，还问程泽生要不要也来几串。

程泽生倒上啤酒，顺嘴损一句：“你点腰子不是浪费钱吗？补好了也没人用。”

“说得好像你就有人用似的，那张脸安你身上就是浪费！”江潭拿起啤酒瓶杵到他的嘴边，“知道以前学校里怎么传你的吗？‘不是冰山就是身有隐疾’，你说实话，是哪一种？”

程泽生冷笑：“那你还敢约我出来？万一我酒后失控，第一个遭殃的就是你。”

江法医恶狠狠道：“呵，我最近在健身，衣服一脱八块腹肌！”

“我不信，你现场脱一回瞧瞧。”程泽生敲了敲啤酒瓶，“有的话我喝，没有的话你喝。”

想要借酒浇愁的江法医㞞了。

两人边吃边聊，不谈案子只谈生活，江潭主要的话题是单身狗灵魂三连——“为什么我还没女朋友”“怎么样才能有女朋友”“要找什么样的女朋友”。面对这三个问题，程泽生一言以蔽之：“我哪知道。”

江潭感觉自己也是想不开了，跟这个死直男有什么好聊的，还不如找柳任雨呢，小徒弟耐心又听话，还会打听他喜欢什么类型的女孩子，有可能是想给他介绍小学妹。

9点左右，程泽生准备回去，江潭还没喝够，问他怎么这么早就走，程泽生说有事，但也没细说是什么事。

江潭托着腮，双眼迷茫，两颊红扑扑的：“你是要去找严支队？这么晚了探视时间早过了吧？”

“不是，约了人。”程泽生站起来，准备去结账，给江潭一把薅住胳膊。只见江潭亮晶晶的两眼盯着他：“有情况？”

“谈案子。”程泽生想了一个比较合适的说法，“就找的一个顾问，水平还不错。”

江潭一脸失望，走吧，成天就知道办案子。他今天三观遭受巨大冲击，别说办案了，班都想翘了。

程泽生结账时，发现店里已经开始卖小龙虾，便打包了一份带回去。上次吃了何危的煎饺，这次还他三斤小龙虾，怎么样也能抵过了吧？

茶几上的地图铺开，何危正在研究程圳清的活动范围，今天下午他们已经和辖区派出所接头，以登记户籍的名义安排排查。明天他打算去一趟程圳清最后出现的小路，看看能不能找到什么线索。

9点半一过，家里的开锁声终于响起。何危竖起耳朵仔细静听，仿佛能听见窸窸窣窣的摩擦声，像是塑料袋的声音。渐渐地，他又闻到一点若有若无的鲜辣香气，又麻又香，刺激着味觉和嗅觉。

是小龙虾的味道。

程泽生不知道何危在哪儿，顺手把小龙虾放在桌上，拉开一张椅子作为信号，告诉他来吃夜宵了。

凳子拉开的同时，桌上已经出现一盒打包好的十三香小龙虾。尽管封口已经扎紧，仍然阻止不了那股勾人香气，像是一个美人横卧在桌上，对着何危搔首弄姿，请他快来为自己宽衣解带。

何危的喉结下意识滚动了一下，却没有伸手去碰，而是掏出便签本淡定地告诉程泽生，过敏，吃不了，多谢美意。

程泽生想起今天得到的基因测序结果，这边的何危是过敏体质，那边的会有这种情况实属正常。小龙虾虽然不是海鲜，但含有大量的异种蛋白，对于过敏体质的人来说，算是一大过敏原。

程泽生：

这次就算了，下次买羊肉锅仔回来，是一家名店的招牌菜。

何危：

过敏。

程泽生：

那请你吃东山烧鹅，附近就有分店。

何危：

过敏。

“……”程泽生沉默，这人平时都吃什么？还有什么不过敏的？

何危在很早以前就去做过过敏原筛查，打出一张长长的表，很多常见的食物他都不能碰，只能看不能吃也成了常态。那盒龙虾始终没有被打开，放在客厅的桌子上，他们两人转去厨房，冰箱门算是倒了血霉，死都想不到自己还有能充当白板的一天。

程泽生把复印的资料一起拿出来，放在料理台上。何危原先已经准备好镊子，防止自己碰到报告文件会把它们全部带过来，无法还给程泽生。不过他发现柜子上摆的都是复印件，满意一笑，这才伸手拿起来。

这一沓文件里有现勘报告、痕检报告、尸检报告、案发现场平面图和物证照片。平面图和程泽生绘制的差不多，尸体位置在靠近门口的沙发旁边。

何危逐字逐句阅读现勘报告，扫见一行“沙发偏移 0.5 厘米”，眼皮一跳，拿起拍摄的现场照片查看。

一张张彩色复印图，将伏龙山公馆的装饰和摆设一一呈现。这个案发现场和他们勘查的现场几乎一模一样，这是继 404 公寓之后，何危所知道的第二个在平行世界里场景重叠的地方。

片刻后，他用马克笔在冰箱门上写字：

现场有没有检测到火药残留物？

火药？程泽生感到不解，死者是被勒毙，也不是枪杀，现场没有弹着点和弹头、弹壳残留，又怎么会有火药残留物？

冰箱门光滑的表面又出现一行字：

你的案子里，沙发的位置也有偏移 0.5 厘米。当时推测现场有人和凶手厮打，导致沙发位置偏移，沙发上也有极其微量的火药残留。

程泽生怔住，赶紧问何危：

你是怀疑这两个案发现场有关联？

是。

何危想了想，又写：

明天我把你的案件材料带回来，你就明白了。

这样的猜想也不是空穴来风，毕竟他们两人的平行个体都是在这座公馆里死亡，听上去就充满一种神秘的关联。程泽生决定明天找成嫒月再去一次现场，检测到底有没有火药残留物。

倘若真的有火药残留，那公馆也有可能是两个世界的结点，并且两宗命案会产生关联，杀死他们平行个体的幕后黑手极有可能是同一人。

时间不早，两人先去把临睡之前的事情处理好，等 12 点再下来进行短暂的交流。现在他们彼此已经习惯家里有个看不见的邻居，洗澡都会安排好顺序，谁要先洗就在门上贴个条，对方看到也就明白了。

零点一到，程泽生和何危回到客厅，老时间老地点，连椅子都没换过。

“我主要想问有关你哥哥的事，他有什么兴趣爱好、生活习惯，跟我详细说一下。”

“我的死亡跟我哥哥有关？”

程泽生感觉这话极其别扭。

何危说：

“暂时不确定，但他是嫌疑人，并且还有非法持械罪，就算和命案无关也要抓捕归案。”

“我哥是缉毒警，他在那边是什么身份？怎么还会非法持械？”

“不清楚，但是你们兄弟俩挺有本事。”

何危道：“居然建了个兵器库出来，这可是我们升州市近几年破获的数量最大的私藏枪支案。”

程泽生在心里吐槽，果真靠脸吃饭的没什么好下场。他在这里好歹是为人民服务的警察，怎么在另一个世界反而成犯罪分子了？

专案组小分队聚在一起，上安区的地图铺在桌上，何危拿着笔，圈出几个位置：“吴小磊，小夏，带两队人，希望大厦和顺河路的这两家健身房，平聚广场的这家音响店，福隆商超，这几个地方重点派人盯着。”

“晓晓，你和顺河街道派出所的同志一起去做户籍排查。二胡，你跟着去，保护好晓晓。发现嫌疑人先别冲动，确定他没有携带杀伤性武器再动手，有异常千万别打草惊蛇，等支援。”

“崇臻，去找幼清要一套采证工具，跟我去那条巷子看看。”

何危把地图折起来：“郑局前两天又找我谈过话了，程泽生的案子要抓紧。现在没什么突破口，能抓到程圳清的话说不定能解开很多谜题，大家辛苦一点，尽快把人抓回来。”

屋子里的几人齐声答应，分头行动。何危和崇臻一起出发，崇臻问：“你安排的那些地方靠不靠谱？”

“不出意外的话应该靠谱吧。”这些是他根据程泽生的描述圈出来的，虽然不知道这个世界的程圳清是不是会保持同样的爱好习惯，但他们也没掌握到程圳清更多的信息，倒不如选择相信程泽生一回。

“嘿，你这胸有成竹的样子，从哪儿得到的消息？”崇臻眼珠转了转，“你以前的线人提供的？”

“不是他们，是别人。”何危笑了，“新开发的线人，对这件案子极有帮助。”

第28章

形迹败露

成媛月拎着物证箱，向阳跟在后面，和程泽生一起再次抵达这座藏在幽山深处的公馆。

他们穿好入场必备三件套，成媛月好奇地问：“程副队，你怎么忽然想起来找火药残留物了？”

向阳也在一旁好奇地盯着他，程泽生轻咳一声：“咨询的一个朋友，是他做出的猜测。”

“哎哟哟，程大帅哥也会找外援啊？真是稀奇太稀奇。”成媛月弯着眉眼笑道，“你知道不，咱们局里私下里给你取的外号是四大名捕里的‘无情’。”

“为什么？”

“因为你不接受任何示好，又从不求人，是真无情啊。”

程泽生不想废话，指着沙发：“重点就是它，缝隙和内衬都检查仔细了。”

工作开始，向阳站在一旁捧着小屏幕，成嫒月手里拿着便携式显微镜，在沙发表面移动。

“都是一些灰尘、细菌、丝状棉絮物、污渍……啧，这沙发真是脏到我浑身起鸡皮疙瘩。”成嫒月对着向阳微微一笑，“小朋友，要不要调大倍率让你看看尘螨是怎么活动的？”

向阳头皮发麻，赶紧拒绝。他想起那些看不见的小虫子，汗毛就竖了起来，有些东西不知道反而就不会那么在意了。

“欸？这里有灰黑色颗粒物，帅哥，来帮个忙，把内衬掀起来。”

程泽生掀起一个方形沙发坐垫，成嫒月跪在沙发上，显微镜的镜头在缝隙里扫一遍。灰黑色颗粒物夹在灰尘里并不显眼，但在高倍显微镜之下还是展现出与灰尘截然不同的固体状态。

“分布区域主要集中在沙发表面，有微小颗粒掉落在沙发缝隙。看颜色和形状很像是未燃尽的火药颗粒，具体成分还是要提取回实验室里分析。”

成嫒月这个专业痕检员看着都像，那起码 80% 可以确定就是火药残留物。向阳惊奇不已：“居然真的有！程副队，你那位朋友是什么人？怎么这么厉害？”

“对呀，我也很好奇。”成嫒月把静电吸附器拿出来，提取残留物，

“到底他是怎么推测出来的，这个现场没有一点使用火器的迹象，谁能想到这一层啊？”

程泽生没回答，总不能告诉他们，隔壁世界发生枪杀案了吧？只能让他们赶紧弄好，尽快带回实验室分析成分。

现在仅仅只是出现两个平行世界现场串并的可能，一切要等成分系谱出来，再和何危那里的报告对比，弄清楚是不是同一种成分，才能下结论。

“对了，何危的衣物有没有做过火药残留物的检测？”

成媛月摇头：“这个没有，他的衬衫很干净，我们如果有发现火药颗粒的话肯定早就告诉你了啊。”

在何危的尸检报告里，他的手上也是注明没有残留火药成分、枪油以及金属碎屑的。程泽生相信江潭不会遗漏，二次尸检细致入微，连何危小时候脚踝受过伤都能查出来，更别提这么明显的痕迹了。

如果两个世界的现场真的有所关联的话，那这个死去的何危到底是在枪杀案里扮演什么角色？

沙发上的射击残留物提取完毕，程泽生等人又在客厅的墙角缝隙、边边角角仔细勘查，最后找到的火药颗粒和金属碎屑很少，零星几粒，不过按着连线延伸下去，刚好是往客厅中间那片杂乱鞋印的方向。

除了这些残留物之外，公馆里再也找不到一点和枪击案相关的痕迹了。包括公馆外面的院子、后山，警犬都来过两回，它们的嗅觉比人类灵敏太多，仍然没找到什么关联线索。

“成分分析今晚能出来吗？”程泽生问。

“大哥，你看看现在几点了，上次就说过，泡咖啡也没这么快啊。”成媛月摘掉手套，吐槽，“要不我把实验室让给你吧，看你多久能折腾出来。”

“哦。”程泽生把塑胶手套扔进回收袋里，“那今晚加班，辛苦了。”

成媛月脸色一变，到了嘴边的祖安语录拐个弯，她哼了哼：“知道了，你放心，只要报告出来，哪怕是凌晨我都会进行汇报！”

程泽生无所谓，他现在睡得迟，凌晨算什么？他凌晨还在和那个“朋友”讨论案情呢。

何危和崇臻站在十字路口，对面是商场，悬挂着一面硕大的液晶屏，广告轮流播放着。

他们等了五分钟，才等到程泽生那条名表的代言广告，崇臻看过之后更加赞同何危的推测。当时程圳清准备直接离开，刚巧播到程泽生的广告，所以驻足数秒，等广告结束才离开。

何危抬着头盯着屏幕，淡淡道：“他们兄弟俩虽然不是从小一起长大的，但感情不错。”

“是啊，东躲西藏的阶段，除了生活必要，基本能不出门就不出门，居然还能为了看弟弟一条广告在街上停留这么久。”

何危笑了笑：“你是独生子女，体会不到的。”

崇臻牙都要酸倒了，不就是有个弟弟吗？跟炫耀似的有事没事提一嘴。

这也难怪，何危这人对男女感情淡漠无比，朋友也屈指可数，唯有对亲情才是最看重的。他从小父母离异，自己跟了妈妈，弟弟跟了爸爸，尽管各自在不同的环境里成长，但兄弟俩的感情不仅没有变淡，反而因为距离更加珍惜彼此。

他们顺着程圳清走过的路线，来到那条狭窄小巷。两家杂货铺在巷子的两端，看店的都是白发苍苍的老人，戴着老花镜看报纸，根本不会留意经过了什么人，只有来生意的时候才会抬头。

何危观察着这个人烟稀少的小十字路口，程圳清选的路线很正确，这条街没有红绿灯，横竖两条路也没有监控，要走出一百米到前面的大路才会变得热闹。而且还有两个像是居民私自开的小门通向两个小区，程圳清的去向变得更加复杂。他有可能是从三个路口出去；有可能进小区再从别的门离开；还有可能干脆就是住在这里，直接回了家。

“我上次来看过之后，就觉得这个程圳清真是鸡贼。”崇臻四处张望，“你看看，现在还能找出几个这么四处光光的十字路了？一个天眼都没有，我也是服气。”

“那你要去和交管部门还有城管部门反映情况，布控不到位，让犯罪分子有机可乘。”何危随口搭着闲话，指着街道两边，“你觉得他去哪儿了？”

“这上哪儿猜去，这边吧。”崇臻随手一指左边。

“我觉得是这边。”何危往右边走去，崇臻跟上来：“有什么说法？”

何危笑而不语，没急着回答。等走到下一个十字路口，崇臻抬头一看，对面楼上有一间健身房，正是何危让人重点盯着的一家，顿时一拍脑门：“我怎么没想起来？地图还是我给你的！”

“这就是为什么我三天能破的案子你要等一个礼拜。”何危笑得淡雅，“还有上次在程泽生家里，你不是问我为什么知道书有问题吗？”

“为什么？”

“因为那本《鬼谷子》厚度不对，我家里也有一本。”

“……”

崇臻叹气摇头，算了算了，败给何危那不是常态吗？这个男人从进了市局之后，手里就没有悬案。

这个健身房有两个同事在车里盯着，崇臻让他们开远一点，或者坐到对面咖啡馆里去。怎么做事的？没看见这条街就他们一辆车在这儿摆着吗？生怕不知道有人在盯梢似的。

何危去楼上健身房，出示证件之后，拿着程圳清的照片问前台："有见过他吗？"

前台盯着照片看了很久，抱歉一笑："好像没有。"

"他个头大约一米八，身材清瘦，平时会戴墨镜口罩，你们健身房有没有出现过这样的客人？"

"哦，好像有这么一个人，但不是客人，是来找我们丁私教的。"前台拿起对讲机，"小萌，你让丁私教来一下前台，有人找。"

五分钟后，一个穿着短裤工字背，身材壮硕的平头男人走出来，何危把手中的证件抬了一下："打扰了，问你几个问题，很快结束。"

崇臻在楼下等了一会儿，何危下来了，拍拍他的肩："地图带着没？"

"这么快就问完了？"崇臻从怀里把地图拿出来，何危掏出笔又在地图上添了几个点，崇臻垂眼一瞧："这是什么？"

"他用的假身份，名字叫'马广明'，和这里一个私教认识大概半年左右，私教提到他们一起喝过几次酒、打过几次拳，但这个月没再见到他，号码停机，微信也联系不上。"何危将这几个点画出延长线，最后产生一个交汇点：胡桃里小区。

崇臻已经拿出手机，打电话给胡松凯，让他和云晓晓直接去排查胡桃里小区，查一个名字叫"马广明"的人。

电话挂断之后，崇臻感叹："还是你来一趟管用，一下子将排查范围缩小到一个小区了。"

何危把地图收起来，让他别高兴太早。距离案发已经过去一段时日，程圳清有没有趁着这段时间搬家还不清楚，程泽生死了，兵器库的事肯定会被曝光，他有先见之明的话逃去国外都有可能。

崇臻摸着下巴，沉思几秒，斩钉截铁道：“不会，他肯定不会离开这里。”

“他们兄弟俩感情不错，程泽生死了，他不会一走了之。”

第29章
折 叠 空 间

程泽生买了一份板栗鸭翅带回去，鸡鸭鱼肉之类的普通家禽何危总不能再过敏了吧？这都吃不来那生活还有什么乐趣。

他回到家里，抬头便发现客厅的电视机旁边多了一个支架式白板，和他们在办公室开会用的那种差不多，下面还有配套的白板擦、白板笔以及磁吸贴，看来冰箱门终于可以回归它的本职，不用再兼职做写字板了。

程泽生把板栗鸭翅放在桌上，站在白板前面，犹豫着不敢伸手去碰。根据他们总结的换物规律，各自带回来的东西，对方触碰的话都会被带到对方的世界去。所以何危买的白板，他碰了估计何危还是看不到，还没冰箱门好使。

何危从楼上下来，一眼瞧见桌上又有外卖，香气被笼在袋子里，却掩藏不了诱人的味道，还是他能吃的味道。

程泽生听见塑料袋窸窸窣窣被拆开的声音，便走过去传小字条：

这个能吃吧？

收到字条的时候，何危已经挑了一块软糯香甜的栗子放进嘴里。他不方便写字，用筷头在桌上先画三下，停顿，再画一下，敲一下，画一下。

“……”程泽生心想吃饭就吃饭，还搞什么摩斯密码。

对照摩斯密码表，何危发出的信号组合起来是“OK”两个字母。得知他不过敏，程泽生放心了，去厨房把冰箱里剩余的小龙虾热热端出来，坐在何危对面，一个吃板栗鸭翅一个啃十三香小龙虾。

何危慢吞吞地啃着鸭翅，他知道程泽生在对面，因为十三香小龙虾的味道实在是太诱人了。他腾出一只手，用筷子在桌上敲摩斯密码，程泽生听懂之后再次无语。

何危说，太香，换地方。

让谁换地方，那肯定只有他换了。程泽生本想赖着不走，就坐在这儿何危也不能拿他怎么办。不过一想到他闻着这股香味儿却无法饱口腹之欲，又感觉有些可怜，出于人道主义他端着小龙虾去了沙发那边。

小龙虾的味道飘远，盒子出现在茶几上，何危唇角微微扬起，还挺听话。

半个小时之后，何危把手擦干净，心满意足。从来没吃过这么好吃的板栗鸭翅，板栗甜香，鸭翅入味，不知道他们这边有没有这家店，等会儿有空问问程泽生。

桌子已经收拾干净，何危撸起袖子，开始干活做家务，把家里收拾一下。

这也是程泽生能够容忍和一个看不见的邻居同住一个屋檐下的原因之一。何危爱干净，只要有空回家都会做家务，把地板拖得一尘不染，跟售楼处的样板房一样。并且他也从不会要求程泽生动手，只不过定了一些规矩，比方说不允许将湿拖鞋穿到客厅、厨房里不许有剩菜等。

程泽生一直怀疑他是处女座，看过资料之后，发现他生日在 1 月尾，是水瓶座，顿时感觉不讲道理。这么一个有洁癖的水瓶座，幸好两人不见面，否则肯定会因为这种小问题而吵起来。

何危收拾屋子的路线很简单，从上到下，从客厅到厨房。当他将楼上房间打扫干净，连同程泽生的房间一起弄好，拿着抹布下来时，发现小龙虾还没吃完，茶几上的虾壳胡乱堆着，顿时不爽。

他走过去看一眼，发现盒子里已经没剩几个，果断伸手拿起来，龙虾壳扫进垃圾桶，动作干脆利索。

程泽生只不过低头看看手机，想换个视频节目，再一抬头小龙虾连盒子一起不见了。

"……"好吧，反正也吃得差不多了，没收也不心疼。程泽生擦擦手，总是让何田螺一人做家务总觉得不好意思，于是好心好意写字条问一句：

需不需要帮忙。

何危很爽快：

你拖地吧。

打扫工作到收尾阶段，就剩地还没拖，刚好有人愿意帮忙，何乐而不为。

何危上楼去了，用手指在木制的楼梯扶手上敲出摩斯密码，告诉程泽生浴室他要先用，马上准备洗澡。

在何危洗澡的时间里，程泽生将家里全部拖了一遍，看着光滑如新泛着亮光的瓷砖地面，心里升起一股相当大的成就感。他从小到大也没做过几回家务，主动要求更是少之又少，偶尔动手的话内心特别容易得到满足。

“哗啦”，浴室的玻璃门被拉开，何危一只脚刚迈出去，脚下一滑，他眼疾手快地抓住拉门稳住身体。人受到惊吓之后心跳会下意识加快，何危正是如此，刚刚那一下心脏要从喉咙里蹦出来了。

整个客厅的瓷砖地面亮到反光，何危嘴角抽了抽，怀疑是因为刚刚没收程泽生的小龙虾，他就故意把瓷砖拖得湿漉漉的，想害自己摔倒。

无奈之下，何危只能再去拿一把干拖把，把那些有明显水迹、亮闪闪的地方再拖一遍。

程泽生坐在沙发上，喜滋滋地等着接受何危的表扬。刚刚浴室的门都开了，何危出来已经一刻钟了，怎么还没动静。

仅仅过去三秒，程泽生想要的小字条出现了。

以后别拖地，你不适合。

各自忙完，将近 10 点多，分析案情的时间到了。

何危拿着一沓资料，先将一张张照片和复印材料用磁吸贴贴在白板上，手中拿着白板笔，把根据资料提出的思路和推测写得清清楚楚，就像是在专案组里做案情分析一样。

这块白板是他下午让崇臻买的，一起送到家里摆好，算是崇臻带进来的东西。他会想到这个主意也是无奈之举，谁让他们属于两个不同的世界，受限于换物规则，但别人买的东西却是排除在外，两人都能触碰，还不会消失。

崇臻惊讶，弄不懂他要在家弄块白板干吗。想加班回局里就是了，白板有的是，写满了还有黑板。

何危让他别废话，有用处的。崇臻缠着他问什么用处，何危冷冷一笑："和程泽生聊天。"

"……"崇臻浑身汗毛竖起，二话不说立刻掏钱，"我买，我买。"

程泽生从楼上下来，手中拿着一个小本子，还戴着一副无框的平光眼镜，像是听课来了。白板上的字密密麻麻，程泽生推了推眼镜，仔细阅读上面的内容。

白板、资料可以碰，照片不行，是原件。

这是写在最上面的几个字，下面就是正儿八经的"死者程泽生案件分析"。

"……"一个晚上，程泽生已经三次无语。他也没有描述"死者何危"吧，自己的名字和这两个字摆在一起还真是怪异。

何危则不然，他这边死掉的本来就是程泽生，只不过是钢琴家程泽生。不这么写还能怎么写，难道要写"一号程泽生死亡分析"？

让程泽生感到更加怪异的是一张张尸体彩照，和自己长相相同的男人脸色苍白，胸口还开了一个洞，尸体各个角度的照片清晰、完善，将尸体的状态彻底展现。

尸体照片下面是现勘照片，枪杀案的公馆果真和他去勘查的现场一模一样，玻璃窗碎掉的形状都是相同的。而那个"程泽生"的尸体也在客厅，乍看之下和他们这边现场鞋印的位置很靠近，再看看尸检报告，程泽生心中冒出一个想法。

他让何危把昨天带走的现场照片复印件拿出来，贴在尸体照片旁边。何危照做了，将那个“何危”的尸体照片和两组鞋印的照片贴在下面。程泽生摸着下巴，根据双方的现勘报告测算距离，渐渐睁大双眼。

难道……他连忙去看死亡时间，发现两者的死亡时间推测在同一个区间内，都是凌晨3点到3点半。他不由得心口猛烈一跳，手中的笔掉在地板上。

“啪！”这声脆响在寂静的公寓里分外明显，何危也听见了，但他无暇去管，因为此刻他也在拧着眉，发现了问题的严重性。

你猜到了吧？

嗯。

他们盯着鞋印和尸体的位置，双双沉默，似乎终于明白那个总是查不到的神秘第三者可能是谁。

根据双方现勘的资料显示，“程泽生”的尸体和程泽生那边现场在客厅发现的断掉的足迹距离很近，相距大约一米不到；“何危”的尸体和何危这边现场在门口发现的那组混乱的鞋印位置靠近，相距连半米都不到。

数分钟过去，程泽生终于把笔捡起来，在白板上缓缓地写道：

第一组断掉的足迹里，有一个未知鞋印，有可能会是我自己的。

他写出这句话时嗓子干涩，总觉得太过突兀离奇，可细品之下又发现有迹可循，在情理之中。

何危唇角弯了弯，难得露出苦笑，看着那组混乱的鞋印和自己平行个体的尸体，也忍不住感叹太过匪夷所思。

当时在那组鞋印里提取到程泽生的和另一个奇怪的足迹，让他一直认为程泽生身边存在一个第三者，那个人清扫了现场，包括尸体身边都是干干净净的，但却没有对血迹进行过处理。

直到现在他才恍然大悟，这或许不全是第三者的功劳，还因为那座公馆的特殊性。

现在双方的案件详情清晰地摆在眼前，两人心里都生出一种彼此现场的痕迹出现错乱交叠的感觉。

一瞬间，何危产生一丝迷茫，这到底是推理之神的考验还是宇宙时空的魔法?

没有第三者，第三者就是我们自己。

何危放下笔，坐在沙发上捏着眉心，久久不语。

在那个夜晚，不知道发生了怎样的故事，在那座公馆里，应该分离的两个空间折叠渗透了。

第30章

证据分离

得出公馆里存在空间折叠的可能之后，何危和程泽生不得不重新审视手里掌握的证据，判断哪些是真正属于他们手里案件的证据，哪些可能是因为折叠现象而从另一个世界渗透而来的东西。

“你觉得这两个案件是同时发生还是分开进行的？”

何危问道。

“大概率可能是一个串联的案件。”

程泽生圈出两份现勘报告里的相似之处，有多点重合，按照他的想法，应该是枪杀案在前，然后勒毙案在后。他擦出一块区域，手工画出一幅简易的现场图，把两个世界的尸体位置和痕迹全部摆进去。

“你看，如果这是一个现场的话，重建出的场景该是凶手先杀死程泽生，然后和何危扭打起来，再杀死他。”

“正常思路是这样，但有一些很关键的问题还没弄明白。”

何危拿着笔圈起两组鞋印，发出疑问：

“比如说这些鞋印究竟是真的有两个人同时出入现场，还是他们在各自的世界单独进出，然后鞋印渗透在一起造成的。这一点很重要，对现场的人数判断起决定性作用。”

程泽生拿起那张夹有石子的鞋纹图，和何危那边提取出的残缺鞋纹比较，发现鞋纹的形状大小虽然都能对得上，但残缺鞋纹却没有夹着石子，且残缺鞋纹和自己这边死者何危的鞋纹能清晰对上。

“你那里的足迹，有可能是我这边的现场渗透过去的。”

何危暂时不发表意见，依旧保持着怀疑的态度。

程泽生又将那组鞋纹相同的杂乱鞋印圈起。

“这是明显的搏斗痕迹，也是属于我的案子，可以重建出凶手和被害者完整的动作体系，并不是重叠渗透的结果。”

“目前只有这一组痕迹是明确肯定的，其他的都不能下定论。”

何危在程泽生的尸体旁边画出一个火柴人。

“程泽生被枪击之后喷溅的血迹有部分留白，我原来怀疑他的身边有第三者，血迹被遮挡。现在也不能确定到底是真的站着一个人，还是你那边的何危恰好处在那个位置，像是一个透明阻碍物，才造成血迹的留白。”

“我还是倾向于真的存在第三者，并不是折叠效果。”

程泽生把夹着石子的鞋纹和其他鞋纹比较。

“这一个是我的案子里后来发现多出来的，当时推断这是现场的第四个人，但如果放在你那边来看的话，就是他和程泽生一起进入公馆，程泽生被枪击时，他也在身边。”

“那照着你的思路推测，该是这个世界的我和程泽生一起进去才比较合理吧？”

何危笑着摇头道：

“不可能，他死亡的时候你知道我在干什么吗？我还在破另一件闹鬼的案子，刚把嫌疑人抓起来，夜里就接到电话，公馆出命案了。”

程泽生没有怀疑何危，但何危有个双胞胎弟弟，这一点不容忽略。他这边的何陆没有作案时间，那就有可能会是那边的何陆，刚好和程泽生也有联系，两人一起进入公馆也不是没可能。

何危沉默，缓缓摇头：

“阿陆不会的，我了解他。他在我面前说不了谎，发生这种事肯定藏不住。”

程泽生不知道那边的何陆是什么样的，但这边的何陆性格差得够呛，共同点恐怕就是同样藏不住事，有什么情绪都会表现在脸上。

今晚两位破案能手的三观再次受创，原先的思路给冲个支离破碎，全部需要重组。解不开的谜题一个接一个，因为有另一个世界的加入，事情走向更加复杂多样。

很显然那座公馆也是一个结点，但不知有什么神秘力量，可以让两个世界的部分痕迹折叠渗透，并且离开公馆的证物原子结构也不会崩溃，比 404 的情况要稳定得多。

何危思索片刻，打个响指。

“明晚 12 点，我去一趟公馆，你也去。”

“……那里和这里的属性相同吗？你怎么知道能不能对话？”

“就是不清楚才要去验证一下。”

何危站起来，把笔帽合上放回原位。

“如果公馆比这里的状态更稳定，说不定还能看到你呢。”

胡桃里小区，云晓晓和顺河街道派出所民警敲开 32 栋 4 单元 203 室的门。

前来开门的是一个身穿背心裤衩的男人，顶着鸡窝头，睡眼惺忪：“有什么事？”

“登记户籍，请配合一下。”民警走进家里，云晓晓拿着户籍登记簿跟进去，胡松凯站在门口，像是一尊门神。

男人将身份证拿出来登记，民警问：“你是屋主？”

“不是，房子是租的。”

“一个人住？”

“还有一个室友，不过有段时间没回来了，也没退租，不知道什么情况。”

云晓晓抬起头：“室友叫什么？”

“马广明吧？应该是这个。”男人打个哈欠，“我们没怎么说过话，我上白班他总是晚上出去，碰不着面。”

“哦，他是专门上夜班的是吧。”民警说。

“这谁知道啊，那小子好像不用上班，有人养。”男人一下精神起来，挤眉弄眼，“又高又瘦，长得是真帅，跟明星差不多，我都怀疑他是做那个的。”

云晓晓装傻：“哪个啊？”

“就是那个啊！经常在酒吧里搔首弄姿的那种人啊。”

“你这么一提，我想起来了，我有个朋友说经常在附近酒吧里看到一个帅哥，风度翩翩气质风流。”云晓晓适时拿出手机把那张照片调出来，男人看一眼立刻叫起来：“哎哎哎，对，就是他！我就说他不是正经人吧，肯定专门去酒吧钓富婆的。”

云晓晓笑了笑，回头和胡松凯使眼色，找到了！

“厕所在哪儿啊？”胡松凯问。

男人指指里面，胡松凯点头，给云晓晓一个眼神，让他们继续套话，他进去看看。

胡松凯借着上厕所的名义，来到男人卧室对面的那间屋子。他轻轻拧开门，一股封闭数日的霉味飘出来，由此可见程圳清至少有半个月没回来住了。

相较于鸡窝头男人的邋遢，程圳清的房间要整齐许多。衣柜里的衣服不多，像是被收拾带走了一批，估计是在程泽生出事之后，他已经有预感，早晚会被警方找到，所以暂时找个地方避避风头。

桌上摆着几张传单，胡松凯将它们全部揣进口袋里。拉开抽屉一看，里面有几本和哲学相关的书，下面还有一本厚厚的字典。胡松凯拿起字典随手翻了翻，掉出几张照片，全是程圳清和程泽生的合照，地点应该不在国内，后面的旗杆上飘着 J 国的国旗。

胡松凯把照片也一起带回去，在房间里搜索一遍，再也没找到什么有价值的线索。他出来的时候，云晓晓还在和男人闲聊，胡松凯对她使个眼色，先撤。

离开 32 栋，云晓晓忙问："二胡哥，有找到线索吗？"

胡松凯从怀里掏出照片和传单："人的确是有一段时间没回来，这些拿回去给老何研究一下，让他算算应该在哪儿。"

"算？"

"对，老何掐指一算，犯人全部完蛋。"

何危在办公室里，白板上贴着现场照片，他将从程泽生那里得到的信息添加上去，就像是把散落的拼图按上本该属于它的位置，犯案现场瞬间变得更加完整。

"在研究什么？我看你杵在这儿半天了。"崇臻走进来，顺便递来一瓶汽水。

"公馆现场，昨天得到一些很重要的信息，必须推翻重建了。"

"又是那个线人提供的？哎，这怎么回事，鞋印哪儿来的？"崇臻指着那组多出的鞋印。

何危拧开汽水，食指敲着白板："你告诉我，这么一看，现场是不是完整清晰多了？"

崇臻摸着下巴，越看越觉得神奇："神秘的第三者咱们一直找不到线索，现在看来的确是程泽生和他一起进去，枪杀的时候他也在身边。这鞋印到底哪儿来的？当时现场有人拍下来了？"

"你真的想知道？"何危勾勾手指，"今天夜里跟我去一趟公馆，怎么样？"

"白天不行？"

何危摇头，他首先测试的肯定是和公寓结点相关的时间，倘若不对，再找别的时间尝试。

"那你总得告诉我去干什么的吧？"崇臻问道。

"找程泽生。"

"……"崇臻站起来，握住何危的手，语重心长地劝道，"老何，听我的，抽日子去庙里烧个香求个平安符。办个案子，成天神神道道的太吓人了。"

何危打掉他的手，不客气道："我好得很，你就说去不去吧。"

崇臻为难，查案去现场没什么毛病，招魂的话就有点过了吧？真不用找什么专业的神婆道士吗？万一真招来，他们俩哪能扛得住。

"你要不去也行，我去找岚姐，她肯定很乐意跟去看看怎么回事……"

"哎！你怎么回事？！岚姐一个弱女子，你好意思折腾她？"崇臻一把勒住何危的脖子，"去，我去还不行嘛！你别找岚姐了，告诉你我心眼小，你有事没事就找岚姐我会吃醋。"

何危被他薅着，脚下一个趔趄，差点栽到地上。他下意识抓住崇臻的衣服，皱起眉："说话就说话动什么手，再这样告你骚扰啊。"

"只要你不去找岚姐，告我骚扰你我也认了。"

两人正开着玩笑，郑幼清刚巧站在门口，手中拿着给何危带的咖啡和慕斯蛋糕，看见他们的动作姿势，眼中闪烁着惊讶的光芒。

崇臻连忙放开何危，举起双手以示清白。

“幼清，这是个误会，我刚刚的意思是吃岚姐的醋，老何跟她关系好，我见着不痛快，警告他离岚姐远一点……”崇臻解释到一半，总觉得这话听起来怪怪的，又换个说法，“其实吧，我对老何真没什么意思，他一个大男人，还有洁癖，对吧。”

郑幼清故意哼了哼：“别解释了，情敌。”

“……”

第31章 初次见面

夜深人静，墨色夜空悬着一轮皎洁明月，一辆吉普车停在伏龙山路口，崇臻和何危爬了十分钟山路，抵达公馆。

随着程泽生离世的时日拉长，来山上悼念的粉丝渐渐变少，但仍有念念不忘的，把这里当作程泽生的墓地，每天一束花，为他祈祷超度。

他们站在警戒线外，只见一束娇艳百合静静躺在那里，盛开的花朵里还沾着露水，显然是晚上才摆在这里的。崇臻感叹：“当明星就是好，你看，这么多人轮流挂念，要我的话都不舍得投胎了。”

“你放心，你没这命。”何危弯腰，将百合花里插着的卡片拿起来，翻到背面，看见两行娟秀字体，上面一行是“HELLO.9th”，下一行是署名，“魏幽蝶”。

“看看这后面的日期，姑娘真有毅力，连着献花九天了。”崇臻摸着下巴猜测，“你说是不是跟做道场似的，要献满七七四十九天才算数？”

何危怎么知道，他把卡片插回去，将百合花放好。一束光打过来，何危眯起眼，值守的巡警拿着手电过来了。

“这里可不能随便来啊，是案发现场，快离开。”

何危和崇臻面面相觑，崇臻轻咳一声：“我们是升州市局刑侦支队的。”

年轻巡警前两天刚分到巡逻现场的任务，完全没见过市局刑侦队的人，见他们穿着便服，深更半夜出现在这里，动机实在可疑，严肃道：“请出示证件。”

“好好好，不就是证件嘛。”崇臻手伸进口袋里，摸了个空，一拍脑门，“放白天穿的外套里面了！”

何危的口袋也是空的，因为之前掏打火机的时候把证件随手丢在车里，下车也没想起来。

这下可好，小巡警看他们更加可疑。崇臻好言好语商量：“小同志，你哪个分局的？咱们都是同事，证件就在车里，下去一趟再上来二十分钟就过去了，多耽误事儿啊。”

小巡警很硬气：“你们拿不出证件就不能进去，快下山！”

崇臻心想这孩子咋这么负责任呢？他还想再唠两句，何危拦住他，一双利眼将巡警从头到脚扫一遍，微微一笑，开始放大招。

“小同志，你心情这么不好，是不是因为求婚失败了？”

巡警一愣，皱起眉：“别乱说，别套近乎！”

何危置若罔闻：“我再猜猜啊，戒指买了烛光晚餐也订了，还买了一支名牌口红送给女朋友。可惜她不喜欢，当场拎起包就走，导致你求婚也没成功，只能一个人吃饭，还要值夜班没办法和女朋友求和，心里怨气很大吧？”

巡警表情呆愣，脱口而出：“你怎么知道？”

“很简单，你的制服袖口沾着黑椒酱，前胸白色的应该是色拉或者蘑菇浓汤。但看你的气质不像是喜欢小资生活的，肯定是为了别人才会去的西餐厅，价格还不菲，哪怕女朋友气走了，你也舍不得浪费，还是自己吃完了。订西餐的目的就在你的裤子口袋里，四四方方的盒子，这种大小，装戒指再合适不过。”

“至于为什么吵架嘛……”何危举起右手，点了点手背，“你手上那一片红是口红试色没擦干净吧？试了几种颜色，结果还挑了一支女朋友最不喜欢的，难怪感觉委屈。刚刚是去打电话求和吗？手机还在手里拿着。小同志，虽然我没谈过恋爱，但是也知道死亡芭比粉没几个女孩子驾驭得了，以后记住千万别买这个色号。”

小巡警鼻尖一酸，悲从中来：“你怎么连这个都知道！”

“因为你擦口红的时候不小心蹭到另一个制服袖口了。”

崇臻得意扬扬，看见没？这就是咱们何支队，火眼金睛，管你有的没的反正都逃不过他的眼睛就对了！

何危抬起警戒线：“好了，你继续去打你的电话，我们进去一会儿，很快就出来。”

“好……不对！”小巡警跳起来，“别以为装神探就有用了！证件拿出来！”

何危：“……”

崇臻：“……”

一刻钟之后，崇臻气喘吁吁地回来，将证件戳到巡警眼珠子跟前：“看好了！升州市刑侦支队支队长！正科级别的！一来一回累死老子了，这孩子怎么这么死心眼儿的。”

巡警看过证件，对着二位敬礼，做出“请”的手势。何危把证件揣进兜里，抬起警戒线，崇臻钻进来，吐槽：“你说咋没给你高配来个副处呢？更吓人。”

何危冷笑：“我这年龄提副处，你是想让老郑下来还是想让我被专政了？”

“哎，不小了，看看小说里那些风云人物，二十五岁都局长了！你也长着一张男主角的脸，怎么这么没上进心呢？”

何危懒得理他，抬起手表看时间，跟小巡警那么一闹，时间过去挺快，还差十分钟就到12点了。

程泽生在靠近午夜时分也抵达了公馆，山里静悄悄的，身宽体胖的巡警坐在一张椅子上打盹，连有人靠近都没发现。

既然别人在睡觉，程泽生就不打扰了，钻进警戒线里。他习惯性从口袋里摸出塑胶手套戴上，才想起今天不是来勘查现场的，根本用不上。

程泽生盯着腕表，12点一到，推开公馆的门，迈进这诡异的案发现场。

同时，何危喃喃自语：“时间到了。”

他伸手推开那扇破败的门，黑暗被撕开一条缝隙，打破这座老宅的幽静。

“啪嗒啪嗒”，客厅里回荡着程泽生一人的脚步声，他四处张望，竖着耳朵仔细辨别有没有其他的声音。不过很可惜，什么都没有，公馆里安静无比，给予他反馈的只有回声。

何危进去之后就在喊：“程泽生！”

崇臻搓着胳膊，鸡皮疙瘩开始准备掉了！

“程泽生！”何危走了两步，“你能听见我说话吗？”

空旷的公馆里回荡着何危的声音，除此之外，再也没有其他特殊的声音。

“何危，你在吗？”程泽生也在询问，可惜依然只有他一人。他忽然想起什么，随手拿起放在石柱上的一个圆石雕，在地面滚动。

圆石雕骨碌碌滚到脚边，崇臻低头一看：“这什么？”

何危敏锐地发现刚刚路过的那根柱子上的圆石雕不见了，低声道：“他在这里。”

崇臻一惊：“……你别吓我，我护身符就一个，撕一半给你就不灵了。”

“程泽生，你能听见我说话吗？”

再次询问之后，何危确定程泽生是听不见的，于是拿出便签本，在字条上写两个字，贴在圆球上面，又将它放回去。

程泽生察觉到圆石雕自己回来了，上面还多了一张熟悉的便签条：

我在。

仅仅是简简单单的两个字，程泽生的心情瞬间变得轻松，也没有刚进来时那么烦闷。这里和公寓并不一样，明明带出去的证物都不会消失，为什么反而听不见何危的声音呢？

何危和崇臻在公馆里漫无目的地乱绕，崇臻偶尔问一句“招来没有”，何危敷衍地回答“快了”，在等程泽生的回信。

程泽生的字条写得很长，告诉何危在这里无法听见声音，但是可以看见字条，不知道能开启对话的契机是什么。推测有可能和钟有关，也许是因为缺少引导的那段钢琴声，所以才无法顺利对话。

崇臻看见密密麻麻的字条，已经吓傻了："居然真的在！老……老……老……老何你悠着点儿啊，灵异游戏这个玩意儿少碰啊！"

何危哭笑不得，胳膊挂在崇臻的肩头，拍拍他的脸："看你长这么高大威猛，胆子小成这样。什么灵异游戏，平行世界知道吗？"

"不知道，"崇臻的回答一板一眼，"我是唯心主义者，我觉得有他才有。"

"你可真优秀。"

何危放开他，走到阳台附近，抬头看着窗外皎洁的明月。夜空下繁星闪烁，城里见不到这么多这么亮的星星，也没有如此清新的空气，带着丝丝凉意，提神又醒脑。

今晚的实验算是以失败收尾，没有摸到折叠空间的渗透规律，本以为能有机会看见程泽生，没想到连声音都听不到，还上哪儿看去？

他揉了揉脖子，无意间低头，动作猛然顿住。

只见透明玻璃映出屋内的样子，除了公馆的摆设以及靠着楼梯的崇臻，还有一个身穿浅蓝衬衫、黑色风衣挂在胳膊上的高挑背影，他正站在客厅里。

何危的心跳猛然加快，缓缓扭头。他的眼中只有崇臻和熟悉的摆设，男人出现的位置，是一片空地。

"崇臻。"何危的喉咙干涩，"你来一下。"

崇臻应声走来，和何危站在一起。何危扬了扬下巴："玻璃上面，能看见什么？"

崇臻盯着玻璃，一脸蒙圈："除了你和我，还有什么？"

"你再看仔细一点。"

“我看了啊，就是你和我啊，还有后面那几根柱子，沙发，没了。”

崇臻看不见。

当何危发现这一点之后，他拍着崇臻的肩故作轻松，说没什么，随便问问而已。崇臻疑神疑鬼，浑身实在难受，找个角落蹲着去了。

何危盯着玻璃，食指屈起，在玻璃上轻轻敲了两下。

“笃笃。”

男人听觉敏锐，立刻转身，一张精雕细琢的脸闯入何危的视野，那双黑眸神采飞扬，让人过目不忘。

果真，还是活人更好看啊，何危唇角弯起。

程泽生回头，看向阳台的方向，何危在那里？

他一步一步走过去，注意到玻璃上多出的人影，瞬间惊讶无比，脚步也下意识加快。

玻璃上映出来一张温润俊秀的脸，眉眼平和，不似何陆那般生硬，虽然是相同的五官，月光打下来，带着一种莫名的温和感。

何危见他走来，呵一口气，玻璃上凝结出一片雾。他的手在雾里一笔一画写着，程泽生站在身后时，刚巧收尾。

HELLO。

浅笑浮上脸颊，程泽生站在何危身后靠右的位置，两人的身高一对比，明显是他要高出几厘米。他抬起手，虚虚搭在半空中，玻璃上，那只手正搭在何危肩头。

程泽生低头，在何危身边发出无声的问候。

你好。

第32章
休息不积极

桌子上四张传单，宾馆、商超、药店、英语学习机构的，还有一堆照片。何危抱着臂，专案组的人眼巴巴地盯着他，等着何支队开始作法。

何危稍一抬眼便发现这种尴尬的场面：“你们都什么眼神？”

“队长，你知道程圳清去哪儿了吗？”云晓晓问。

“你感觉他去哪儿了？”何危的视线扫过在场几人，“都说说想法，大家都是同一组的，办案就是要集思广益。”

“……”我们如果有想法就去抓人了啊何支队。

“小孩子思维灵活，大脑要动起来。”崇臻摸着夏凉的后脑勺，“来，江户川夏凉，开始你的表演，让咱们见识一下七百多集动画片的实力。”

“崇哥您就别把我往枪口上顶了。”夏凉快哭了，“我看过地图，这几个地方都不挨着，会不会就是在街上拿了传单随手放家里的？”

“有这个可能。”何危看向胡松凯，“二胡，东西是你带回来的，你有什么想法？”

“我感觉去宾馆了，他在逃难，又没地方睡，不得找个歇脚的地儿？”

“现在查得严，几乎没有宾馆不用登记身份证。不管是用真身份还是假身份，一旦上传联网立刻露馅，程圳清不会这么冒险。”何危和吴小磊对视，“小磊，你感觉我们应该去哪儿？”

“啊？我……我没什么想法，平时在队里都是直接听衡队布置任务。”吴小磊挠挠后脑勺，抱歉一笑。

“这样可不行啊，那你们衡队哪天不在了你岂不是六神无主？”何危循循善诱，“没事的，只要是和案件相关都可以说出来，有想法就是好事。”

吴小磊苦恼，现在查找嫌疑人最便利的技术就是手机信号定位，从私教那里得到的号码在前段时间关机之后，基站再也没有收到信号，最后定位是在胡桃里小区附近，几乎没什么作用。那几张传单更是让人一头雾水，几家店差得天南海北，圈不出具体区域。

他借调来刑侦支队，说是帮忙，其实衡路舟是派他来学习的。按着衡队长的说法，无论什么妖魔鬼怪到了何危手里都只能原形毕露，他们要做的就是跑腿做调查，动脑子的事交给何危就行。

吴小磊看着每次何危拿到一个证据，都能很快做出推断，方向还出奇准确，一股崇拜之意油然而生。可是轮到自己去模仿的时候，却是困难重重，脑中一团糨糊，像是走进迷宫找不到出路。

“你们是不是绞尽脑汁在想他会去这其中的哪个地方？”何危将传单拿起来晃了晃，“很多时候看东西不能只看表面，这上面花花绿绿印的信息很多，我们需要做的是从里面找出有用的东西。”

在座各位洗耳恭听，只见何危将药店的传单拎出来，递给云晓晓，让他们每个人传着仔细看一遍，还重点提醒别只关注表面信息，要善于发现不容易察觉到的细节。

趁着空闲，何危去泡茶，杯子里装的是金银花，上次见面连景渊给的。人过三十下意识就开始养生了，想当年何危也是夏天出去跑一趟，回来能拎着冰水往头上浇的人，现在年龄大了，再也“造”不起了。

传单从云晓晓那儿传到夏凉那儿，已经过了三个人的手。胡松凯主动认输，给自己贴的标签是“《二泉映月》演奏者”。崇臻骂他没出息，自暴自弃，看你崇哥的。

何危捧着杯子饶有兴致，崇臻盯着传单看几秒，“啪”一下将它拍在桌上，食指点着传单上药店后面的大楼：“去这边看看，他说不定就躲在这栋写字楼里。”

夏凉捂着脸，局促不安地提醒：“崇哥，这个……这个楼是电脑技术做出来的。”

“……”

何危没忍住，“扑哧”笑出声。崇臻脸色难看，要把夏凉就地处决。小兔崽子，哥哥不要面子的吗？拆台的话不能等散了场再说？

夏凉拿起传单，翻来覆去地浏览，每个字都不放过，也没发现异样。直到将它举起来对着头顶的日光灯，薄而亮的铜版纸在日光灯下两面尽透，夏凉发出疑问：“欸？这边好像有印子？”

众人一起抬头，只见传单靠下那一片花里胡哨的红灯笼里，有一行像是将传单垫底写字留下的印子。崇臻拍着夏凉的背：“你小子果真眼睛好使啊！”

何危见传单的秘密终于被发现了，这几人昂着头曲项向天歌，画面太美不忍直视，于是走过去将传单拿下来：“这个角度辨认困难，物理都没学过吗？光的折射原理。”

他将有印子的那一块向下卷，对着光，众人定睛一瞧，是一行号码。

“可能写东西的载体有厚度，所以印出来不明显，中间和最后一位数字看不清，可能是5、9也可能是8、7，都试试看，打过去问问是哪里。”何危合上杯子，“还有，发布探险令的男人怎么样了？”

胡松凯摆摆手，别问，问就是下落不明。

吴小磊眼珠转了转：“何支队，那个男人和程圳清可能是同一个人吗？”

“看特征有点像，但胡桃里和阜佐路隔了半个城，而且还捡的是我同学的身份证，所以我觉得发布探险令的那人应该是在湖月星辰附近。”何危笑了笑，“不过你提出的设想也有可能，表现不错。先把程圳清抓回来吧，能解决不少问题。”

吴小磊精神一振：“是！”

例会之后，黄占伟叫住程泽生，让他来一趟办公室。

程泽生也不知道老狐狸要耍什么花招，小心谨慎地问：“黄局，您找我什么事？”

“哦，没什么，问问你最近怎么样。”黄占伟坐在程泽生身旁，一脸目慈爱，“泽生啊，你如果遇到什么事就说出来，别自己一个人憋着，对身体不好。”

“黄局，多谢您的关心。”程泽生看着他的笑容，总有一种黄鼠狼给鸡拜年的即视感，皮笑肉不笑地客套，“还有别的事吗？没事的话我回去了。”

“有有有，”黄占伟拉住他的胳膊，“泽生啊，自打你进了市局之后兢兢业业，一晃七年过去了，都没休过假吧？”

助理在旁边补充：“程副队辛苦，我看过考勤，程副队的年假攒起来快有一个月了。”

“一个月啊，这么久，存着又不能当钱用，干脆休了吧？”黄占伟一笑，小眼睛眯成一条缝，“正好放松一下，跟你爸妈商量一下，报个旅游团一起出去玩玩？”

程泽生摇头：“暂时不用，我手里还有案子，师父住院，我再休息，交给谁办？”

“这个没关系，可以移交给别的同事，咱们市局总是逮着你一个查案，也说不过去呀。”黄占伟站起来，从抽屉里拿出假条，“来，你现场填，我马上签，工作移交一下就回去吧。”

程泽生站起来，快步走过去按住他的手：“老黄，这到底是休假还是停职，你干脆点告诉我，别等我没心没肺玩一趟回来工作都丢了。”更惨的情况是一纸调令直接进省厅。

黄占伟惊讶，这孩子怎么回事，别人哭着喊着要休假，主动给他放假还不要，魔怔了？

程泽生冷哼，无事献殷勤，准没好事。公安部一直处于缺人状态，每次开例会都会安抚警员，人民警察为人民，多工作一天，社会多安稳一天。现在竟然让他这个刑侦支队顶梁柱去休年假，这不摆明了就是出问题了吗，当他两只眼睛是出气用的窟窿眼？

“黄局，我不知道到底是我工作上的错误还是有什么别的问题，才需要停职反省。但是我程泽生做什么都问心无愧，不放心的话可以直接上报纪委来调查。”

黄占伟急了，他真是为了程泽生好，才让他去休假。怎么脾气这么倔的呢？跟他哥一个模子刻出来的，劝都劝不动。

程泽生态度很坚决，不休假，要继续查案。强迫他休假不可能，除非直接停职。

黄占伟背着手在办公室里踱步，忽然站住，怒道：“程泽生，我看你真像是中邪了！”

“啊？”程泽生茫然，助理把局长的茶拿来，解释道：“程副队，黄局是真的关心你。你最近精神压力太大，状态好像有点不对，还是回家休息一下，让程夫人带你去庙里烧烧香，去去邪气。”

程泽生终于闹明白怎么回事，合着还是怀疑他撞鬼了啊！他也炸了：“老黄，我上次都说了是开玩笑，你怎么就是听不进去呢？！告诉我妈也就算了，现在还强迫我休假，我中什么邪了？！当警察的一身正气，什么邪气敢靠近啊！”

黄占伟桌子一拍：“那你说和人同居，又去做心理评估，深更半夜还跑去案发现场，在里面叫被害者的名字，干什么？！招魂啊！”

“你怎么知道？”

“我知道的多了去了！”黄占伟气急，“咕嘟咕嘟”一杯茶全灌下去，杯子又递给助理。程泽生沉默许久，才深吸一口气：“咱们好好说话，不是我有问题，是这件案子本身就有很大的问题。但现在我有眉目了，会尽力破案，您放心。放假什么的就不要想了，留着给我结婚用吧。”

黄占伟双眼一亮：“都定好日子了？”

“还没对象。”

“……”黄占伟的手指着程泽生，被噎得说不出话。助理连忙又端一杯茶，劝局长消消气，程副队精气神不错，别太担心。

程泽生神清气爽地回办公室，乐正楷看见他嘴角藏不住的笑，就知道又欺负老黄成功。程泽生再在市局待几年，黄占伟能从“地中海”变成“一灯大师”。

“老黄没事找事，以为我撞邪了，非要我休假。”程泽生不客气地吐槽，“都什么年代了，能不能有点崇尚科学的精神。”

他说出这句话时完全没考虑到何危的出现本身就不科学，但是在他眼中，已经将这种不科学变成习以为常。

昨晚和何危隔着玻璃见了一面，程泽生心情颇好，晚上和乐正楷同路回去，路过一家卤味店，进去买炸鸡爪、掌中宝和小翅尖。乐正楷惊讶：“晚饭都吃过了你还能塞得下？”

“帮别人带的。”

“谁啊？”乐正楷露出坏笑，胳膊肘捅了一下他的胳膊，“那个顾问？关系不错嘛。”

程泽生没否认，乐正楷继续八卦：“男的女的？长什么样？”

“何危还记得吧？你按着他的脸去想象就对了。”

“……”乐正楷脑中浮现出一张惨淡灰白的死人脸，他推了程泽生一把，“神经，我看你真撞邪了。”

第33章

只认识一个程泽生

程泽生将火药残留物的成分分析表带回来，和何危那里的图谱对比之后，确定是相同的成分，空间折叠渗透的理论得到了强有力的证明。

如果说先前只是他们的猜测，那现在可以确信，两个现场存在的证据的确需要重新分配，找到属于彼此的东西，才能早日破案。

上次分割的是鞋印，也只是分割出部分而已，暂时默认夹着石子的鞋纹属于何危那里，剩下的属于程泽生这里。证物的分割倒是比较清晰，双方现场的物证没有什么重叠现象，属于对方现场的东西一眼就能判断出来。

何危捧着装掌中宝的纸盒，吃得津津有味，看见一张装在透明物证袋里的手机图片，拿起笔写字：

这是何危的？

嗯，摔坏了，没什么有用的信息，只有一张图片完好无损。

程泽生拿出自己的手机，点开保存的简谱图片，放在茶几上。手机出现在眼前，何危低头去看，一下愣住，莫名熟悉。

在钢琴家程泽生家里找到的日记本在局里，但是何危记性好，堪称过目不忘，回忆几秒之后，告诉程泽生，这是另一个他写的东西。

程泽生怔住问：

你的意思是，这个手机是那边的程泽生的？

我不能确定，因为我们没有找到程泽生的手机。我当时怀疑是程圳清拿走了，现在想想可能是渗透到你们那边去了。

程泽生看着现场简图，圈出手机掉落的位置：

距离程泽生有点远，凶手和何危搏斗时踢到这边来的？

我觉得不管是怎么到那边的，里面的东西是程泽生写的，这一点错不了。

何危又看了一眼手机，继续写：

不愧是你的平行个体，手机都和你用一样的。

程泽生拿起自己的手机，他取证时并没有注意型号和颜色，毕竟现在市面上的智能机巨头就那么几个，街上十个人里面起码有两个用的是同款，一点都不稀奇。

当时他们发现手机时，上面没有任何人的指纹，不过因为掉落在何危身边，自然而然将它归在物证里。可里面的乐谱是程泽生写的，那肯定是从那边折叠渗透而来的物证，难怪导出的号码都是空号，原来是因为不属于这个世界，能接通的话那才真是有鬼。

手机的物证图还给何危，何危在白板上把刚刚看到的简谱写下来，食指抵着下巴，在思考这段专门被截下来的简谱有什么特殊含义。

程泽生感觉也是时候告诉他了，于是在简谱上面画了一个箭头，直指圆圆的石英钟表盘。

何危抬头看着石英钟，瞬间领悟——是钢琴声。他小时候学过一段时间乐器，虽然不是钢琴，但还是有一定乐感，简谱的声调能拼凑出来，发现不是平时的报时音乐，而是 12 点的那一段。

说实话那段乐声并不好听，何危也不明白为什么会设计成这个，还以为是厂家为了区别时间做的音效。他先拿到日记本，那么多谱子唯独没有注意到这段未写完的曲谱，还是通过程泽生才发现其中的端倪。

我这里找不到可以匹配的音乐，也许并不是歌而是暗语。

何危看见白板上的话，首先想到的是摩斯密码。程泽生紧接着告诉他，几种密码全部尝试过，得出的是无用的信息，也许并不是用世界通用的密码类型，而是自创的一种暗语。

何危也试着解了一下，一刻钟后放弃。和程泽生一样，国际通用的密码对不上，偏门的也解不对，或许真的要程泽生本人从停尸间里复活，亲口说出来才能弄懂。

至于为什么这段音乐会成为连接两个平行世界的桥梁，更是让人摸不着头脑。他一直猜测昨天在公馆里无法对话或许就是缺少钢琴音乐做引导，既然发现关窍的话不妨下次带去试试，实践才能出真知。

最近因为整理案情，加上 12 点之后两个世界才能互通的特殊性，两人梳洗的时间越推越迟，但都很自觉，会在 12 点之前完成，毕竟 12 点之后的“语音会议”更重要。

不过今天显然已经超时，程泽生发现距离 12 点只差五分钟，跳起来去洗澡。何危不急，在研究白板上面贴的照片。现场还有一个没什么用的证物——那颗玻璃弹珠。

这个东西上面有程泽生的指纹，按理来说应该是从程泽生的身上掉出来滚到地柜下的。可观察两个尸体的位置，何危感觉这颗弹珠更像是从死掉的那个自己身上掉出来的。

何危揉了揉额角，无奈苦笑。这个案子真不是寻常人能办得了的，他自诩脑子已经转得够快，碰上这么个离奇事件很多地方还是一知半解。

门铃响起来，何危去开门，点的外卖到了。

“您好，这是您的外卖，方便的话请点开软件——”

程泽生的声音插进来：“何危，把热水器的温度调低一点！”

“知道了。”何危回头答一声，又看着外卖小哥，“还有什么？”

“如果满意的话麻烦给个五星好评。”外卖小哥一脸蒙圈，屋子里静悄悄的，他在跟谁说话？

何危丝毫没有察觉有什么不妥，关上门之后去调热水器，然后将外卖放在桌上，等着程泽生出来。

五分钟后，程泽生带着一身水汽，门拉开脚刚抬起，想起何危立的规矩，又回去在浴室的地垫上踩踏，将鞋底弄干。

他出来之后，发现桌上摆着外卖，好奇："这个点还吃东西？"

"夜宵啊，你请我吃东西我也要回礼呀。"何危慢悠悠道，"尝尝看，这家干炒河粉很好吃。"

"什么？"干——炒——何危——很好吃？

程泽生发蒙。何危用那略带沙哑的清冷嗓音又重复一遍："干炒河粉啊，没吃过？"

"吃过。"程泽生的手碰到袋子，何危发现外卖不见了，记下一条：只要和他产生金钱交易就算作他的物品，程泽生碰到也会消失，哪怕是别人送来的也不行。

幸好白板的钱没给崇臻，不然还得再买一块。

程泽生解开袋子，无意间瞄见上面留的信息，姓名何危，住址在未来域404，下面那一串是他的手机号码。他打开盒子，诱人的香气直往鼻子里钻，掰开筷子之后，脑中电光石火之间闪过什么东西，转瞬即逝，快到让人抓不住。

何危和他有一搭没一搭地闲聊，讲起昨天的会面，提到现场还有一个朋友，问他有没有在玻璃上看到。

"没有，只有你一个。"

何危点点头："他看不见你，我估计你也是看不见他的。下回把钟带上再去一回，你叫上一个朋友，我们测试一下在有钢琴音乐的情况下能不能听见声音。"

程泽生吃了半碗河粉，睡前不宜多食，剩下一半明早再吃。他把盒子盖上袋子扎好，眼睛又从外卖单扫过，浑身一颤，终于想起刚刚脑中那一闪而过的念头是什么。

何危的手机号码，是从程泽生手机里导出的那列空号中的一个。

如果那个手机真的属于钢琴家程泽生，那从目前的证据来看，何危不可能不认识他。就算不是关系亲密，能在通信录里出现，肯定也不会是陌生人。

何危跷着腿，靠着沙发继续翻那本《法医毒物学》，程泽生走来，低声开口："何危。"

"嗯？"

判断出何危的具体位置，程泽生俯身，双手撑着沙发椅背。何危本能地感觉到一股压迫感，仿佛有一片阴影罩在他的上空。

空气中飘着薄荷洗发水清凉的香气，还夹着呼吸的气息。

"你和程泽生，真的不认识吗？"

何危下意识抬起头，明明看不见程泽生，却能想象得出他此刻拧着眉的严肃的表情。

他淡淡道："不认识。我认识的程泽生，只有你一个。"

传单上提取出的号码有两位看不清，在经过几次组合尝试之后，终于找到了正确的方向。

这是一个专业开锁的锁匠，姓杨，只要价格到位，什么锁都能打开，时间快活又稳，被行内人称为"杨鬼匠"。联系到他之后，听说前段时间有个年轻男人找他去开一个密码锁，在富盛锦龙园，开价颇高。

杨鬼匠去了就感觉不对劲，这屋子还是个毛坯房，压根就没人住，男人找他开的也不是大门的锁，而是地下室。当时杨鬼匠感觉他不怀好意，不想开这个锁，结果男人又加了一倍的价钱，杨鬼匠心动了，咬咬牙答应帮他开锁。

这款密码锁是国外定制的产品，明显和外面那些遍地开花的冒牌伪劣的仿品有区别，杨鬼匠研究了一个小时都没打开，一想到有可能现场翻车，额头上冒出星星点点的冷汗。

男人倒是不急，也不催他，甚至让他可以回去想想办法，给出的定金也没要回来。杨鬼匠非但没有放心，还多疑起来，留了一个心眼，悄悄把年轻男人拍下来，他给的钱也一分没动，防止以后出事。

密码锁结构复杂，杨鬼匠在快要砸掉自己的招牌之前，还是打开了。男人又加了五百元表示感谢，杨鬼匠没敢多留，拿起钱就回去了，看了一眼微敞的门，只瞧见有半截楼梯通往下面。

云晓晓和杨鬼匠确认过照片，果真是程圳清，连穿的衣服都大体不差。

崇臻听见“地下室”三个字，头皮一阵发麻：“他别不是还有个兵器库吧？”

“不清楚，他也没有钥匙，说明连程圳清都不清楚那里面到底有什么。但他知道很贵重，还能帮他摆脱困境，所以不惜冒险也要找人打开。”

何危站起来，合上资料：“去领枪和警用装备，楼下东门停车场集合，争取今天把程圳清抓回来！”

第34章 抓捕程圳清

富盛锦龙园也是本市的别墅区，但和程泽生居住的明星富人区定位明显不同，从保安的管理就能看出差别。这里的住户大多数是老年人，养老居多，程圳清所在的那一栋周围就是两户老人，别墅送的后院开出一块地种菜，小青菜、莜麦菜、韭菜，绿油油一片，长势喜人。

“隔壁一直没人住，我就偶尔看见两个年轻男人来过。现在只有一个经常过来，早晨我还在门口见过他嘞。”

“是不是他？”崇臻把从监控里截取的画面调出来，老人家眯着眼，好半天才点头：“应该是，身材像，但是他戴口罩捂着脸，我也没见过长相。”

“那他早晨回来，有再离开吗？”

老人家摇头：“没有吧，他家别墅在最里面，有人出来肯定要路过我们院门的。我一直在院子里择菜，没见他出来过。”

胡松凯和夏凉小心翼翼地在别墅外摸索，夏凉抱着工具箱，被胡松凯按着肩蹲在墙角。他感到委屈，小声请求：“二胡哥，我也想去勘查！”

“小孩子别乱跑，你可是技术型人才，开锁的时候再叫你。”

胡松凯是勘察地形的好手，攀上爬下无所不能。他从窗户看过去，屋子里空无一物，但也没有杨鬼匠说的那么夸张，比毛坯房稍好些，好歹墙刷了门装了，阳台的落地窗还装有窗帘。绕过一圈之后，通过几个窗户确定屋里没人，胡松凯抬头看着二楼，枪在裤腰带上别紧，顺着空调架爬上去，顺利翻进阳台。

同样的，二楼也没有人，地上肉眼可见积了一层厚厚的灰。胡松凯蹲在阳台，低声对着对讲机汇报：“老何，屋里没人，地下室的情况还不清楚，要进去看看吗？”

何危正在看小区的大门监控还有道路监控，崇臻的声音传来：“邻居说程圳清早晨回来，没见他再出去。我把周围几户居民劝去安全地带了，清场结束。”

屋里没人，程圳清极有可能是在地下室。理论上来说他不会知道警方已经掌握他的具体位置，否则也不可能早晨继续回到这里。

“二胡，崇臻，小夏，你们去开门，地下室的门先不要开，等我过来。吴小磊，你和一队在外围守好。”何危拍拍云晓晓的肩，“晓晓，你在车里，注意现场情况，发现异常立刻汇报。”

他打开车门，顺着小路快步走向那栋被团团包围的两层小别墅。夏凉打开工具箱，拿出杨鬼匠手工制作，号称开遍天下智能锁的小黑匣；胡松凯守在门口；崇臻埋伏在最容易出逃的窗户边。布局结束，胡松凯对着夏凉点头，夏凉将线圈连上智能锁孔，按下开关。

短短五秒，智能锁系统重启，门锁打开。夏凉动作小心，缓缓推开门，“嗖”，一颗子弹破风而来。

“小夏！”胡松凯一把薅住夏凉拽过来，他们虽然穿着防弹背心，但也不防胳膊，飞来的子弹刺进夏凉的右上臂，制服袖子顿时染上一片血红。

“他发现了！”胡松凯按住夏凉的伤口，呼叫崇臻，“老崇！小夏受伤了，快想办法把他送出去！”

夏凉疼得脸色发白，冷汗一股股往外冒，哆哆嗦嗦地说：“窗……窗户……”

话音刚落，伴随“哗啦”一声巨响，刚好是崇臻那儿的窗户玻璃碎了。崇臻用胳膊护住头躲到一边，头发里、背上都是碎玻璃碴，好在没有受伤，他将玻璃碴抖抖，露出一双眼睛从窗台往里瞧。

连着两发子弹直直射来，崇臻低头一闪滚到一边，胡松凯在对讲机里嘶吼，让外围快点叫救护车，小夏快晕过去了！

何危几乎是飞奔而来，身后跟着四名同事，先把夏凉带了出去。吴小磊举着防弹盾冲进来，胡松凯一手的血，又懊又悔：“怪我，没发现他躲在屋子里，枪上装的消音器，我判断是躲在阳台窗帘后面开的枪。

小夏的胳膊要是废了，老子就斩了他的爪子！”

“我也没想到他居然先发制人，大家都小心一点。”何危接过防弹盾，让吴小磊回外围继续守着。他缓缓拉开门，闪身进去，另一手握着枪保持高度警惕。崇臻也从窗户翻进来，四下观察，客厅里居然没人了。

据杨鬼匠所说，地下室是一道暗门，就在储藏室里。三人一致推测程圳清开枪之后去了地下室，何危贴着墙，手按在门上，对着崇臻使眼色。崇臻点头，和胡松凯示意，一人站一边，枪口对准被缓缓推开的木门。

储藏室静悄悄的，何危瞄一眼，走进去在墙上摸索，找到暗门。复杂的密码锁在被杨鬼匠破解之后已经形同虚设，何危让胡松凯留在上面守着，他和崇臻下去。两人顺着水泥楼梯摸索，地下室的全貌呈现在眼前。

面积很小，光线昏暗，几乎一眼就能望到底，和程泽生家里的兵器库完全不能比。一个躺椅，一床薄被，还有几个外卖盒子，这里估计就是程圳清最近的住宿地点。桌上散落着几颗弹壳，地上有一个保险柜，最重要的是，居然还有一个后门！

“这孙子肯定是从后门走了！”崇臻拿起对讲机，“外围布控注意！嫌疑人手里有武器，已经出去了！”

何危打开后门顺着阴暗狭窄的走道追出去，出来之后，竟然是在车库旁，和那栋别墅相距数米。这是硬生生挖了一个地道出来，已经超过外围的布控范围。

“队长！我看见程圳清了！”云晓晓的声音从对讲机里传出来，“他骑了一辆自行车，往西门的方向去了，我去拦住他！”

“晓晓！你别下车！”

云晓晓估计没听见，对讲机已经传出引擎启动的声音。何危眉头深蹙，让吴小磊把人分成两队，一队疏散群众一队支援云晓晓。车库旁边还有几辆单车，他抄起一辆骑上就走，往西门的方向赶过去。

有这个地道，程圳清如果发现他们，完全可以及时逃走的。他却没有，反而选择最不划算的枪斗，浪费珍贵的逃跑时间，到底为什么？

富盛锦龙园社区面积很大，去西门的路弯弯曲曲，幸好路上没什么行人，云晓晓的油门也踩得更深。程圳清骑着自行车，再快也快不过吉普车，“噌”一下他们已经并排同行，云晓晓降下车窗叫道：“程圳清！我是警察！立刻停车！”

程圳清偏头，露出一张和程泽生有几分相似的清俊面容，对着云晓晓微微一笑：“美女！我不想杀人，别跟着我了。”

云晓晓气急，刚刚听到夏凉受伤，她又惊又怒，这个犯罪分子开枪那么利索干脆，是怎么有脸说“不想杀人”的？她咬着牙，油门踩到底，吉普车“哧”的一声蹿到前面去，云晓晓方向盘猛打，再一脚刹车，车轮发出尖锐的摩擦声，车身直直挡在程圳清的路前。

云晓晓下车举起枪，对着程圳清：“快停下！再不束手就擒我开枪了！”

程圳清又笑了，吹一声口哨，对她挥挥手，方向一转，往社区的小公园里骑去。

“你回来！”云晓晓收起枪，转身抓住车里的对讲机，“吴小磊！他往公园去了，那边老年人多，快拦住他！”

何危也听见对讲机里的内容，一个急刹停下，食指屈起抵着眉心，回想之前在保安室里看过的小区全景图。

片刻后，他握着龙头一转，骑往与小区公园相反的东门方向。追上来的崇臻一脸蒙：“喂！老何你去哪儿？离公园最近的是南门啊！”

程圳清骑进小公园之后抄了条近路，从草地上直直穿过去，在修剪植被的环卫工人骂骂咧咧，程圳清摆摆手："大爷抱歉啦！"

他弯着唇角，穿过小路，再骑一段就是东门，没想到忽然从侧面杀出来一辆自行车。程圳清一个急刹车，车轮还是和对方撞上了。

何危在快撞上时已经扔了车，扑向程圳清。程圳清猝不及防被勒住脖子，两人一起滚到草地里，何危从背后制住他，单手从口袋里摸出手铐，不料胸口被一击肘袭猛击，忍不住闷哼一声。

程圳清抓住他的胳膊摸索到关节，何危猜到他要做什么，膝盖屈起顶住他的背，手抽出来抓住他的另一只胳膊扭到背后。

"练过武术的？还会卸关节。"

程圳清被压在草地上，偏头看着何危，眼中闪过一丝奇异的光芒，露出微笑："何警官，又见面了。"

又？何危不动声色，拿着手铐刚想将嫌疑人铐起来，谁知程圳清蓄着一股力，一个鲤鱼打挺将何危掀到后面去，同时从怀里掏出枪："我是真的不想杀人，但也不能被你抓住，给条生路吧？"

何危冷冷地看着他，从地上站起来，一步一步走过去："今天说什么我都要把你带回去，有本事你就开枪。"

程圳清的眼神复杂，他的手中拿着一把格洛克，眼看着何危逼近，食指不得不缓缓按压扳机，解除保险。何危的视线移到他的身后，双眸猛然一亮："崇臻！快开枪！"

程圳清下意识回头，一阵风声袭来，右脸颊被何危用胳膊肘狠狠撞了一下，顿时头晕眼花火辣辣地刺痛。同时手中的枪也给夺走了，这回是何危拿枪抵着他的太阳穴，食指滑到扳机处下压，语气淡然："别挑战我的耐性，你刚刚只解了击针保险，我可是两道都解了，再动一下，什么后果自己清楚。"

程圳清的余光瞄着身后，崇臻才骑着车赶到。他无奈叹气：“何警官，胜之不武啊？”

“兵不厌诈。”

崇臻远远看见何危已经将嫌疑人控制住，扔了自行车摸出手铐将程圳清的双手铐上。同事们陆陆续续赶来，将程圳清押到车上，云晓晓气鼓鼓的，一直瞪着他。

程圳清耸了耸肩：“美女，你别总盯着我啊，爱上我就不好了。”

“冷血的杀人犯，程泽生那么温柔，怎么会有你这种哥哥！”

程圳清怔了怔，露出苦笑，没有再做过多的辩解。

第35章 他和他

自现场找到火药残留物之后，组里的探员们将案情性质推理得更加复杂化，在会议上议论纷纷，脑洞大开，猜测的方向离奇诡异，甚至怀疑何危是和什么军火集团有关，泄露高层秘密，因此才会被神不知鬼不觉地下黑手杀害。

“……”程泽生头疼，不知该怎么告诉他们并不是这么回事，你们都想多了。现场的确是有枪杀案，但那是另一个世界发生的案件，他们无法进行调查，所以火药残留暂时也可以不用考虑进去。

乐正楷坐在他身旁，低声道：“积极性立刻就调动起来了，他们就喜欢查大案子。”

“那也要有给他们查的才行啊。”程泽生侧着头耳语，“方向完全错了，他们都被可能隐藏的枪击案吸引了。”

同事提问：“程副队，是您在现场发现有枪击痕迹的，能给我们说说接下来的思路吗？”

大家同时安静，洗耳恭听程泽生的高见。只见程泽生轻咳一声，站起来将火药成分分析图谱抽出来：“我的思路就是——不用管这个，大家接着去排查何危相关的生活轨迹，重点方向别弄错了。”

众人面面相觑，窃窃私语，对程泽生的判断产生怀疑。二队的赵雨举手：“程副队，我们感觉火药残留的信息挺重要的，要不先从厂家查起？看看是哪里制造的，说不定能顺藤摸瓜挖出更多的东西。”

“我觉得有道理，这个案子线索断了那么久，现在好不容易有个突破口，不能放过。”

“是的，而且何危的尸体不是也有问题，基因性状不符吗？我们开拓一下思路，他说不定还被军火集团私下里当作试验品，做了违禁的生物实验，创造出这种基因奇迹。”

“对对对，有的犯罪分子就是喜欢用人体做实验，我有预感会钓到一条大鱼，这条线很值得追下去。”

“……”程泽生捏着眉心，干脆闭口不谈。他们会这么想也无可厚非，关键是程泽生知道真相却不能反驳，他如果说出平行世界和另一个何危的故事，估计会成为升州市局建局以来第一个因“压力过大”而造成“神经错乱”的副支队了。

这种有口难言的感觉太过难受，尽管程泽生已经暗示不用多查，但也架不住民意冲天。无奈之下，只能放赵雨所在的二队去查火药厂家那条线，话里话外都是让他们点到即止，不用太过较真。

赵雨等人冲劲十足：“程副队，你放心，我们一定会带来意想不到的结果！”

“嗯，加油，好好干。”

何陆再次来警局询问何危的案子，尸体什么时候能火化安葬。他爸妈不想儿子一直睡在冰冷的冷库里，特别是妈妈，做梦梦见大儿子抱着胳膊说“好冷”，一觉醒来泪流满面。

“何危的案件还有很多疑点，作为家人，你们不是应该希望早日抓到凶手吗？怎么反而是急着要把他的尸体火化？”程泽生眯起眼，“还是说你害怕我们会再从尸体上找出对你不利的东西？”

“我怕什么？人又不是我杀的！”何陆的音量提高，“你们总是怀疑我，拿出证据啊！上次又来取我的DNA做什么基因检测，结果呢？找到我杀人的证据了吗？！”

江潭在一旁，被他吼得耳朵疼，心情非常不爽：“吵死了！有你这样做弟弟的？！亲哥死了这种态度，你爸妈就没感到心寒吗？”

“我们家的事跟你们有什么关系？你们查你们的案子，管我们家家事干什么！”

“你！”江潭气不打一处来，两手往兜里一揣，“泽生，尸体还给他！反正尸检报告已经留存，要了也没什么用，还占我们一个位置浪费电！”

程泽生对江潭使眼色，让他别跟这种人一般计较。这么多年什么样的被害者家属没见过？何陆这种性子急躁、口不择言的多了去了，一点都不稀奇。

柳任雨从小办公室里走出来，手中拿着一个烧杯，里面装有一小块血淋淋的内脏组织，问江潭：“老师，是现在送去做毒性检测吗？”

江潭那张娃娃脸出现几秒短暂的迷茫，见柳任雨的笑容意味深长，瞬间入戏："啊——对，现在就去做，让这位先生跟你一起去送检，免得他总是在这儿哭着喊着要哥哥的。"

"我跟你去哪儿？"何陆皱起眉，盯着他手里的烧杯，"这什么东西？"

柳任雨走过去，把烧杯举起来，放在何陆眼前，温和一笑："你哥哥的肝脏组织啊。"

"……"何陆脸色变得苍白难看，吓得退后一步，他感到胃里一阵翻涌，捂着嘴跑了出去。

江潭哈哈大笑，小样儿，就敢跟活人耀武扬威的，看见一个内脏组织吓成这样，下次再不好好说话就把他关太平间！

程泽生则是感到不解："这时候才做毒性检测？"前面两次尸检都没想起来？

"当然不是了。何危的尸体我们早就做过仔细检查，毒性检测第一次尸检就全部做过了。"柳任雨把烧杯放在桌上，"他太吵了，我在里面都能听得清清楚楚，影响我整理档案，就出来吓吓他。"

"那这块组织……"

江潭翻个白眼："猪肝啊，这都看不出来？我早晨买的，打算晚上和猪心一起做一道'心肝宝贝'，你要来吃吗？"

"……"程泽生僵硬地摇头，不了，多谢，那是江科长的"心肝宝贝"，他不敢染指。

江潭哼哼，不来就不来，没口福。他抱着臂，好奇地问："哎，我说真的，何危的尸体已经出了两份报告，查不出什么了，你为什么不让他们领回去？"

"看他不爽，估计把他哥哥领回去，骨灰都能扬了。"

江潭仔细一想，也有道理，不过规定的存放期限快到了，到时候还是得请被害者家人来办手续，或是由他们公安机关移交殡仪馆。

程泽生没有明说的是，自己带着私心，不愿见到何危被装进那个拥挤狭窄的小盒里而已。

夜晚，Avenoir，程泽生的面前依旧是一杯苏打水，调酒师吐吐舌头，感觉这位阿 Sir 真是克制且无趣。

程泽生和连景渊挑了一个卡座，在角落里低声交谈着。

“学长性格冷淡，不愿意与人交往，喜欢的人更是屈指可数。”连景渊手托着腮，竖起一根手指，“大学期间只有一个，也只是朦朦胧胧的暗恋，后来人家移民之后就无疾而终。因此那晚当我第一次见识到他的感情爆发，真的相当震惊，完全不敢相信。”

在程泽生的潜意识里，已经将后来出现的那个“何危”和被害者何危区别开，当成两个人对待。但他又想不出这个多出来的“何危”会是谁，自己这边世界的已经死了，那边世界的活得好好的，难道还存在第三个平行世界吗？

一想到这种可能，程泽生的头皮便一阵发麻。有第三个平行世界存在的话，就意味着他们还有第三种不同的人生，在那边的程泽生会活成什么样子，他完全不想想象也不敢想象。

“他和你说失恋，有提到对象是谁，因为什么吗？”

“程警官，上次我就回答过了，没有提到，学长大部分时间都是在借酒浇愁。他的话并不多，就算开口也是把感情的失败归咎于命运。”连景渊摊开手，露出苦笑，“我也不太理解，明明一个人的感情是掌握在自己手里，要靠自己去争取的，为什么会怪这个世界不给他机会呢？”

“这个世界不给他机会？”程泽生怔了怔，细嚼之下品出一番别样的含义。上一次，连景渊做的这些笔录，他只当成是一个失恋者怨天尤人的矫情话语，现在仔细想想，也许何危说的都是实话，阻挠他的真的是平行世界间某些不可抗拒的因素？

“你也觉得很奇怪吧？在你们的调查中，学长也不是能说出这种话的性格。”连景渊浅浅一笑，“程警官，听我胡言乱语几句。其实我一直觉得学长没死，不知道为什么，就有一种感觉，他的死亡不真实，像是还在某个地方活着。”

程泽生的食指绕着杯口打转，犹豫片刻才开口：“如果我告诉你，何危的确生活得很好，但并不是你学长，你相信吗？”

“我相信的。”连景渊眺望着窗外的灯光，卡座里的暖光将他的脸庞修饰得更加温润动人，他幽幽道，“大千世界无奇不有，他最后一次来找我，身上的气质和感觉就不是我熟悉的何危，但我却很欣赏那股沉稳自信。”

卡座里的气氛变得更加沉默，程泽生见时间不早，起身准备告辞，回去有要紧事，不能耽搁。

连景渊出门送客，他站在路边，眼看着程泽生拉开车门，忽然叫住他：“程警官！”

程泽生回头：“怎么？”

“那天学长临走，也是我送他到门口，他跟我说了一句话。”

程泽生看着他，连景渊将声音压低，语气放缓放慢，声线变得低沉清冷。

“他说，‘既然没有相遇，就不会有开始。那我只有想办法，去创造一个相遇。’”

程泽生一个激灵，胳膊上起一层鸡皮疙瘩。

这种语气和感觉，模仿的对象是何危。

第36章
程圳清初审

夏凉被送去医院，子弹及时取出，幸好没有伤到筋骨，不会造成后遗症，只需休养一段时间就能痊愈。众人松了一口气，郑局沉着脸，杯子往办公桌上“啪”地一摔，几位刚刚才放下来的心又提起来。

郑福睿一双眼睛从左至右，在每一张脸上扫过，刚想开口，何危主动站出来：“我的错，这次的行动没有做好指挥，调查不到位，导致同事在行动中受伤。报告过两天我会交上去，有什么处罚我一人承担。”

胡松凯站起来：“郑局，和老何没关系，是我说屋子里没人，才跟小夏去开门的。老何也多次提醒注意安全，结果还是大意了让嫌疑人有机可乘，我的锅。”

崇臻也站起来：“小夏也没什么大碍，和犯罪分子打交道受伤太正常了，老郑你就别挂脸了，好歹人也抓回来了啊。”

郑福睿看着这三个队里的老资格，手背在身后：“我说了要追责了吗？！一个个急吼吼地跳出来，找削？”

三人盯着他，眼神里表达的内容很一致：我们看郑局您就是打算兴师问罪，当然要主动承认错误了。

“不过这次行动的确是仓促，你们应该事先摸透对方的底再制订计划啊。何危，我一向最看重的就是你的稳重性格和精准决策，这次怎么这么急躁，还让犯罪分子先发制人了？”郑福睿走到窗边，看一眼楼下几家等待采访的记者，“说了多少遍，这个案子媒体一直在盯着，一切都要小心谨慎。他们才不会管咱们在办公室里加班熬夜搜证有多辛苦，一旦出了什么岔子，势必会有一些声音来指责警方的无能。”

云晓晓等人一肚子怨言又不敢说，就是因为媒体在盯着，案子一直没有进展，所以他们才想赶紧抓到程圳清能打开突破口。现在是信息化社会，科技高度发达，什么消息都捂不住，何危当时临时决定行动，就是不想拖延排查时间，走漏风声给程圳清逃走的机会。

但是夏凉受伤，何危难辞其咎，因此郑福睿说什么他都默默听着，没有一句辩解。郑福睿看着何危，在心里暗暗叹气。何危是不可多得的人才，极其优秀，性格低调稳重，进入市局多年破获数起要案大案，个人和所在集体都获得过功勋荣誉。市局和省厅的领导清一色对他评价甚高，要求也更高，一点失误摆在常人身上不算什么，摆在何危身上立刻被放大数倍，芝麻大的事都会被无数双眼睛盯着。

树大招风，何危这个年纪坐上刑侦支队长的位置绝对会遭人惦记。郑福睿将他提上来，也很小心，希望他能顺风顺水一路升上去，别犯什么错误给别人找到发挥的机会。

“行了，小夏平安无事，这件事我不追究。不过小何你要牢记，以后不能再大意，你带的是一个支队，下面那么多人，你都是要负起责任的。”

何危点头，谨遵教诲。送走郑局之后，云晓晓托着腮：“咱们队长真是冤啊，无缘无故给骂一顿。”

“领导嘛，不是背锅就是甩锅，老何比较惨，属于前者。”

胡松凯搓着手，尽管洗过数遍，还是感觉能闻到那股属于夏凉的血腥味。他跷着腿骂道：“都是那孙子害的，有几把破枪他就厉害啦？把他提出来，我来审他！”

崇臻轻咳一声，注意文明用语，共创和谐社会。胡松凯幸好加入警队了，放社会上的话现在可能已经成为“二胡大哥”了。

“既然二胡主动要求，那就让他去审吧。”何危对着胡松凯笑了笑，“我和预审组打声招呼，今天就给‘锯嘴葫芦’一个表现的机会。”

胡松凯秒怂，后悔放大话出来。他哪懂什么预审技巧？纯粹是夏凉受伤让他憋一肚子火，过过嘴瘾罢了。

“反正咱们是正式逮捕，也没什么时间限制，你就慢慢问呗。”崇臻拍着胡松凯的肩，“二胡，我相信你，一定能让犯罪分子痛哭流涕！”

半个小时之后——

何危等人都在审讯室外观摩，看着程圳清嬉皮笑脸地把胡松凯气到跳脚，摔门而出：“这小子就是个彻彻底底的无赖！嘴里没一句实话，还会兜圈子，半个小时都白瞎了！”

何危抱着臂，叫来两个专业搞预审的，继续审程圳清。

“姓名。”

“程圳清。”

“年龄。”

“33。”

“什么职业？”

“国外还是国内的？”

“都说。”

“国外的话是做狙击手，国内是无业游民。”

“你还是狙击手？”预审员翻了翻记录，“之前不是说在J国洗盘子吗？”

“哎，洗盘子顺便当狙击手嘛，不冲突。”

“应该是当狙击手用洗盘子做掩护吧？开枪打伤我们同事，手一点都不生啊。”

“我当时算好了，他不动的话子弹肯定是擦着头发过去的。”程圳清叹气，语气还委屈，“我真没打算伤人，就想吓吓他。”

隔着一面单向透视玻璃，胡松凯要跳起来了：“看看！嘴里哪有一句实话？这要搁以前早塞小黑屋揍一顿了！”

何危抱着臂，倒是冷静，拿起鹅颈麦克，说：“问问他做狙击手杀过什么人。”

预审员从耳麦里听见，问：“你既然是狙击手，那说说看，杀过什么人？”

程圳清的表情发生明显变化，双手捏紧又放开，片刻后又忽然扑哧一笑：“警官，我说做狙击手你们还真信啊？哎哟我就这么随口一说。”

预审员皱起眉：“程圳清，你当这是哪里？注意你的态度！”

“好好好，严肃认真，全力配合调查。不过我真在J国洗盘子的，不信你们可以去查。”

接下来的问话得到的答案和胡松凯问出的没什么两样，程圳清和程泽生在三年前相识，然后程泽生回国发展，他也跟着回来了。程泽生喜欢枪，但是胆子小不敢玩，他就帮弟弟在国外收集枪支，再走私回国，不知不觉就在地下室建了一个兵器库。

至于弟弟的死，他也不清楚，程泽生没有仇家，不知道谁会对他下杀手。兵器库败露之后，他有很充足的时间可以逃回J国，却一直留在这里，就是为了找到凶手。

“问他富盛锦龙园地下室的保险柜密码。”何危说。

预审员询问之后，程圳清忽然转头，盯着那面玻璃墙。明知这种单向透视玻璃室内的人根本不可能看见室外，但他们就是感觉被程圳清那双眼睛看穿了，重点目标还是何危。

“85553113。”

崇臻记下来，去开带回来的保险箱。何危让预审员继续问有关程泽生的信息，程圳清谈起弟弟的事情口若悬河，状态也很放松，仿佛他并不是在押的嫌犯，而是和朋友在闲聊似的。

过了会儿，崇臻回来，手里拿着一个牛皮纸信封，封口整齐，没有被拆开过。胡松凯把裁纸刀递过来，何危刚想划开，听见程圳清问：“何警官在外面吧？是不是拿到那个信封了？”

“我建议何警官最好现在别拆开，时机不对。”程圳清的双手被铐在桌上，手指却不老实，漫不经心地动着，“可以等我们聊过之后，你再选择要不要拆开。”

何危手中的裁纸刀迟迟没有划下去，胡松凯在一旁着急：“老何！你听他废话什么？他就是在故弄玄虚！”

不像。何危的眼睛不由自主地盯着他的手指，食指和中指看似随意乱晃着，却有一定节奏感，包括中间的停顿都很熟悉，国际通用密码，留心的应该都能看懂。

1，2——12。

敲完之后，他的手腕转了一下，玻璃表盘的反光一闪而逝。

何危顿悟，是12点。

他将信封捏一遍，里面的东西质地偏硬，形状和大小像是照片。12点？是午夜零点吗？

何危思索几秒，将裁纸刀放下。胡松凯和崇臻惊异：“还真不拆了？也许这里面就有破解命案的关键线索啊！”

“别急，程圳清有问题。”何危盯着坐在审讯室里一脸惬意的男人。从抓捕的时候就感觉不对劲，他可以干脆利落地逃走，却拖泥带水，最后还被抓住，仔细想想看，仿佛是不想让这个被抓捕的过程显得水分太大，所以还卖力配合演了一回。

至于刚刚的审讯，至少有 80% 是真话，剩下的那 20% 假在哪里，还需要何危亲自和他对话才能判断。

何危站起来：“带程圳清回去，让他好好休息，晚上换我来审。”

夏凉坐在医院病房里，胳膊吊着，云晓晓带了晚饭，正在喂他吃饭。

何危拎着水果进来，看见这一幕，笑道：“小夏，因祸得福啊。”

夏凉腼腆一笑，解释道：“胳膊伤了，左手抬不起来，只能麻烦晓晓。”

云晓晓倒是大方：“局里就我一个没什么事，你爸妈又在外地，我照顾你就当是加班了。”

夏凉盯着她，“难道不是因为担心我？”

“是担心你啊，大家在同一个组里，你受伤了我们都担心。”

夏凉胳膊受伤不打紧，心被云晓晓震得碎成一片一片的。

当局者迷旁观者清，饶是何危这种冷淡的人，也能看出夏凉有多苦。他拿出一个苹果，让晓晓去洗一下。人支走之后，何危坐下来：“你这样可不行啊，大胆一点，喜欢就要说出来。晓晓是好姑娘，过了这个村就没这店了。”

夏凉苦着脸：“我觉得我这都不是暗示，摆在明面上了！她到底是真不明白还是装傻？”

“根据我的观察来判断，可能是真不懂。”

夏凉叹一口大气，感情之路怎么那么艰难？

何危还要回局里，坐了五分钟就要离开。云晓晓拿着苹果出来，递给夏凉，把何危拽到一边说悄悄话。

“队长，幼清知道你要加班，准备甜点了，你回去之后记得去找她。”

何危感到奇怪：“她直接来办公室不就行了吗？”他顿了顿，“我不喜欢吃甜的。”

云晓晓着急：“哎呀队长，你怎么这么不解风情？总让人家女孩子主动，你就不能主动一回吗？”

何危哭笑不得，他对郑幼清真没意思，别人不知道，两年前她表白时他就已经婉拒了。不过郑幼清一直没放弃，他也不好表现得太不近人情，所以平时相处都比较被动。

何危回头看了看夏凉，提点一句：“你就别说我不解风情了，好好自我反省一下。”

云晓晓也蒙了，反省什么？难道下午差点害夏凉摔一跤的事败露了？

第 37 章
真实的你

11 点半左右，市局里还在加班的只剩下何危和崇臻。

“让人去把程圳清带过来。”

崇臻打个哈欠：“非得在这个时候？夜深人静的，审他我都怕自己睡过去。”

“你睡你的，我来审。”何危原本不打算这么迟，但之前接收到程圳清的暗示，于是特意将提审时间放在这个点，看看他到底在耍什么花招。

不一会儿，人被带来，程圳清毫无睡意，精神得很，还和何危打招呼：“何警官，还在加班啊？真是辛苦。”

“习惯了。”何危和崇臻一前一后走进审讯室里，把程圳清的双手铐好之后，审讯正式开始。

何危翻了翻下午的审讯记录，前面那些流程懒得走，直接问：“你和程泽生怎么相认的？”

“啊？这个和我弟弟的案子没关系吧？都几年前的事了。”

“说。”

程圳清耸耸肩，告诉他三年前他在J国一家中餐馆洗盘子，无意间认识程泽生，而后对他产生莫名的亲切感。两人感觉彼此长相相似，便去做亲子鉴定，发现果真是兄弟，就这么相认了。

“那为什么瞒着你们父母？”

何危语气冷淡，问的问题都是程圳清不想回答的。程圳清嘴角抽了抽：“跟他们……不熟。”

“程泽生主动帮你一起隐瞒？”

“不是，他本来很高兴，想告诉爸妈，是我让他别说，泽生很听我的话。”

何危继续看笔录，忽然冒出来一句：“你弟弟会用枪吗？”

“会。”

“你教的？”

“嗯。”

“学了多久？”

“他很聪明，学什么都很快，还自己买书回来钻研拆枪拼枪。大概三个月吧，就已经打得很稳了。”

何危看一眼程圳清，笔录翻到下一页：“枪怎么走私进国内的？”

“这和案子也有关？你怎么都不问问程泽生出事那天我在干什么？”

何危的态度依旧冷淡，不为所动：“现在是我在问话，主动权在我这里，你没得挑。”

程圳清摇头苦笑：“何警官，你真是每次都给我不一样的惊喜。”

何危的眼皮跳了一下，没理睬，接着问：“14号下午你在哪儿？”

“我在富盛锦龙园，一个下午加晚上都在那里，第二天早晨才离开。”

“谁能证明？”

“隔壁老头啊，我还跟他打招呼了呢。我出来肯定要经过他们家，不信你问问他那天有没有看到我出去。”

何危提醒他，都知道有后门，避开老人家的视线很简单。大家都是老运动员了，别玩这些花里胡哨的东西，要说就说实话。

程圳清叫冤，他可真的在富盛锦龙园，怎么说实话就是没人信呢？

崇臻托着腮，打个哈欠，何危推推他的胳膊：“泡杯咖啡，冰箱里有幼清给的甜品，你去补充一下能量，打起精神来。”

“你一个人能行啊？”话音刚落，崇臻便感觉自己这个问题太多余。何危有什么不行的？他还能给程圳清气背过去？

崇臻走后，何危出去关掉录音和录像，进来之后走到程圳清面前，低头看着他：“我们以前见过？”

程圳清笑而不语，何危继续说：“抓你的时候，你说‘又’见面了，刚刚提到‘每一次’，我很好奇，你这种熟人的语气从何而来？”

“你猜，往特殊一点的方面猜，在什么样的情况下我会见过你。”

何危想起上次遇到程泽生的粉丝，也是误会他和程泽生是朋友，便说：“你应该看错了，那是我双胞胎弟弟。”

程圳清一愣，随即哈哈大笑，要不是手被铐起来，估计要捶桌子。

“何警官，真的，你比那副看起来清冷的外表有趣多了。”程圳清收住笑容，无奈叹气，“有些事复杂而奇妙，我不能告诉你，你以后自己会明白。”

“你可以说出来。”何危指了指玻璃，“录音录像我都关了，现在的对话，只有我们两个人知道。”

“算了，由我来告诉你，效果并不好。”程圳清往椅背一靠，懒懒道，“既然监控关了，你可以在笔录里挑三个问题重新问，我会如实回答。”

何危冷笑：“按你的说法，之前答的都是废话了？”

“何警官你别污蔑我啊，明明就知道我说谎的部分不多，不问我就回去睡觉了。”

何危眯起眼，还真没遇见过这种总是把主导权捏在自己手里的嫌疑人。并且何危也看得出来，他是软硬不吃的，一张嘴能说会道，在他睁眼说瞎话的情况下完全拿他没办法。

何危将笔录拿来，翻了翻，问：“第一个问题，你做狙击手杀的都是什么人？”

“毒贩。”

何危惊讶，只见程圳清眉头拧着，双手握成拳捏得死死的，表情咬牙切齿，像是恨不得把他们生吞活剥。

“你好像很恨毒贩。”何危说。

程圳清的语气变得刚硬冰冷：“他们凶残暴戾泯灭人性，接触过之后，只会想将他们杀之而后快。”

何危心思一动，从口袋里摸出一包烟，用钥匙打开程圳清的右手手铐，抖一根递过去。

“谢谢。”程圳清拿着烟，先是从头到尾捏一遍，接着从鼻尖晃过去，才说，“借个火？”

何危拿出打火机递给他，表情变得复杂。“嚓”的一声，程圳清将烟点着，深吸一口，笑道：“继续问啊，还有两个。”

“你为什么只和程泽生相认，没有去找父母？”

“这个……真的很难说，总结起来就是三个字，不熟悉。”

“最后一个问题。”何危双手撑桌，低着头，音量降低到只有他们两人才能听见。

“你之前是缉毒警吗？”

半夜3点，何危带着一身疲倦回到家里。之前心思一直扑在工作上，还没什么感觉，歇下来之后，抓程圳清时吃的那记肘击开始发挥作用，胸口一片沉闷，呼吸时扯着肌肉隐隐作痛。

他昨天没回来，桌子上放着一份外卖，一看就是程泽生买的。但他现在没什么胃口，主要是胸口难受，只想回房间擦跌打药好好休息。

上楼之后何危站在门口，瞄一眼程泽生的房门。这么晚他早就睡了吧？还是别去敲门打扰，有些问题睡醒再问。

其实程泽生在听见对面房门打开时已经清醒，他昨晚买的是手撕鸡，等一个晚上何危也没回来，猜到他是在局里加班，便把手撕鸡留在桌上，何危回来总能看到。

不知为何，没有和何危聊两句，互动一下，今晚的夜十分漫长。他在床上翻来覆去，大约1点多才睡着，还睡得一点都不沉，在听到对面的门锁响动时，瞬间清醒过来。

程泽生一骨碌爬起来，去敲何危的门。不一会儿房门缓缓打开，屋子里没有开灯，一片黑暗中弥漫着刺鼻的云南白药的气味。

“你受伤了？”程泽生“啪”一下把灯打开，问出口时想起时间不对，何危听不到他的声音。

何危甚是无语，他累得不行，打算擦完云南白药就上床睡觉。程泽生把灯一开，房间里亮如白昼，还怎么睡？

你受伤了？

床上多出一张字条，何危放下云南白药，撕一张便签回信：

嗯。你怎么还没睡？

程泽生更加睡不着了。虽然他们干刑侦的跌打损伤是常态，但作为“室友”，不闻不问似乎不太好。程泽生左思右想，又撕一张纸，问他伤哪儿了，哪个歹徒还能把他弄伤。

何危坐在床边，裸着上身，正想揉开胸口那块乌黑泛紫的淤青。他拿起笔，回了简要无比的两个字：

你哥。

程泽生先是愣住，随即想起隔壁世界的哥哥还活着，并且还是在逃犯罪分子。他实在想象不出程圳清和何危动手会是什么场景，毕竟在他心中他哥只会对犯罪分子下狠手，对同行出手还真没见过。

伤哪里了？严重吗？

胸口，肘袭，还好骨头没断。

程泽生顺着云南白药的味道，找到气味最浓的源头。他盯着空荡荡的床板，何危就在这里，可能手里还拿着药，正在揉开淤积的瘀血。

头顶的灯闪了两下，忽然熄灭。

程泽生和何危同时抬头，何危重新去按开关，尝试几次都没反应，得出一个很悲惨的结论——停电了。

好了，这下字条也别传了，各回各屋，各睡各床。

程泽生也站在门口检查开关，空气中的声音渐渐变得复杂起来，除了他的呼吸声之外，还多了一道轻微的呼吸声。

何危耳尖，早已经感觉到他的存在，心里一阵诧异。他诧异的不是身后有人，而是时间早就过了，为什么还可以听见程泽生的声音？

何危皱眉，下意识伸手一推，这次手指触碰到柔软的T恤布料。他心脏漏跳一拍，猛然回头，手腕给握住了。真实的热度传来，彰示着他的身后站着的是一个活生生的人。

“程泽——”

“别动。”

只听他低声说：“你再往前一点，就要碰到了。”

程泽生也很紧张，没想到居然能触碰到真实的何危。

何危甩开那只手，反方向后退一步，这时房间里骤然大亮，来电了。

没有人，房间里只有他一个。

程泽生盯着掌心发愣，指尖还残存着温热，是属于人类的体温。

不会错的，他刚刚真的碰到了何危。

第38章

意外发现

连景渊下课之后，被一群学生缠着问问题。他在学校里人气很旺，很多学生也许对这门高深的宇宙学科并不感兴趣，但英俊温和的连老师却可以让他们抢着报名，他们想跟他一起探索宇宙的奥秘。

刚推开办公室的门，一个黑影飞来，连景渊本能伸手接住，是一个玩具小老鼠。

“带给斯蒂芬的。”何危躺在小摇椅上，手中拿着一颗彩色剑麻球上下接抛，“它是公猫还是母猫？宠物店里有很多好看的装饰品，可以戴上拍照。”

连景渊走进来，面带微笑：“别折腾了，斯蒂芬不喜欢那些东西，你送它的玩具倒是合它胃口。”

“那正好，这儿还有罐头。”何危的脚边还摆着一个小袋子，都是刚刚路过宠物店买的。连景渊把东西收下，问：“怎么这么快又来找我了？”

“有事找你呗。”

连景渊找出一袋菊花山楂茶，泡好之后递给何危，“看你脸色不太好，最近都在熬夜？”

“还好，昨晚熬夜审嫌疑人，有点倦。”

连景渊绕到何危身后，伸出两只手，四指贴着脸颊固定，两个拇指按在他的头顶中央："这里是百会穴，累的话自己按一下，能帮助缓解疲劳。"

"你还真是什么都懂。"

连景渊拿张椅子坐回对面，何危终于切入正题："上次问你的事还记得吗？有关平行空间的。"

"嗯，发生什么更特殊的事情了吗？"

何危伸出右手，眼神里带上一丝茫然："我碰到他了。"

他一夜没怎么睡，就是因为在触碰到程泽生之后，脑中一片混乱，各种各样的奇思妙想冒出来，让大脑一直处于兴奋状态，怎么也睡不着。

"前几天，我在另一个地方，通过玻璃看见了他。今天夜里，在我房间里，停电的一刹那，他的气息清清楚楚出现在身后。明明可以沟通的时间未到，但我居然碰到了他，一个活生生的人。"

"虽然时间很短，大概几秒，不过却让我彻底肯定另一个程泽生是真实存在、有血有肉的，和我生活在同一个屋檐下的。"

连景渊托着腮，注意到一个细节："当时停电了？"

"对，灯一下暗了，等到再来电，他已经消失了。"

"也许并不是停电，是一种磁场干扰。"连景渊食指抵着下巴，做出猜测，"在你通过监控发现家里的异样时，屏幕发生的抖动应该也是源自磁场干扰。虫洞理论中，虫洞从打开到关闭，时间极短，变幻莫测，根本无法把握，任何事物都无法穿越它。不过你既然能触碰到程泽生，说明空间捷径常人是可以通过的，也有可能是因为你们处在结点，因此穿越彼此世界的条件宽松很多，不可能也在慢慢变为可能。"

何危对这些理论略懂皮毛，在他看来，是自身和程泽生的接触在不断加深。造成这种现象的原因还不清楚，不知是因为随着时间的自然流逝，两个世界会自动慢慢融合；还是因为某些人为因素，造成空间的渗透加强，他才会不仅听到声音，还碰到了程泽生。

“平行世界的融合在我的知识领域并没有触及，也鲜少有人以这个课题做出研究，因为这是一个只存在于想象中的假设，一个架空的理论很难用现有的公式去计算和度量。除了有宇宙三大定律外，还有三大禁律，即时间机器、空间捷径、超光速运动。这些都是被一个正常的宇宙所禁止的，所以你的经历在每一个宇宙学研究领域，都是不可能存在的情况。”

何危也不明白为什么会是他遇到这种离奇事件，一件非同寻常的命案，牵扯出一段不可思议的经历。他遇到那么多被害者，却只有这一个来到身边。

“连你都解答不了，我更摸不着头脑了，走一步算一步吧。”何危又问，“那借尸还魂，有可能发生吗？”

连景渊无奈苦笑：“阿危，这种问题你应该去找专业人士。”

何危耸耸肩，见时间还早，拍拍他的肩：“晚上一起吃饭？”

谁知连景渊淡淡一笑，指着表：“改天吧，约了人。”

这还是何危第一次主动邀约遭到拒绝，他转念一想，恍然大悟：“哦——我弟弟的约？”

连景渊还是笑：“16 号我会去的。”

程泽生下午去了一趟南香山墓园，带着一束花，一包烟，去看望哥哥。

缉毒警不同于普通警种，他们牺牲之后，不能盖着国旗大张旗鼓地举行追悼会，接受全国人民的悼念，只能悄悄将骨灰运回，除了家人和警局领导之外，无人知晓有一个英雄为了社会的光明负重前行，最后光荣捐躯。

之所以会这么谨慎，是为了最大程度保证缉毒警家人的安全。按照规定，他们牺牲之后连墓碑都不可以立，就是怕家人因祭拜被丧心病狂的毒贩盯上。程圳清早就料到自己会有这么一天，和贩毒团伙的较量势必是一场你死我活的战争，于是从一开始，警局档案里就没有“程圳清”这个名字，他的照片跟随的档案是“马广明”的。

三年前程泽生去边境，见到哥哥尸体的那一刻差点疯了。

程泽生不敢告诉父母，悄悄带着哥哥的骨灰回来，用红旗包裹着，骨灰不能葬进烈士陵园，最后选择在南香山的公墓为他找了一个位置。他的档案全部都是伪装的身份信息，获得的功勋也都与“程圳清”这个名字无关，只有这块碑，终于可以让他恢复真正的身份。

每年冬至、七月半、清明，这三个大日子，程泽生都会来看哥哥。一束花，一包烟，每回都是如此。今天有些例外，七月半还早，清明也已经过去，程泽生会过来，只是想和哥哥聊聊天。

“哥，咱们兄弟俩的志愿就是当一个好警察，怎么你在那边反而成犯罪分子了？”程泽生将烟拆开，先从头到尾捏一遍，再从鼻尖晃一下，最后点上放在墓碑前。

这是他哥独特的抽烟方式，他天天和毒品打交道，遇到很多毒贩会将毒品和烟草混在一起，去害无辜的人染上毒瘾。因此程圳清拿到手里的烟，会先用手仔细过一遍，然后再闻一闻味道，确定没问题才会抽，这个习惯到死也没变过。

“抓住你平行个体的那个警察很厉害，但是他在我们这个世界已死亡，离奇的是我在查他的案子，还和他住在一起。”程泽生看着哥哥的黑白照片，“我昨天碰到他了，感觉很奇妙。哥，你说，会不会有一天我可以在家里见到完整的他？”

南香山墓园人烟稀少，不是扫墓的日子，这一片区更是空无一人。程泽生见墓碑上的金漆掉了几块，便去管理处，想找个补漆的手艺人。

“山上那块是风水宝地啊，但是价格也比别处高出不少，何先生，您考虑清楚了吗？”

“我想上去看看，带路吧。”

程泽生刚要踏进管理处便听见一道熟悉的声音，脚又收回来，闪身躲到一旁。

那个挺拔又高挑的背影甚是眼熟，前两天刚见过，急吼吼地要将他哥哥火化下葬。看来是真的很急，已经过来买墓地了。

他们从后门去山上看墓地，程泽生走进来，负责人迎上来：“程警官，有什么能帮忙的？”

“我哥碑上的字颜色掉了，麻烦找人补一下。”程泽生看一眼后门，问，“那人来买墓地的？”

“嗯，是的。”

何陆从山上下来，对风水环境各方面都挺满意，告诉负责人明天带死亡证明过来，就要上面的那一栋。

他拿着钥匙去停车场，不料身前拦了一个人，仔细一瞧居然是程泽生。

何陆冷笑：“程警官，你怎么在这里？是来通知我可以把尸体领回去火化了？”

程泽生没理会他的阴阳怪气，抱着臂打量着他。

“这么着急给你哥买墓地，你也没有多讨厌你哥吧。”

“你——你偷听我们谈话？！”何陆脸色发白，他一向嘴上不饶人，此刻思绪全乱。

何陆捂住半张脸，笑容苦涩，“自父母亡故后，我们就是世界上最亲近的人，为什么要变得像陌生人一样？”

第39章

兄弟之间

审讯室里，何陆坐在单人桌后面，对面是乐正楷和柯冬蕊，还有站在一旁的程泽生。

半个小时之前程泽生把何陆带回来，临时要安排人审他。组里众人感到奇怪，何陆不是早调查过了吗？没有作案动机也没有作案时间，他和何危虽然是兄弟，但几乎形同陌路，问破了天也问不出什么有用的信息。

“其实那天晚上我回来了，我知道他去复查，想问问他哮喘有没有好转，又怕他不说实话。这几年我们兄弟俩的关系越发恶劣，他有时候为了躲我，会不接电话，甚至有几次我去找他，他连家都不敢回。”

何陆唇角勾起，带着一抹轻蔑之意：“他总与连景渊谈心，谈些离家独立的话题。连景渊能是什么好货色？开了一间酒吧，认识的都是些不三不四的人。如果不是他的话，何危一定会老实待在家里。”

“他在连景渊的影响下，开始和我疏远甚至搬出去住。他身体不好，我没想到他竟然做出这种举动。我愤怒、生气……只有我才能更好地照顾他。”

程泽生继续问：“那后来呢？你就和他反目成仇，不怎么联系了？”

何陆坦然大方地点头，的确如此，他对外都是表现出对哥哥的厌恶，但只有何危清楚，他只是想找个方式刷一下存在感而已。

把双胞胎兄弟之间的关系理顺之后，就要再查一下他的不在场证明了。

“之前你说过，13号晚至14号夜里在升州市。但根据你同事的笔录，你一直和他们在一起，他们给你做的伪证？”

“算不上伪证，他们也不清楚。13 号晚上，我称病回去休息了，溜出去之后开的车也不是自己的，没有同事发现我已经离开了安水市。”

安水市在邻省，走高速的话回升州市三个小时不到，如果从五六点开车回来，那抵达升州市刚好是八九点钟，而何危正是在 9 点出的门。

“他是去见你的？”

何陆点头。

难怪他们一直查不到何危那么晚出去找的谁，敢情是去找这个隐藏起来的弟弟。他下了天桥之后估计就上了何陆的车，然后在这个城市消失了踪迹。

“你把何危带到哪里去了？”程泽生问。

“我想把他带去我买的房子，在市郊的别墅区。车开到常蟠路快没油了，我去附近的一家加油站加油。谁知道——”何陆眼眸一暗，咬牙道，“他趁着车门没锁，开门下车跑了。”

“我立刻追过去，那天的雾很大，仅仅只是几秒，他的身影就消失在雾里，再也看不见了。”何陆捏紧了拳，“他有哮喘，身体也不好，根本跑不了多远，但他就是不见了，真的不见了……”

他一把揪住额前的短发，表情痛苦：“我找了很久都找不到他，不知道他去了哪里，最后只能懊恼地开车回去。天亮之后，我就接到电话，何危死了。”

“他失踪的时候是几点你记得吗？”

“大概晚上 11 点不到吧，我只顾着找他，根本没时间看表。”

程泽生记下时间，监控记录里，“何危”是晚上 12 点回去的，看上去似乎和时间线相符，但明显人已经调了包。

柯冬蕊停止记笔录，侧身低语："程副队，我觉得他可能精神状态有问题。如果真像他所说的对何危如此上心，认尸的时候怎么会毫无反应？"

程泽生点头，问道："何陆，我看你对你哥哥也没那么上心吧？看见尸体都一副无所谓的态度。"

何陆冷冷盯着程泽生："因为那不是何危。"

程泽生和他四目相对，眉头拧起。何陆继续说："我太熟悉他了，在停尸间看见的第一眼就感觉不对。虽然身材和脸一模一样，但那不是何危。"

难怪认尸时他的态度会那么冷漠，敢情是压根不信自己亲哥死了，所以才懒得浪费时间。

柯冬蕊将笔录一字一句敲在电脑里，看他的眼神像是在看一个精神病。

程泽生手中的笔转了一下，顺着他的话往下问："你说那个不是你哥哥，那我们发现的死者又是谁？"

何陆摇头，他也不清楚，但不是自己哥哥，这一点很明确。当时看见尸体，他的内心没有悲痛，甚至冒出一丝庆幸，脑中想的是：这里已经有一个死者，那就没人会去管真正的何危去往何处了。

至于今天去墓地，的确是打算给死去的何危买一块地。他盲目地以为已经摆脱警方的嫌疑，并且以他和何危对外的恶劣关系，没人会想到这一层。可惜人算不如天算，竟被程泽生撞个正着。

今天换成何危在家里等程泽生，他躺在沙发上看《法医毒物学》，一不小心打了个盹，醒来抬头一瞧，晚上 11 点。

看来程泽生今晚是不回来了。

何危站起来伸个懒腰，洗澡睡觉。最近两人似乎都很繁忙，他想找程泽生聊聊他哥哥都没机会。

昨夜在审讯室里，何危问程圳清之前是不是缉毒警，他的表情怪异，还未回答崇臻便推门进来了。崇臻发现录像和录音一起被关闭，把何危拽出去，悄悄问他搞什么名堂。

何危只说，先套套话，至于套什么话，没告诉崇臻，怕吓到他。

程圳清被带回去，擦肩而过时，回头注视何危的目光意味深长。何危当然清楚他不简单，身上藏着大秘密，从看见他抽烟的方式，便开始往借尸还魂的灵异方面猜测。

那是程泽生无意间透露的他哥哥独有的习惯，几乎形成一种自然而然的举动，拿到烟的那一刻手已经不由自主地验起来。

因此何危想回来向程泽生了解更多关于程圳清的事，下次提审也好打开突破口。以及那个信封，何危还没有拆开，打算听听程泽生的意见，让他判断一下里面可能是什么。

既然碰不到面，那就留字条吧。何危洗澡出来之后，写了长长一张字条贴在桌上，等着程泽生做出仔细的解答。

程泽生并不是不想回家，而是不能回家。因为何陆的供词，他连夜和乐正楷开车去找加油站。两人按着何陆交代的路线，拐进常蟠路，果真看见二十四小时营业的加油站。

监控视频被调取出来，那辆黑色小车在加油期间，后车门忽然打开，蹿出一个人影，往加油站后面的小路跑去。紧接着又一个人影从驾驶位出来，追过去，两人的身影双双消失在监控画面中，加油站的工作人员拿着油枪愣在原地，显然也被这弃车追人的行为惊到了。

大约半个小时后，何陆回来了，付钱之后将车开走。

“他说何危失踪的时候，提到一个前提条件，还记得吗？”

乐正楷仔细回想，回忆起何陆的第一句话是“那天雾很大”。

程泽生在微博里一阵翻找，点开一个视频，递给乐正楷：“这是13号晚上，有人用天文望远镜观测的星象，一颗超新星爆炸了，是不是看得很清楚？”

视频中一道刺目的白光闪过，周围顿时都被点亮。这团白光还在不停闪烁，一明一灭，像是夜空中最俏皮的眼睛。

“这颗超新星爆炸，跟起雾有什么关系？”乐正楷问。

“光学望远镜对观测台址和天气的要求较高，有雾的话会导致进入望远镜的光线减少，看不清星星。”程泽生收起手机，一脸嫌弃，“怎么回事？高中的时候没学过？”

乐正楷大冤，谁高中研究这个？不过程泽生的意思很明白，就是想告诉他，那天晚上并没有雾。

乐正楷观察着地形，加油站后面只有一条路，并且还是一条死胡同，出口在另一边。监控清清楚楚拍到他们往小路那个方向跑去，何陆“捏造”的这个有雾出现、何危失踪的谎言实在是太过拙劣。

正是因为这种谎言没有一点水平，轻而易举就会被戳穿，程泽生才判断何陆说的都是真话。并且从他的表现以及高速收费站记录的时间，基本可以排除他的作案嫌疑。

“哎，你觉得这情节，换成火车站会不会眼熟一点？”乐正楷指着那堵高墙，“推着行李撞过去，‘哐’的一声，恭喜你，九又四分之三站台到了。”

程泽生摸着下巴，喃喃自语：“也许真的穿过去了。”

假设这是一个突然打开的空间隧道，这个世界的正牌何危不见了，那换回的，究竟是哪个世界的何危？

第40章
夜有所梦

丁香得知程圳清已经找到并被逮捕的消息，特地来一趟警局，想见他一面。

她的手中捏着手帕，既紧张又期待，她对大儿子的印象只停留在襁褓中，那张粉嫩幼稚的小脸蛋，一转眼三十多年过去，还能认得出来吗？

脚步声顺着走廊由远及近地传来，丁香站起来，眼看着个高腿长的男人徐徐走来，看见那张和程泽生有几分相似的脸，顿刻间泪如雨下。

“是他，不会错的……是圳清……”

程圳清看见丁香的那一刹那，情绪明显发生波动，嚅嗫着，声音也在微微颤抖：“妈。”

丁香扑过去抱住程圳清，泣不成声：“你回来这么久，为什么不和我们相认？妈妈找了你四年，实在心灰意冷才生下泽生，没想到有生之年还能见到你……”

程圳清低着头，他单手抚着丁香的背安抚，轻声道歉：“对不起，真的对不起。”

何危站在一旁，从他的角度能看见程圳清低垂的长睫毛粘在一起，眼眶微微湿润。

虽然母子团聚值得欣慰，但程圳清还是犯罪嫌疑人，刑事拘留期间家属是不允许探视的，能这样见一面已是奢侈。丁香擦干眼泪，拽着何危焦急地询问：“何警官，圳清这种情况会被判多少年？”

“程圳清涉嫌非法持械、故意伤害、走私枪支弹药等犯罪行为，程泽生的死亡和他有没有关联还需要进一步调查。”何危的手虚虚搭在丁香肩头，“程夫人，先回去吧，如果还需要你们配合的话会另行通知。”

丁香犹豫许久才点头，临走之时，红肿的双眼凝视着何危。

“何警官，你相信我，圳清绝对不会伤害泽生。刚刚我抱住那孩子，从他身上感受到的是一种极度悲伤又无可奈何的情绪，我想，泽生的死亡他只会比我更加无法接受。”

程泽生回家之后，在桌上发现字条。何危列出数条问题，若认真回答起来的话，得用一张 A4 纸回复。

于是当何危晚上到家，桌上的便签条已经换成 A4 纸，内容满满一页，连程圳清多大还会尿裤子都写得清清楚楚。

厨房里油烟机开着，还有一阵肉香逸出，何危走到厨房门口，只见燃气灶开着，平底锅里躺着一块牛排，朝上的那面带着血丝，朝下的那面噼里啪啦冒油，边缘已经泛着焦黄。

“……”这种火不煳就怪了。

再看看右边，冰箱门开着，程泽生不知道在做什么，一个大活人在厨房里居然连火都不管。

何危走进去，先把火关小，再顺手拿双筷子把牛排翻面。程泽生正在找黑椒汁，猛然回头，何危进来了？

何田螺不仅进来了，还在帮他煎牛排。

程泽生把塞在门格里的蛋黄酱拽出来才找到隐藏其后的黑椒酱。这是分装的酱袋，程泽生撕一个放在料理台上，一眨眼，酱袋不见了，空气中黑椒牛排的香气浓郁，引人垂涎。

牛排煎好，何危将火关掉，油烟机也一并关了。他直接离开厨房，由他装盘的话，程泽生的牛排就没了。

何危拿了衣服去洗澡，程泽生坐在客厅里喜滋滋地吃牛排，有这么一个能干的同居人就是好，上得了厅堂下得了厨房，破得了悬案抓得了罪犯，没得挑。

吃完之后，程泽生把盘子洗好放回去。经过浴室，何危洗澡还没出来，他停住脚步，想起某次何危在玻璃上写字的经历，心思一动，也打算照葫芦画瓢，感谢他做的晚饭。

推开浴室的门，程泽生一抬头，震惊无比。

在水汽氤氲的淋浴间里，一个身影若隐若现……

“咣！”程泽生夺门而出，冲到厨房打开冰箱，拿出一听冰可乐灌下去。

何危睁开眼，看向微微颤动的门，程泽生进来干什么的？

还有，长尾巴了是不是，出去连门都不关好。

程泽生灌掉半听可乐，擦擦嘴，心跳终于渐渐平复。他刚刚清清楚楚见到何危了。

并不是玻璃里的虚像，而是非常清晰地出现在眼前。

想到这里，程泽生又冲回去，打开浴室的门。结果浴室里空无一人，水声也停止了，只有地上潮湿的水痕和洗发水的香气证明有人沐浴过。

不见了啊。

程泽生感到遗憾，好不容易有机会见一面居然还不珍惜，虽然刚刚情况有点特殊，但打个招呼也是好的啊，白白错失良机。

何危还没离开浴室，正站在浴室里擦头发，他瞄着地上的水痕，身后出现两个拖鞋印，程泽生正站在那里。

这人想干什么？闯进来两次，有什么事不能等他洗完出去说吗？

他怎么也想不到，刚刚无意之间错过了和程泽生的会面。尽管他们相见的机会弥足珍贵，但若是在那种情况下，何危也许只会说两个词：Get out（出去）。

“给你看样东西。”

“跟你说件事。”

两人同时开口，皆是一愣。程泽生问：“要给我看什么？”

“一个信封，是从你哥哥那里找到的，里面的东西像是照片，我也说不准。”

牛皮纸信封出现在茶几上，程泽生没有伸手去拿，反问：“你想让我怎么判断？我又不能碰。”

“你感觉你哥哥会把什么东西放进保险箱里装起来？”

“很重要的东西吧，也许和那边的程泽生有关。他不是还涉嫌走私吗？很有可能会是幕后犯罪分子交易的照片。”

何危在犹豫，思考要不要告诉程泽生，他们抓到的程圳清有可能是他的哥哥。综合各种反应来看，这种推测成立的可能性极高，并且程圳清还知道一些他们不知道的事，也许和双方的平行世界都有关联。

程泽生也在挣扎，要不要告诉何危这边的案情进展。大家约好案情共享，但目前的进展让众人始料未及，说给何危听他可能也会受到惊吓。

“你想和我说什么事？”何危问道。

“呃——你先做好心理准备，接下来听到的内容可能会对你的心理造成不适。”

“你说就是了。”

然后程泽生就把何陆的情况全部倒了出来。

“……”何危沉默，忽然发现身边温和敦厚的弟弟就像是天使，哪像隔壁那个，简直是偏执控制狂。

“没关系，反正他也不在你的世界里，你不用试着去接受。”程泽生安慰道，“那是你平行个体的弟弟，跟你没有关系，做什么也不需要你为他操心。”

“幸好他不在我这里。”何危冷冷地道。

这里的何陆敢那么嚣张跋扈，是因为没有经历过隔壁哥哥的毒打，如果他一直是在何警官身边成长起来的，相信也会变得很规矩。

“那边的何危消失了，出现一具别的尸体，你怀疑还有另一个平行世界？”

程泽生摊开手：“不然还能怎么解释？你好好地站在这里，可不就是死了第三个何危吗？”

“但是——这样不对。如果说那边的我是属于第三个世界，那你呢？”何危拧着眉，“你没发现我们的关系是对等的吗？你在查我的案子，我在查你的案子，我和你的平行个体都在对方的世界死亡，那多出来一个何危，另一个程泽生在哪儿？”

他站起来在白板上写下一张人物关系图谱，说：“如果说那是第三个世界的何危，那我这里死掉的，也不会是钢琴家程泽生，而是另一个未知的你。既然职员何危会消失，那钢琴家程泽生失踪也不无道理，对吧？”

程泽生想起连景渊和何陆的反应，他们都坚信何危没有死，在某个地方活得好好的。倘若真是如此，那何危和程泽生是共同掉进时空缝隙里，没有死亡，却被困着无法离开吗？

“我感觉太不科学。”程泽生揉着额角。

“你觉得我们现在这样对着空气说话就很科学？”何危翻个白眼。

“……”何田螺什么都好，就是太牙尖嘴利，要是能再温和一点就更讨喜了。

第41章
噩梦循环

再次提审程圳清，同样不是何危做主审，而是吴小磊和云晓晓。程圳清依旧是那副游刃有余的模样，说出的话十句有五句把人气到跳脚，自己还弯着眉眼，一副优哉游哉看戏的表情。

“富盛锦龙园的业主是程泽生，你频繁出入是为什么？”吴小磊问。

“因为那是我弟弟给我买的房子啊，我进出有什么问题？”

“既然是给你的房子，为什么地下室的密码和钥匙你没有，反而要找开锁匠？”

程圳清赶紧解释：“话不能这么说，不是我没有，而是密码刚换，我给忘了。钥匙都在泽生那里，他家被你们封了，我想过去还不就只能找人开锁了？”

“你们最后一次见面什么时候？”

“11号，他让我想想房子怎么装修，包括地下室应该怎么弄，离开的时候我顺手把钥匙塞给他，忘了要回来。”

崇臻指着程圳清：“这小子在说谎！隔壁老头都说后来只见到他一个人来，程泽生根本没有和他一起！”

“他只说和程泽生见面，没说去了哪里。”何危拿起鹅颈话筒，“小磊，你问问他装修计划，他不是想了几天吗，让他跟我们聊聊。”

吴小磊提问之后，程圳清先是一愣，而后口若悬河侃侃而谈："我打算装成简约风格，墙是白的地板是灰的，家里的家具也以黑白为主。在沙发后面打一个书柜，将饭厅与客厅隔开，厨房做成半开放式的，在外面还可以打一张窄小的长桌，当作吧台……"

何危听着，脑中想到的是程泽生写的他哥哥的住所。程圳清自己买了房子之后就住在外面，白墙灰地板、客厅书柜、半开放式厨房，这些都与程泽生的描述相符。

程圳清的语气从容，完全不像是在说脑中一个朦胧的计划，而是在复述一张完整的装修图。而这个装好的房子，正是他之前住的那套，在另一个世界的家。

"警官，还需要听细节吗？我连卫浴品牌和家用电器的型号都能提供。"

吴小磊尴尬，偷偷看一眼单向玻璃，程圳清笑了："何警官，你想问我的话最好亲自来，小同志面嫩，我怕再问下去他下不了台。"

何危果真让吴小磊和云晓晓出来，又让众人去吃饭，换他来审。崇臻准备跟他进去做记录，被何危拦住："你也去吃饭，上次不是说对面那家咖喱鸡好吃的吗？帮我带一份。"

"你一个人审？"崇臻拉着他的衣袖，悄声问，"打算用私刑？那也不能在局里啊。"

"……"何危皱眉，"用什么私刑？一句话就暴露你的思想了，你不当警察也就是个流氓。"

"那你是真打算一个人审？那也不合规定啊。"

何危笑了笑："别那么死板，虽然咱们都是按规矩办事，但特殊情况也要特殊对待。"他看一圈身边这几个天天见的同事，问，"还是说，我前脚进去你们后脚就要和郑局打报告了？"

三人连忙摇头，包括吴小磊，他对何危的崇拜之情有如滔滔江水连绵不绝，有时甚至会产生一种想调来刑侦队的冲动，怎么可能出卖何支队？

审讯室已经清场，何危像上次一样，录音录像全关，程圳清见他进来，露出微笑："何警官，今天想聊什么？"

何危关上门，淡淡道："没什么，聊聊你的过去。"

他拿把椅子坐在程圳清对面，开门见山地问道："为什么三年前才和程泽生相认？"

"三年前才遇到嘛，之前我也不知道有个弟弟啊。"

"程圳清，有些事你清楚，我清楚，再绕弯子就没意思了。"何危和他的双眼对视，"因为三年前——你才从那里过来吧？是 1 月 17 号吗？你的忌日。"

程圳清的笑容渐渐落下，回忆起那段无法磨灭的记忆。他被绑在电椅上，双手鲜血淋漓，全身关节都在叫嚣着疼痛，贩毒团伙里的一个刀疤脸扯住他的头发，强迫他抬起头，问他同伙藏在哪里。

血液让视线模糊，身体忽冷忽热，眼前出现幻觉。程圳清知道自己时间已经不多，他咽了一下口水，骂出一句脏话，刀疤脸恼羞成怒，提刀刺入他的胸口。那一刀刚好命中心脏，程圳清只是眉头抖动两下，唇角反而颤抖着弯起，露出一个扭曲的笑容。

终于解脱了。

真的如此吗？

程圳清再次睁眼，是在 D 市的一条肮脏小巷里。寒风凛冽，他身上却只穿着单薄的衬衫，面朝下趴在雪地里。呼入的空气像是一把刀插入肺中，手脚和关节皆是冻得毫无知觉，程圳清猛然咳嗽一声，竟咳出一口血沫。

他还是爬了起来，浑身青一块紫一块，应该是被毒打一顿之后丢在这个巷子里自生自灭。寒冷的天气、陌生的街景、鲜红的陌生国旗，这一切和那个割肉饮血的毒寨相去甚远，程圳清抱着双臂走到一面橱窗前，发现玻璃里映出的脸虽然带着青紫，却是熟悉的眉眼。

这一切让程圳清感到新奇，起初他以为是做了一场梦，后来才发现这个梦居然是现实。他在 J 国的 D 市，名字叫 Millor，乍听之下很像“Mirror”，居住在贫民窟，是个街头混混。今天偷东西又被逮到，被殴打之后，像个破旧的娃娃被抛弃在街头。

程圳清渐渐察觉，他在不经意间来到了一个平行世界。也许这里的他也濒临死亡，所以在那边他消亡的那一刻，老天给了他一次穿越平行世界的机会，开始一段新的人生。

J 国对于他来说太过陌生，只能勉强找到一份洗盘子的工作。但是没过多久，他发现了西装革履贵气优雅的程泽生，顿时欣喜若狂，迫不及待地和他相认。

尽管这个世界的程泽生和以前的弟弟性格相去甚远，可对于程圳清来说，他们都是同一个人，都是血脉相连的亲弟弟，对他的疼爱也是同等的。

来到这个平行世界之后的生活远离毒贩和枪火，是他曾经可望而不可求的向往生活，程圳清本以为可以一直这样下去，直到 4 月 14 日，程泽生死亡，又是一场噩梦的开始。

“程圳清，我最近遇到的离奇事件挺多的，所以对你的事也并没有感到意外。”何危低声问，“我比较奇怪的是你某些怪异举动的目的。那天你明明可以逃走，为什么又要被我们抓住？”

程圳清低头，手握成拳，渐渐收紧。

“有些事不能轻易改变，它像一个完整的剧本，肆意修改只会导致更加糟糕的结局。”程圳清抬头，对着何危露出无奈的笑容，“这个局我解不开，但我只有那么一个弟弟，你别把他带入这里，拜托了。”

第42章 渗透加深

火药残留成分的追查如程泽生所想，是没有结果的。二队的探员们乘兴而去败兴而归，在会议上显然有些丧失斗志。程泽生还是那句话，让他们别继续在这条线上费工夫，有那个时间不如去查别的案子。

也许是这个案件复杂到老天都看不过去，最近市局风平浪静，没有从基层派出所报上来重案要案。虽然现在很多的地级市支队都是以搞指导为重心，但也要看碰上什么领导。比如程泽生这种，看着别人查案查不好的话能急死。

“现在要重点调查何陆，我怀疑他故意捏造何危失踪的谎言，然后骗我们说已经开车回去了。实际上开车回去的不是他，而是别人，他还继续留在那里杀了何危。”赵雨说。

“几乎不可能，根据收费站监控拍到的画面，人像比对相似度有90%，应该就是何陆没错。”乐正楷把比对图片推过去。

“那也有可能他过了收费站，再从国道折返啊。这个何陆就像是个疯子，看看他后面的笔录，居然不相信死的是他哥哥，那不是他哥哥还有谁？就算基因性状有误差，那也不可能彻底换了个人吧？”

程泽生轻咳一声：“就当是他胡言乱语吧。”

关于基因测序，知道精准结果的只有程泽生、江潭、柳任雨，连黄局和严明朗都被瞒着。众人一知半解，只知道尸体不对劲，基因测序有问题，但怎么个有问题法，后来也没有拿到会议上讨论，就这么不了了之。

之所以没有完全公布出来，是因为程泽生很清楚那三份鉴定报告拿出来之后，会引起怎样的恐慌。公安系统尘封的卷宗里未破解的谜案不在少数，并且不少都充满灵异的味道，可那是几十年前，在DNA技术和天眼没有普及的年代，曾经那些无法解释的事情放在现在分分钟给你破解，犯罪分子想要装神弄鬼是绝不可能。

可是何危的这个案子，通过先进的基因测序方法判断死者和尸体是两个有着不同生活轨迹的同一个体，那绝对是会造成不小的影响，不小心泄露出去的话更不得了，午夜12点灵异节目又多了一个谈资。

因此这个秘密知道的人越少越好，瞒得越严越好。江潭的三观遭受打击，好几天才恢复精神；柳任雨像个没事人似的，他平时就喜欢看科幻相关的小说和电影，见怪不怪；程泽生则是毫无压力地坦然接受，家里还有一个何危呢，在他眼中不科学已经习以为常了，还有什么接受不了的?

站在程泽生的角度，当然是想尽快破案抓住凶手。怕就怕连凶手都是碰不到的，那才真是要成了无头悬案。

散会之后，乐正楷私下里问起尸体的事，程泽生的回答含糊不清，把锅都推给江潭，说江科长正在研究，很快就能得出结果，让他们耐心等待。

乐正楷点点头，发出感慨："真是难啊，多少年没遇到这么烧脑的案子了，何危怎么失踪的你想出来了吗？"

程泽生摇头，他的确是有想法，但是太过离奇，不如不说。要说也只能说给何危听，他肯定能理解。

程泽生又想起一事来，问："对了，你上次说挺好吃的那家海南鸡双拼饭在哪儿买的？"

“在柳州路那里，隔着半个城了，你要去？”

“半个城，还好，开车快得很。”

何危7点离开局里，一路上心不在焉地思考程圳清那句话。

“别把他带入这里”，这个“他”自然是程泽生，“带入这里”是什么意思？是程泽生会有机会进入到他的世界？

程圳清不愿多说，后面再问他什么，也是顾左右而言他，不再正面回答。问到命案相关的问题，程圳清强调，人绝对不是他杀的，他虽然没有不在场证明，但现场也没有确切的证据证明他曾出现在那里。

以何危办案多年的直觉，程圳清不会是凶手。他谈起程泽生，更多的是一种无力感，他的死亡让程圳清感到的不是悲痛和震惊，而是遗憾和自责。

一种无法拯救的情感。他想救程泽生，却无能为力，只能眼睁睁看着他死亡。虽然根据所谓的“剧本”走完这些应有的情节桥段，但弟弟的死仍然无法避免。

车停好之后，何危抬起头，透过窗户看见家里亮着灯，程泽生回来了。

虽然这是一个看不见的室友，但随着接触时间变长，程泽生的存在感已经越来越明显，家里的每一角落都有另一个人生活的痕迹。何危已经习惯看见浴室亮灯便去做别的事，等会儿再下来洗澡；也习惯两天不回家，家里或多或少会变得有些杂乱，他再不厌其烦地收拾；更习惯午夜零点之后，出现另一道低沉动听的声音，和他一起讨论案情。

人养成一个习惯只需要二十一天，同住的日子还没这么久，何危却感觉程泽生的存在感太强烈，已经在他的生活中占据一定分量。

程泽生正在客厅里举哑铃锻炼臂力，门忽然打开，他赶紧把哑铃放下，冲到门口，又回神：也看不见人，他来门口迎接什么呢？

何危正站在玄关，连鞋都还没换，刚刚那是什么声音？一声闷响，像是重物击中地面，程泽生在屋子里扔铅球？

程泽生站了一会儿，悻悻地回去。何危走进来，看见桌上的外卖，顿时猜到又是帮他买的。打包盒里装着两份海南鸡双拼饭，还配有四种酱料，红的辣椒，绿的韭菜，黑的酱油，黄的姜酱。

何危脱掉外套挂在椅子上，他回来之前路过一家鸡排店，没忍住买了一份垫垫肚子，现在回来也不是很饿，于是写了条儿，喊程泽生一起来吃。

按着换物规则，只要他的手没碰到，属于程泽生的东西就不会到这里来。时间长了，他也摸出一定规律，让程泽生来拆包装，打开盒子，他拿着筷子，只夹里面的食材，这份外卖是不会从程泽生的世界消失的。

程泽生刚刚运动过，带着一身薄汗，拆开包装掰双筷子，坐在何危对面和他一起品尝海南鸡。何危嗅觉敏感，在空气中闻到一股很淡的汗味。

何危皱了皱眉，程泽生之前是在运动吧？那个沉闷的动静最少也有五公斤，是哑铃吧？

他下意识盯着自己的手，平时休息下来不会刻意去锻炼，毕竟工作时跑东跑西，时不时和犯罪嫌疑人来一场“生死时速”，翻墙爬树，已经得到足够的锻炼，不需要再额外增加。没想到程泽生下班回来居然还会在家里练哑铃，这是说明他的精力太过旺盛，还是想暗示对面的刑侦队上班轻松，已经闲到要回家里锻炼了？

可能办案子也是做指导比较多吧，何危在心里默默揣测。

在两个大男人的围剿之下，外卖盒很快空了，程泽生发现最外面的包装袋消失不见，猜到是何危拿的，下意识拦住：“我来收拾吧。”

何危的动作停下，抬头看向石英钟。9 点不到，是他幻听，还是真的听见了程泽生的声音？

为了验证这一猜想，何危轻声问：“你说什么？”

程泽生也怔住，抬头去看钟，发出和何危同样的疑问。

“我说，我来收拾。”程泽生问，“你能听见吗？”

“嗯。”

两人双双沉默，这是两个世界渗透加深开始不顾虑时间规则了吗？

“这样挺好的，不用熬到夜里分析案情了。我最近休息不好，火气大。”

“谁不是呢。”

程泽生把外卖收拾好，再去把一个小时之前洗的衣服拿出来晾到阳台。阳台的玻璃拉门在夜晚因为反光，成了一面镜子，清晰反射着屋子里的场景。一个五官俊秀气质沉静的男人坐在沙发上跷着腿，手中拿着一个掌机在玩游戏。

程泽生端着盆愣愣地站在阳台门口：“何危。”

“嗯？”

“你过来。”

何危按了存档，起身走向阳台。程泽生紧张得喉结滚动，眼看着何危到面前，和他的身影几乎交叠在一起。

何危伸出手，食指在玻璃上滑动，他的视线集中在露在无袖T恤外的结实手臂，心中隐隐有点妒忌。

程泽生则是盯着他的脸出神。

鬼使神差地，程泽生问：“晚上被窝会冷吗？”

稀里糊涂地，何危回答：“你没电热毯吗？”

“……当我没问。”

“哦，没有可以买。”

第43章
连景渊

在医院待满一个星期，夏凉吊着胳膊出院回家。专案组的同事们一起来接他出院，买的鲜花和营养品，还有郑幼清，代表去省里开会的郑局，也带着礼物前来。

夏凉精神状态不错，最近在医院每天吃了睡睡了吃，脸色红润，尖下巴都变圆了。出院之后，他继续回老宿舍居住，没有云晓晓照顾，什么都得自己动手。

“真让他住宿舍啊？这孩子胳膊吊着，吃饭都困难，一个人能行？”崇臻疑问。

胡松凯没有保护好夏凉，内心一直愧疚，立刻大手一挥：“干脆小夏去跟我住好了，我家里房子虽然小，但什么都有，哥哥还能照顾你。”

崇臻立刻发出嫌弃的抗议：“你？可拉倒吧，人小夏养病，要的是一个干净清爽的环境，上次我去你家做客，你那窗帘是多久没拆下来洗了？白的都变黑了。”

胡松凯不服气：“你爱干净！枕头底下还塞着袜子，皱得跟霉干菜似的！”

吴小磊尴尬，云晓晓面不改色，已然习惯两位队里的前辈平时生活中是什么样子了。为了刑侦队的名声着想，这时候急需一个人站出来，证明中年男人并不是每一个都是不修边幅的大叔大爷，也有精致优雅的魅力熟男。

“让老何收留小夏吧。”崇臻提议。

“对，老何有洁癖，家里比病房还干净。”胡松凯附议。

几双眼睛一起盯着何危，何危淡淡一笑：“现在恐怕不行。”

崇臻的胳膊挂到他的肩头：“有什么不行的，你自己一个人住，不是还剩个空房间吗？小夏这么大了，也不需要你手把手帮忙，搭把手就行。”

“不是这个原因，”何危顿了顿，“我那里不方便，有人住了。”

“？”

众人惊愕，云晓晓一下扶住郑幼清的肩，成为好姐妹的精神支柱。

何危注意到他们异样的眼神，解释道：“不是对象，是朋友。”

大家看何危的眼神明显是不信的。这么多年过去，何危不只是在刑侦队，而是在整个市局里都打出了冷淡的名声。这里的冷淡并不是指生理问题，而是性格问题。他不只是对恋爱没兴趣，普通的人际关系也很单调，除了队里的几个朋友，几乎没什么人能和他搭得上关系了。

归根结底，跟何危这人套近乎太难。请他吃饭吧，过敏，很多食物不能吃；找他去唱歌泡吧，没兴趣，宁愿在家看书；给他买东西送礼吧，不好意思，何 Sir 什么都不缺；为他介绍漂亮姑娘吧，省省吧，郑幼清他还没完全解决呢，还来？

因此在何危这儿，大部分路算是走绝了。他还有轻微洁癖，一般人更是近不了身，别说同居，去过他宿舍的都没几个。

“真不是对象，一个外地来的朋友。”何危又解释一遍。

崇臻拍着他的背：“懂懂懂，都懂！不就是朋友嘛，我们完全没有误会！”

夏凉挠挠后脑勺：“崇哥，二胡哥，你们别为我想主意了。我一个人能行，伤得也不算严重，局里给我放的长病假，班都不用上了还有什么不可以的？”

崇臻和胡松凯想出一些稀奇古怪的法子，合计给夏凉找个警卫保姆。夏凉吓一跳，连忙阻止他们这种疯狂的想法，忍痛挥起绑着绷带的胳膊，就差做俩俯卧撑来证明自己强壮无比。

何危摸着下巴，低声说：“去我家，也不是不可以。”

“你那儿不是有朋友住吗？小夏去了不会打扰？”

何危微笑：“不是宿舍，是我家。”

崇臻瞬间反应过来，露出不可置信的表情，何危却已经做出决定，让夏凉上车，去他家里住。他妈妈成天抱怨家里冷冷清清没人陪，多个活泼的夏凉，应该会热闹不少。

等夏凉站在联排别墅的电子门外面，心里只剩下“我的天啊”的惊叫。老管家来开门，何危拍拍他的背：“进去啊。”

“何……何支队，这是你家？”

“不然呢。”何危领着夏凉进去，推给管家，“秦叔，这是我单位里的同事，暂时住在这里，拜托您照顾了。”

秦叔立刻让人去收拾一个房间出来，找用人把夏凉的行李放好，笑眯眯地问：“小少爷，请问您贵姓？”

“夏，姓夏。”吓死我了。

何危安抚道：“别怕，当这儿自己家。我和我妈打过招呼，吃穿用度不用你愁的，什么活也不用你干，安心养伤。就是没事的时候陪我妈聊聊天，她喜欢国学，书房架子上好几本，可以念给她听听。”

夏凉赶紧点头：“我一定好好陪阿姨唠嗑，给她读故事！”

“有什么事打电话给我就行，哦，还有，”何危想了想，提醒，“你如果见到一个和我长得一模一样，爱穿西装，脾气温和，动不动腼腆脸红的男人，千万别认为是我转性了。”

“那是？”

“我双胞胎弟弟，他眼角下有颗泪痣，别弄错就行。”

经过三次提审，反复询问，何陆能交代的都交代了，前后笔录差距不大，可以作为可信证供。原先调查时，有何陆的几名同事一起为他做证，一口咬定在外地开会，没有作案时间，因此他们也没有去调查酒店监控。这次他们特地去了一趟安水市，把监控调出来，13 号傍晚 6 点不到，何陆离开宾馆，然后 14 号夜里 2 点半又回来了，配合高速收费站的监控，足以证明何陆的清白。

柯冬蕊的表情明显很失望：“还真和他无关，他居然没说谎。”

“人的确不是他杀的，你好像不满意？”程泽生问。

“我是不满意。”柯冬蕊捏拳。

向阳在开车，胳膊上冒出一层鸡皮疙瘩，脖子也缩起来。柯冬蕊问：“程副队，那咱们回去之后就要放人了？”

“不急，走访排查的工作要细致、认真，不能遗漏任何一条重要信息。再把他身边同事朋友全部调查一遍，不要有遗漏，知道了吗？”

柯冬蕊眼珠一转，了然地点头：“对，为了还嫌疑人一个清白，我们肯定要加倍，仔细，到处取证，慢工出细活，查他个十天半月也不打紧。”

程泽生抱着臂，一本正经：“嗯，就是要有这种精神。”

“……”向阳搓搓手，鸡皮疙瘩起得更狠了。

升州市的夜晚下着淅淅沥沥的小雨，程泽生接到连景渊的邀请，约在一家咖啡馆见面。

程泽生翻开菜单，随口问道：“怎么不去你的酒吧？”

连景渊托着腮笑道：“不能去了，程警官形象气质太突出，酒吧里有不少客人找我问你的联系方式呢。”

“……”程泽生合上菜单，递给侍应生，“来杯红茶好了。”

连景渊点的是一杯焦糖咖啡，搅拌勺碰撞瓷杯的叮当响声和窗外绵延细雨声交织在一起。他的手指白净纤长，指甲修剪得圆润整齐，光洁的甲面透出珍珠粉的色泽，这双手本身就像是一件艺术品，轻易便将别人的视线吸引过去。

“今天约我出来有什么事？”程泽生端起红茶问道。

“我听说何陆被抓起来了，是真的吗？”

“是，他和何危的死亡有关，我们正在调查。”

连景渊低垂着眼眸，片刻后笑了：“程警官，以何陆那种偏激的性格，会做出什么都不稀奇。”

“你知道？”程泽生挑起眉，“那为什么一开始不告诉我，何陆有问题？”

“这个……”连景渊无奈一笑，“他们兄弟俩的事，我不好插手，也答应过学长，不会告诉任何人。而且我相信以程警官的睿智，一定可以查出来他们之间的关系。”

程泽生“呵呵”笑两声，总感觉连景渊不对劲。今天约谈的话题很奇怪，他不是个爱八卦的人，却在打听何陆的事，难道这两人背地里有什么阴谋和联系？

勺子碰撞瓷杯的声音均匀动听，连景渊添了一块方糖，拇指食指捏着白瓷勺继续搅拌。窗外的雨下得更急，叮叮咚咚噼里啪啦，一时间分不清到底是搅动咖啡的声音更脆，还是雨打玻璃的动静更响。

“程警官，何危是我的学长。他的死亡，何陆是要付出一定代价的，他是有罪的，对吗？”

程泽生仿佛身处在一个三百六十度环绕式的音乐厅里，连景渊的声音变得悠远绵长，缥缈隐约，过渡到耳中只剩下支离破碎的几个字：何陆……有罪。

正当程泽生要点头时，心脏猛然跳了两下，他霎时间一惊，鼻尖已经冒出细密的汗珠。

不对，何陆没有杀人，他是无罪的。

“程警官，你仔细想想，你们从何陆那里掌握的证据真的没有漏洞？是有的吧，只要能抓住一点，何陆逃不掉的……”

程泽生猛然按住连景渊的手，汤勺清脆的碰撞声戛然而止。

连景渊没有丝毫慌乱，静静盯着程泽生。只见程泽生把他的焦糖咖啡放到一边，抽出一张纸擦了擦鼻尖上的细汗，从容不迫道：“连老板，我虽然看不惯何陆，但也不会罔顾公正、无视证据把他送上法庭。你这么做是在妨碍司法公正，知道吗？”

“能做到这种程度的心理暗示，已经很厉害了。可惜我在公安大学也选修过催眠课程，没那么容易陷进去。”他看一眼窗外，又瞄向咖啡杯，“终于明白为什么下雨天还要约我了。”

连景渊沉默不语，被当场拆穿也没有尴尬羞愤，反倒十分平静，说：“我说的是实话，何陆不是杀人凶手，他是比杀人凶手更可恶的心灵杀手。哪怕学长的死和他没有直接关联，他也必须对学长的人生负责。”

“你怎么会这么执着？居然不惜通过催眠来让我把何陆送进去……”程泽生惊讶。

连景渊半晌后才轻声开口：“我只是觉得学长很可怜罢了。”

连景渊低头，那只漂亮的手遮住眼，“如果学长能有最后见我一面时的那种气势，摆脱何陆的阴影，我决不会想借你的手铲除他。”

程泽生抽出一张纸递过去。

“今天的事我会当作没发生过，虽然很了解你的用心，但何陆真的没有杀人，我们都无权给他定罪。”程泽生把咖啡递到他的面前，“以后有事还是在你的酒吧见面好了，我怕我一不小心也要付出惨痛的代价。”

第44章

逃 不 开 的 局

“昨晚雨下得很大，一整晚你都没回来。”

听见何危的话，程泽生有点蒙，问：“你很担心我路上不安全？”

昨晚他见过连景渊之后回家了一趟，理所当然被妈妈留下来住了一晚，也没机会和何危打招呼。

何危抬头，可惜彼此看不见对方，否则程泽生一定会欣赏到他一脸冷漠的表情：“别想太多，我是要和你讨论案子。担心你什么？渡劫失败？”

“……”这是第N次，程泽生产生一种想把何危的嘴堵起来的冲动。

明明看起来那么沉静温和的人，怎么开口闭口就能气死人呢？他们局里肯定没让他出去搞过采访吧？也许能把镜头外的领导记者都给气得够呛。

何危完全没察觉到他需要一本《语言的艺术》，边擦白板边说：“我昨天等你回来，是想告诉你一个相当重要的消息。”

“你说。”

白板擦干净之后，何危将程圳清的笔录贴上去，有几行重点内容圈了起来。程泽生一目十行地扫过去，渐渐惊讶，一把将笔录扯下来，双眼死死盯着上面的内容。

何危就猜到他要控制不住抢笔录，幸好复印的不止一份，又找了一份贴上。他说："你能猜到吗？我们抓到的程圳清到底是谁？"

"我哥。"程泽生的声音干涩嘶哑，盯着笔录材料下面熟悉的签名，双手轻轻颤抖，"他真的是我哥，真的是他！"

一瞬间，三年里缺失的情感泉涌而出，他的脑中闪过太多画面，包括最后一次见到程圳清的尸体、捧着他的骨灰去墓园、亲手将有关他的记忆封闭锁起。程泽生眼眶微热，赶紧闭上眼，将情绪压下去，下意识不想给何危看见这么丢人的模样。

没等他的心潮澎湃两秒，何危已经泼了一盆冷水过来："既然曾经是人民警察，来到这个平行世界之后竟然做违法犯罪的勾当，还打伤同僚，知法犯法，罪加一等。"

"请你好好调查，别这么快下定论，我觉得我哥一定有苦衷。"程泽生想替哥哥辩解，却找不到理由。程圳清在世时，十分有正义感，重生之后却走上一条截然相反的道路，让人始料未及。面对这些改变，程泽生无法做出评价，他没有经历过那样惨痛的死亡，对哥哥的心路历程没什么发言权，但潜意识里总是相信哥哥做这些也是无可奈何的，绝不是自暴自弃有意为之。

站着说话不腰疼的人才会时时刻刻劝人向善，某些事只有发生在自己身上，才会明白想要原谅是多么困难，也许内心这一关这辈子都过不去。

白板被一条黑线一分为二，左边是何危的现场，右边是程泽生的现场。何危在写自己这边的案情进展，几个重要的点圈了出来："目前你的案子疑点还很多，比方说 13 号晚上你在哪儿，你是怎么去的公馆——”

“不是我，是程泽生。”程警官抗议了。

“哦，程泽生。”何危立刻改口，“要不要给你们编个号？你是程1，他是程2？”

程泽生从善如流：“那我这边也给你排个位，你是何1，失踪的那个是何2，死的那个是何3，这样成不成？”

何危懒得废话，倒是默认这种方式，免得全用名字书写还容易混淆。他继续梳理：“按照目前的线索来看，因为两个空间折叠，所以现场的第三人暂定成‘我’，但‘我’为什么出现在那里，还不得而知。倘若没有充分的证据，我有理由将第三人的痕迹全部归类为因空间折叠而来。”

“还有这枚弹珠，有程2的指纹，但从位置推断，更像是从你那边的何3身上滚出来的。这个证物我想不透它出现的意义，因此暂时也对它的真实来历保持怀疑。”

程泽生反驳：“这肯定是你那里的，我根本就不认识这边的你。”

何危呵呵一笑，说得好像他就认识这边的程泽生似的。

程泽生欲言又止，对于何危的号码出现在钢琴家程泽生的手机里始终心存疑惑。何危很笃定不认识程泽生，他不会说谎也没必要说谎，所以这个号码的出现到底意味着什么？

“和程圳清确认之后，作案枪支确定是在地下室兵器库遗失的那把92式，这把枪目前在凶手身上还是被丢弃在哪里，暂时不清楚，找到凶手才有可能找到凶器。

“学生们因为一条探险令而在深夜前去公馆，进而发现尸体。探险令的发布者一直没有下落，我猜测他藏在我同学居住的小区里，但那边的监控都没有出现他的身影，如果是开车进出，那需要排查整个湖月星辰所有的车辆进出记录，所以也相当于线索中断。

“专案组组员怀疑程圳清和发布者是同一人，经过对监控多个角度的仔细比对，这个可能性被排除。不过发布者和凶手是同一人还是团伙作案，这一点还不明确，有待进一步搜证调查。

“抓获程圳清之后，在提审中对他的某些异常行为进行询问，他给出的解释是‘剧本不能改变’，什么样的剧本没有明说，似乎在暗示背后有一个巨大的阴谋。还有保险箱里的信封，他说时机不对，我现在还没拆开，不清楚里面的照片是什么内容。

“剩下一些疑问，譬如程 2 那天晚上在做什么以及他是怎么去的公馆。但这些和前面的相比都是小问题了，如果能锁定凶手的话应该都会迎刃而解。”

这些案件疑点，何危将它们全部梳理整齐，一条条列出，案子顿时变得清晰不少。相较于何危死亡的案子，程泽生的案子没透出那么多玄乎的味道，但却都是单链证据，又散又乱，无法串到一起。这些证据看起来没什么关联，但只要能找到关键性的某一条，那现有的东西都可以顺理成章地串联起来，证据链也能形成。

可惜缺的就是关键一环——有关凶手的踪迹，在所有分析中都没有提及。原先勘查到的那些一知半解无法比对的痕迹，被认为可能是受空间折叠效果的影响，将其排除之后，这下更好了，凶手一点踪迹都不见了，彻彻底底的隐形人犯罪。

程泽生的视线从那段简谱上扫过，无意间看见程圳清提供的保险柜密码，怔了怔，目光在两行数字上下游走，惊讶：“这两个是同一组数字！”

何危被他的话吸引，立刻对比简谱和保险柜的密码。85553113，1 和 7 相加是 8；2 和 3 相加是 5；1 和 2 相加是 3；6 和 5 相加是 11；2

和 1 相加是 3。这个密码就是简谱相加之后形成的数字，何危想到程圳清在审讯室里提供密码时意味深长的眼神，顿悟：他知道，他清楚这个简谱的特殊性和必要性，才会将它转化成密码加以暗示。

何危皱起眉，这个简谱的曲调，是墙上那面石英钟的报时音。到底是程泽生创作了它，它才被做出来，还是它早就存在，只是被程泽生记下来的呢？

以及它为什么会成为午夜零点特殊时间点的报时音，十分耐人寻味。何危打电话去厂家了解过，得知这是后来插入 USB 设定的，可谁又能未卜先知，在他们住进来之前就将这一切布置好？

“保险柜的密码，有什么特殊含义吗？”

程圳清装作不记得，何危拿着程泽生的笔记本，翻到那一页，点了点：“想起来了吗？”

程圳清看了一眼，耸肩：“哦，这个啊，我也是无意间看见这个谱子，就拿来当密码用了。”

“这是程泽生什么时候写的？为什么没有写完？”

“我怎么知道，我看到的时候它已经有了。泽生没有写完，或许并不是把它当成一首歌，而是当成一段隐藏的密码去创作的。何警官，很多东西没我们想象中的那么复杂，真正想通的话其实很简单。”

何危将笔记本合上，看来问程圳清也没什么用，他能回答的不多，不是不知道，而是不能回答。他抱着臂，居高临下地看着程圳清：“那个信封你说时机未到，那什么时候才能打开？”

“这要取决于何警官你自己，等这个局真正开始，再打开就能看透很多东西。”

又一次提到“局”的概念，何危弯下腰，用只有两个人能听见的声音说：“你是从另一个平行世界而来的，但我却不是，我原本就生活在这个世界里，还需要经历什么局？”

程圳清呵呵一笑，笑容无奈又凄凉：“你想得太美好了，这和生命的起点无关，只和生命的终点有关。从你和我弟弟相遇的那一刻起，就注定逃不开这个局了。”

何危沉思着，声音压得更低：“那你直接告诉我，以你的经验，我该怎么做？”

程圳清眉头蹙着，欲言又止，片刻后唇抿成一条线，摇头：“你的想法被改变太多的话，结局只会是更坏的结果。”

何危沉默几秒，站直身体：“好吧，你既然不能说，那我也不强迫。最后，你弟弟让我问你，为什么要犯罪？”

程圳清愣了神，随即低头，缓缓握紧双手：“这不能说是犯罪，很有可能我的善良和仁慈，反而会造成不可挽回的巨变。”

“我已经死过一回，现在的人生没什么不能赌的，我赌的一切，都是为了救我弟弟。”

第45章
朋友到访

随着时间推移，程泽生案件的关注度仍然居高不下，加上程圳清被抓之后，部分媒体开始发挥想象大做文章，私自定罪，断定程圳清就是杀害程泽生的凶手。营销号跟风而上，互比谁家笔墨出众文采斐然，编出一段段惟妙惟肖兄弟阋墙的故事，给程圳清的作案动机、手法安排得明明白白。

“‘他约程泽生在公馆见面，程泽生抵达之后，没想到表面和善的哥哥将枪口对准自己。那一枪下去，程泽生的血是热的，心却是凉的。’啧啧啧，他们咋不去写小说？咱们也没公布现场发现程圳清出入的痕迹啊，这都是上哪儿找的依据？”崇臻合上杂志。

胡松凯打开微博：“你这算什么，来看看这个名叫‘江湖百事通’的营销号，《程氏兄弟为爱反目成仇》。这篇里面他们俩是为了一个女人闹得你死我活，这个神秘女人从头到尾都没有姓名，但她就是实实在在地出现了，这找谁说理去。”

云晓晓捧着脸气呼呼的：“赶紧举报！这是造谣，咱们公安机关什么都没公布，外面一个个都破案了。”

郑幼清抚着她的背：“公众号和官博不是公共关系科的莫姐在打理吗？让她以市局名义发一条公告，案件还在调查中，造谣者必追究法律责任，那些媒体肯定会收敛不少。”

云晓晓抱住郑幼清的肩撒娇，直叫着“幼清最好”，郑幼清弯着眉眼，摸摸她的头发，充当美貌善良的贴心小姐姐。

局长办公室里，郑福睿背着手，何危刚刚汇报完案情进展，他瞄一眼厚厚一沓文件，说：“就是现在无法断定程圳清和程泽生的案件有关联是吧？”

“是无法完全排除他的嫌疑。郑局，以我的直觉，程圳清不会杀程泽生，我们并没有直接证据证明他曾在现场出现，也没办法证明他参与了程泽生的命案。”

“那兵器库的事呢？这个他总逃不过去了吧？还有故意伤人。”郑福睿翻到程圳清的资料，点了点他的头像，“证据确凿就可以移交检察院了，咱们不能大半个月过去了，让外界看不到一点成绩啊。”

何危沉默，他当然明白郑福睿的压力，上次夏凉受伤又引得媒体一顿口诛笔伐，郑福睿被叫去省厅开会肯定也没落到什么好脸色。若不是现在推行的是无罪推定原则，恐怕单单一个无法证实的不在场证明就能将程圳清送上法庭了。

“郑局，我觉得还是先放一放，程圳清身上有很多我弄不清的东西，和程泽生有很关键的联系，麻烦您老头上的雷再顶一会儿。”

“……”郑福睿瞪着眼，“还笑！”

何危拱手，把杯子里的旧茶叶换掉重新沏了一壶。郑福睿不肯喝，但杯子被强行塞到手里，忍不住埋怨：“你啊，就不是当领导的料！”

何危连连点头，对对对，所以领导才必须让您当不是？哪怕他提上支队长，还是查案子的命，甩着两手搞指导真不适应。

郑福睿吹着茶水，说：“对了，海靖那边发生连环杀人案，嫌犯逃到咱们升州市了，协同调查的申请已经批下来，人来了你接一下。”

“他们那边是沿海城市，逃跑不选择走水路反而往内陆跑？”

郑福睿摆摆手：“可能是想继续流窜作案吧，这次来的也是你的老熟人，俩工作狂凑在一起，好好聊聊吧。”

熟人？正在何危疑惑之际，说曹操曹操就到，门被敲响，海靖市派来查案的同事到了。

“进来。”

得到郑福睿的同意，木门被推开，何危回头，看见三人走进来。为首的那个一身挺括的藏蓝制服，五官刚硬冰冷，一张扑克脸板正严肃，他和何危对视之后黝黑的眼珠轻轻转了下。

“好久不见。”何危笑了笑，“你还是老样子，一点都没变，林壑予。”

刑侦队办公室里新来的三人来自海靖市局刑侦一大队，领头的林壑予是队长，也是何危在警校的同学，毕业之后回到家乡海靖市工作，上次两人见面还是在大学同学的婚宴上，掐指一算也有五年没见了。

在校期间，何危和林壑予都是风云人物，通过一场射击比赛结怨，再由一场散打比赛加深矛盾，最后让两人撕破脸的是实战演习，解救人质的过程中两位“特警”竟然打了起来，人质和歹徒都看傻了。

世界上有一种友情，是在彼此看不顺眼的前提下产生的。因为个人原因导致演习没有顺利完成，何危和林壑予被关了一天禁闭，在里面又是一场恶斗，等出去之后彼此脸上挂着彩，反倒握手言和。

林壑予看不惯何危的原因很简单，嫌他弱不禁风、不堪一击。何危在校期间是标准的唇红齿白、玲珑少年的形象，看上去斯文俊秀文质彬彬，加上他母亲又是著名企业家，在这样的家世背景衬托之下，更显得何危像个绣花枕头，什么荣誉都像是靠关系取得的。

而何危起初对林壑予没有什么特殊的喜恶之情，他性格淡漠，对谁都是一碗水端平，但感受得到林壑予浓重的敌意——好，接受你的挑战。年轻气盛说上手就上手，一点都不带含糊的。

在禁闭室里，两人拿出实力切磋，打出友情之后，出来倒是没再红过脸，还一起合作参加了不少比赛，都获得了不错的成绩。由于他们俩一个肤白清俊，一个孔武刚硬，还被校友戏称为“黑白双煞”。

“这是海靖市局的林壑予队长和他的两位同事邹斌、文桦北，我们的主要任务是协助他们抓获连环凶杀案的嫌疑人，明早 8 点开会熟悉一下案子，谁也别迟到。”

何危拍拍林壑予的肩："老郑把你交给我，就是让我给你接风的啊，今晚跟我走吧。"

林壑予一言不发，但已经拿起包，默认何危的提议。

他们一前一后离开办公室，云晓晓悄悄和郑幼清咬耳朵："这个林队长好严肃哦，进来就没见他笑过。"

"好像也不爱说话，打过招呼就没声音了。"郑幼清低声说，"不过和何支队关系挺好的，听说他们以前是警校的同学。"

"哦，这样，能和咱们队长处得好，那什么样的性格都不稀奇了。"

何危带着林壑予去的是一家江南菜馆，林壑予是北方人，来南方次数不多，难得有机会当然还是带他来吃些地方特色菜。何危不算是多话的人，但和林壑予相比绝对是要给归到"话痨"那一类人。这人以前就是这样，只做不说，实际行动永远大于语言，就像是今晚，何危请他吃饭，他站起来去一趟洗手间，回来就把账结了。

"你这让我怎么下台啊？"何危甚是无奈，"下回我还得请你。"

"没事。"

两人并肩往停车场的方向走，林壑予忽然问："你最近还好？"

"还可以吧，反正就是天天查案破案呗。"何危随口问，"你呢？"

"不好。"

何危停下脚步，看着他。只见林壑予两道浓眉拧起："我好像——忘了一个很重要的人。"

"啪"，404公寓的吊灯被打开，屋子里瞬间变得明亮。何危让林壑予随便坐，自己去厨房里倒水。

林壑予站在客厅，注意到对面的白板，上面写着案件分析，何3、程2等，还有一些看不懂的代号和编码。但左右是两种字迹，显然是由两人书写。

“我家里不太平，闹鬼，等会儿你要是看到什么灵异现象别惊讶。”何危把水杯递过去。

林壑予波澜不惊，冷淡地“哦”了一声。

何危开了一罐冰啤酒，在林壑予身边坐下，林壑予指着白板：“手里的案子？”

“嗯，有点特殊，说出来估计你也不会信。”

林壑予沉默几秒，才点头：“我信。”

何危没当回事，这时叶兰兰来电话，他打个手势去阳台接电话。林壑予低垂着头坐在客厅，这时防盗门自己打开了，“吱呀”一声，片刻后又自动合上。

好像——进来了什么人，林壑予细长的凤眼眯起。

程泽生在楼下便看见灯亮着，拎着酸辣鸡爪兴冲冲地上来：“何危，看我给你买的什么？”

房间里无人回应，程泽生耸肩，这破结点就是这点不好，接通的时间不稳定，除了午夜零点之外其余时间也没有规律可循，听见了也就听见了，听不见喊死了都没用。

他按照正常习惯把外卖放在桌上，上楼回房间。林壑予盯着桌上多出来的一盒外卖，看了看还在阳台打电话的何危，陷入沉思。

他没有伸手去碰这个袋子，打算等会儿直接让何危来解答。杯子里的水喝完，林壑予去厨房倒水，水瓶里都是热水，他打开冰箱，想看看里面有没有冷冻的冰水。

程泽生哼着歌下楼，外卖还在，何危不在家还是没看见？

路过厨房，冰箱的门开着，在这个家里会开冰箱门的没别人，只剩下何危。

准备拿什么？程泽生走过去，手下意识往冰箱门的方向探去，指尖从一块温热的肌肤旁擦过去。

林壑予猛然回头，看向身后，那里空无一物，但是刚刚明明有一只手擦过去，干燥温暖，像是一只男人的手。

程泽生盯着自己的手，还没反应过来——什么情况？他没看见何危但是却碰到了？

这个结点真是越来越离奇了。

何危打完电话，林壑予从厨房出来，叫住他：“你家闹的是色鬼？”

“啊？”

“碰到了我的腰。”

第46章 连环杀人案

林壑予被程泽生碰到了腰。

碰到哪儿不好，怎么不小心碰到腰？

何危越过他看向厨房，程泽生应该在里面，可能也不知道刚刚碰到的是一个陌生人。毕竟何危不说，程泽生是无法知道家里来客人了。

程泽生也从厨房出来，恰好就站在林壑予的右后方，还在疑惑何危今天怎么这么奇怪，一句话不说，东西也不拿，闹脾气？

现在三人的站位呈一个钝角三角形，何危和林壑予看不见程泽生，程泽生也看不见家里的两个人，但彼此似乎都知道对方的存在，僵持着谁也没有先行一步。

终于，何危打破沉默，告诉林壑予，别误会，他家里的“鬼”很正经，绝不会“有意”做出这种事。

“真碰到我了。”林壑予沉稳且无辜，一个将近一米九、拥有小麦肤色的北方汉子正在为自己不怎么值钱的腰维权。

“你放心，他肯定是不小心碰到你的。”

林壑予敏锐察觉到这句话隐藏的含义：“这难道还能故意吗？”

“……”何危快速否认，“不是。”

“嗯？”

“总之他不是故意的。”何危转移话题，“你不害怕？”

林壑予摇头，也许是身边也有“神秘朋友”的缘故，所以对于这种看似“闹鬼”的现象并不惊讶。但何危这里更诡异一点，在最基础的声音条件没有达成的情况下，竟能神不知鬼不觉地进行身体接触。

其实他不知道的是，何危和程泽生，的确最先进行的是声音的沟通，只不过后来随着两个平行世界的渗透加深，结点性质也渐渐开始产生变化。现在的情况是不用等到零点，有时也能听到声音；稍微幸运一点，可以看见对方几秒；运气好的话，甚至能触碰到彼此。

今天结点又发展出一种神奇的状态：可以在看不见听不见的情况下直接碰到另一个世界的人。

何危揉了下额角，感觉这个结点就像是个情绪不稳的孩子，高兴时让你们见见面，不高兴时声音都不给听，偶尔还会弄些小恶作剧，可爱的时间永远只有那么短暂几秒，真愁人。

“这是小事，别在意。”林壑予的食指伸进拉环，打开冰可乐，回到沙发上坐好。留下何危有些蒙，不是你一直在这儿强调被摸了腰吗？现在怎么这么通达，说过去就过去了？

程泽生也不知道发生了什么，耸耸肩，先去洗澡。林壑予听到浴室里传来水声，眼神变得意味深长，何危面不改色："爱干净，知道我有洁癖，挺好。"

林壑予没回答，半晌后轻声问："你们相处得不错？"

"嗯，还行吧，他人挺好的。"何危拆开桌上的包装袋，将酸辣鸡爪拿出来，"经常带东西回来。"

"哦，那是不错。"林壑予点点头，又想起一个问题，"知道你易过敏吗？"

"知道，买的都是我能吃的。"

林壑予又没了声音，坐一会儿之后见时间不早，要回招待所早点休息，明天还要去布控抓人。

何危送他到门口，门刚关起来，身后传来脚步声，一股水汽涌来，他一回头，刚好和程泽生撞上。

"你出去了？"程泽生问。

"没有，送朋友。"何危眉头微蹙，程泽生的身体带着一股浴室里蒸腾的热气，和洗发水的味道一起扑过来。

程泽生怔了怔，才知道家里来人了，瞬间想到之前在厨房的异样："刚刚我不小心碰到的不是你？"

"嗯，我朋友。"

程泽生愣了愣，好像的确不是何危，触感不一样。

海靖市发生连环杀人案分别是在去年 10 月份和今年 4 月份，死者都为女性，一个二十一岁一个二十四岁，一个是在校生，一个是替身演员。两人死亡时衣衫完好，但尸检发现死前都有遭受到性侵，并且胸口被用口红写上了字母，一个写的“L”一个写的“V”，加上她们的衣物鞋包多是奢侈品品牌，因此这个连环杀手被称为“LV杀手”。

督办这起案件的是海靖市局刑侦队大队长，林蟄予。起初这个案子并不在他手里，去年10月份那起命案发生时，分局并未上报，市局这里也没有收到消息。直到今年4月份发生第二起命案，作案手法相似，因此才将两起案件并案，一起上交市局处理。

拿到侦查资料之后，林蟄予开始从头梳理，根据两位死者的特征共性以及现场采集到的证据，经过排查很快锁定嫌疑人赵深，某KTV服务员。但赵深已经在4月底离职，警方找到他家里，只有他的女友在家，说赵深一个星期前急急忙忙地离开，坐高铁去升州市了。

经调查，赵深有一个堂哥赵阳住在升州市，在装饰城里卖瓷砖。支队长推测赵深很有可能是去投奔亲戚躲避警方的追捕，于是派林蟄予带两名同事一起去升州市，争取以最快的速度把赵深抓捕归案。

赵深4月底逃离海靖市，现在已经过去将近十天，按着时间来推算的话，他如果去投奔赵阳，那两人早已碰头，找好落脚地了。何危分一队人跟着林蟄予，去赵阳家附近走访调查，又对他本人进行盘问，结果令人惊讶。

赵深根本就没有来找他，之前的确是发过信息，说要来升州市玩，问堂哥能不能住在他家里。赵阳一口答应，连房间都收拾好了，结果左等不来右等不来，打手机也是关机，数天过去，也不知道赵深去了哪里。

林蟄予立刻开始排查高铁站的监控录像，在熙熙攘攘的人群中，发现赵深拎着包走出高铁站的身影，却不知道他离开广场之后去了哪里。

现在的酒店住宿管理严格，连民宿都要求登记身份证，升州市内各个宾馆、酒店、旅店的开房记录查过之后，都没有赵深的入住信息，很大概率他还是投宿在熟人家里。

但这个熟人会是谁？一个从小在海靖市长大的人，只来过升州市几次，人生地不熟，还在逃亡阶段，还能找到比堂哥更信任的人？

“也许猜到警方会找到赵阳，所以他才没敢去吧。”邹斌说。

“如果真的考虑到这点，那他就不会来升州市。”何危看着监控画面，前进后退几遍，“他在发消息，的确是在联络别人，但不是他的堂哥赵阳。”

“和女朋友报平安？”云晓晓猜测。

林壑予否认了这个假设，因为在确认赵深出逃之后，他父母包括女朋友的手机就一起被监控了起来，至今都没收到赵深的任何消息。

“出租车公司都查了吗？”何危问。

“正在查，那天正好赶上假期，人流量特别大，排查起来要段时间。”胡松凯说。

林壑予盯着监控录像。这个高铁站并不是新站，而是升州市第一个建成的老站“升州站”。这里的监控设备远没有后来建起的南站先进，探头分布也没那么密集广泛。只拍到赵深拎着一个棕色的小行李箱离开广场，外部几个出口的探头都没拍到他的身影，极有可能直接去负一层打车离开或是被人接走了。

“那意思是要排查当天所有进出火车站的车辆？”崇臻惊讶，“这得要多久？全部查完得到下个月了吧？”

“没有固定目标的话，排查的确太费时费力，还不一定有结果。”何危摸着下巴，将那段拍到赵深身影的监控一帧一帧仔细查看。赵深出站之后跟着人流走到广场，单手拿着手机，拇指动个不停，像在打字。走到广场出口，他忽然把手机举起来，晃了两下，走出去消失在监控之外。

何危又把监控倒回去看一遍，最后停在晃手机这个画面上，问："现代人出门，最害怕什么？"

"钱包没带？"

"钥匙丢家了？"

林壑予一怔，立刻吩咐文桦北带人去查广场周边的商店。

何危笑了："你反应挺快啊。"

林壑予对于他的夸奖并未感到开心，因为这种细节又是被何危那双有毒的眼睛先发现的。这人的洞察力太恐怖，大学时已经让林壑予见识到厉害，这么多年过去更是变得出神入化令人害怕。

"下次我会先想到。"林壑予说。

办公室里一众同事还挺蒙的，怎么就忽然去查商店了？这两人到底在说什么？

云晓晓求知若渴，不懂就问："队长，到底怎么了？"

"先回答出来，现代人出门最害怕什么，你就懂了。"

"我最怕就是忘带手机……"云晓晓嘟囔。

崇臻灵光一闪，一拍大腿："这小子手机没电了！"

"啊？"邹斌还是蒙，这是从哪儿看出手机没电的？

胡松凯一副过来人的表情，看不出来吧？咱也看不出来啊，还是得问火眼金睛的老何。

一直沉默的林壑予指着画面："他手机黑屏，自动关机了。"

第47章
强强联手

经过走访高铁站广场外部的店面，终于在美食街里一家面馆查找到赵深的踪迹。警察拿着赵深的照片给老板指认，老板立刻想起几天前有来过这么一位客人，外地口音，当时他租用店里的共享充电宝，等吃完面了要退充电宝却出现机器故障，押金一直没有退还成功，所以给老板留下深刻的印象。

“那天捣鼓好久嘛，他急着要走，有急事不能耽误，我只能先把押金垫给他。面钱没算，还倒给他几十块钱，充电宝销售方那边现在还没处理好呢，这一单生意真是麻烦。”老板抱怨道。

文桦北问：“那他有没有提到有什么急事，要去哪里？”

老板摇头：“这倒是没有，不过应该和人约好了，我看他接了个电话，说吃完了很快就到。”

“那他往哪儿走的？”

老板指了个方向，是往美食街的出口。美食街是一条隧道形建筑群，左右完全封闭，前后出口都有探头，不管从哪个口离开必然都能被拍到，但奇怪的是，就是没有赵深的人影。

文桦北拿着赵深的照片询问周围的店家，得到的回答都是“不记得，没印象”，包括美食街外围的那些小店，都说没见过这个人。

线索中断，无奈之下文桦北只能把情况如实汇报给林队，交给他研究。

何危和林壑予正准备去找赵阳，车开到半路，接到文桦北的电话，方向一转掉头去高铁站。抵达美食城之后，文桦北正坐在一家二十四小时自助银行的门口，低垂着头表情沮丧，看见何危和林壑予，又有些局促不安。

“怎么这种表情？”

听见何危的问题，文桦北小心翼翼瞄一眼林壑予：“我……我真的找不到，不知道他怎么不见了。”

这次跟着林壑予一起来的两位队员也是刚进刑侦队不久的新人，上头的意思是让林壑予带着他们出去锻炼一下，至于多久破案，没什么好担心的——首先林壑予就是一个能人，再加上升州市局还有一个何危，这两人联手那还不分分钟就把案子给结了。

因此找不到嫌疑人的踪迹，林壑予完全没有责备的意思，凡事都有一个过程，特别是刑侦这一行，理论知识多丰富也比不上实践的累积，这就是标准的“姜还是老的辣”。林壑予也是从刚毕业的毛头小子干到现在这个年纪，他本就不多话，平时也尽量不去责备新人打击他们自信心，怎么新人反而很怕他的样子？

文桦北是真的害怕，林队一直不苟言笑，沉默的时候谁也不知道他在想什么。主要是他的长相太刚硬，要是换成何支队那张温和的脸，文桦北的胆子至少比现在大一半。

何危看出来了，宽慰道：“别丧气，嫌疑人丢了不重要，关键是再怎么找回来。”

林壑予虽然没开口，却伸手拍拍文桦北的肩，表明自己的态度。文桦北内心感动，领着他们一起去看监控：“出口的监控那一整天我都看过了，还怕他会原路返回，连入口的也看了，还是没有他的行踪。”

林壑予和何危坐在一起，同时盯着监控录像，几分钟之后便有了答案。

“太拙劣了。”两人异口同声发出嫌弃的声音。

“以为换了衣服就没人能认出来了？手腕上的表也不摘了。”何危吐槽。

“嗯，鞋都没换，这种伪装及格线都达不到。”林壑予评价。

“以为戴个帽子就完事儿了，看背影都知道是他。”

“走路有点外八，很好辨认。”

文桦北把他们的话在脑中过滤一遍，惊讶：“他换衣服了？！”

“嗯，原先穿的蓝衣服白裤子，换成黑衣服牛仔裤了。手里的包……”何危看了两秒，得出结论，“内衬翻过来使用，线头都能看得到。”

文桦北捂住脸，他的眼睛可能瞎了。

“他乔装打扮之后又混在这群背包客后面，看不出来很正常。下次找人别只看脸和衣服，注意观察走路姿势和习惯，这些东西都是长久养成的，很容易暴露。”

“你们还是骂我一顿吧，我真的完全没想到。”

何危笑了，和林壑予调笑，手下小朋友挺可爱的。

赵深自以为乔装得很成功，离开美食街之后去买了一个充电器，接着坐地铁，3 号线转乘 S 线到朴玉路下车，拐进荡水村。

这一趟行程最少要一个小时，荡水村属于升州市的城乡接合部，一面是近两年才修起来的保障房高楼，一面还有芦苇荡在风中飘扬，完全不是一个风格。这里因为政府征收土地盖保障房，农民早已搬走，房子拆得七零八落，只剩下这个叫作杏林园的保障房小区可以住人。

但赵深有没有进去，谁都不知道，毕竟这里配套设施还没弄齐全，沿街别说监控，路灯都没几个。

天色已黑，一辆吉普车停在路边，何危抬头看着高达三十多层的保障房，只有几户星星点点的灯光，表示已经有人搬进来居住。他问：“你感觉他在这里的概率有多大？”

林鳌予摇头：“没多大。这里没有几户人住，排查的话被发现的概率太大。还不如躲在城里，人口密度大人员流动快，反而不易被发现。”

何危看着这周围一片荒芜，那片芦苇荡后面是一个湖，沿着右边的小路出去是另一个村子，而南边上去是龙王山，赵深可以选择的路线也算是多样化了。

这一天都在奔波中度过，结果人还是没有具体消息，回去之后林鳌予情绪不佳，眉头拧着，脸也黑得像阎王。何危用脚尖踢了下他的腿：“哎，把你的表情收一收，我组里还有小姑娘，都快被你吓哭了。”

组里唯一的“小姑娘”把头抬起来，一脸茫然：什么被吓哭了？她一直在看新闻，压根就没有关注林队长是什么脸色！

林鳌予站起来，不说了，明天先去隔壁村，找不到的话再去山上，就不信赵深还能躲到地里去。

程泽生今天先到家，何危后一步回来。这次他特地没有先出声，万一何危又把那位朋友给带回来，那得多尴尬。

何危也发现家里的灯虽然开了，但一点动静都没有。平时程泽生在家里，多少都会发出一点声响，让他知道自己在哪个角落，今天却异常安静，仿佛家里空无一人。

“程泽生？”

屋子里没有回应，不知是因为结点没有连通还是因为程泽生真的不在家。

程泽生眼看着门关上了，站在客厅里纠结无比。很想问问何危是不是一个人回来，有朋友来的话，桌上突然出现小字条会不会把人吓坏？

显然他已经忘记昨晚的酸辣鸡爪就是忽然出现的，要吓坏的话昨天已经完成这个事了。

楼上的房门开启又合上，不过一会儿浴室门打开，灯亮了，莲蓬头的水声也响起。

何危去洗澡了。

程泽生不由得松一口气，朋友没来吧，不然他怎么能这么干脆洒脱地去洗澡。

他深吸一口气，从沙发后面把哑铃拿出来锻炼身体，专心数数。

一直数到五十，程泽生放下哑铃，双手撑地，摆出标准的俯卧撑姿势。

做了二十个俯卧撑之后，他又双手抱头，开始蛙跳。

这一套组合下来出了一身汗，浴室的水声终于停止。

何危把头发吹到半干，出来之后家里还是没有任何声音，他感到奇怪，程泽生今晚加班？

不在家就算了，还想跟他吐槽一下嫌疑人逃跑途中的无聊换装行为呢。

何危坐在沙发上看书，程泽生坐在地板上平复呼吸，时间一分一秒过去，一阵手机铃声忽然响起来。

程泽生和何危同时抬头，程泽生缓缓从沙发后面爬起来，一探头，看见一颗黑黝黝的脑袋。

何危全然不知程泽生在身后，摸到沙发上的手机，接起来："喂？"

"你怎么联系我了，出差回来了？"何危的语气瞬间软下来，唇角带着笑意。

"在家呢，刚洗过澡，你要来？"

"方便，就我一个人在家，你来的话留你住一个晚上。"

"……"程泽生心里纳闷，跟谁打电话笑成这样。

何危电话打得好好的，忽然一只胳膊从沙发后面绕过来，拿起他的手机。何危回头，程泽生看一眼屏幕，哦，何陆。他又把手机还给何危，示意他继续接电话。

"哥，你那儿具体地址是哪？我导航叫个车。"

"……"何危瞄着挂在肩头的那只手，对何陆说，"你还是别来了，有朋友来了。"

何陆感到奇怪："那也不影响啊，他睡另一个房间，我和你睡一张床。"

程泽生耳尖听见了，表情惊异，下意识捏住何危的肩，头低下来贴着耳畔说："不——可——以。"心想：也不怕吓到别人。

"……"何危没想明白为什么不可以。算了。

"今晚别来了，下次喊你来做客。"

第48章

有限接触

两人一起去了阳台，何危胳膊肘搭着栏杆，让程泽生说说能看见什么建筑。

"对面是写字楼，楼下是包子铺、烟酒店、小超市，还有和平公园，怎么了？"

在何危眼中，对面是新城市广场，楼下有干货店、服装店和小卖部，那一片程泽生说是公园的地方，其实是一个工地，在建新城市广场的二期。

“你过来。”何危又拉着程泽生的胳膊去玄关，“现在我们一起出去。”

“出去不就——”程泽生的话音戛然而止，忽然明白何危想做什么。他穿上鞋，手握着防盗门的扶手，推开门之后，何危刚走出去，像是跨入一面镜子里，消失得无影无踪。

何危回头看着敞开的门，空荡荡的家里没有程泽生的身影。

程泽生也走出去，走廊里空无一人，只有惨白的灯光和冰冷的墙壁，有同事回来，看见他站在门口，还挥挥手打招呼。

这里没有何危，也不会有何危。

再回到家里，程泽生一抬头，何危抱着臂站在玄关，依旧是那副淡漠的表情，但眉宇间多了一丝惆怅。

“果真如此。”何危说。

“嗯。”程泽生点头。

两人再度沉默不语，气氛渐渐变得凝重、压抑，呼吸也感受到一股窘涩。

也许是因为最近的接触太过频繁，让他们产生一种对方真实存在在身边的错觉，但事实并非如此，他们的“真实”，只在有限的时间和有限的空间里，被困在一个规划好的尺度中。

尽管可以沟通聊天，甚至触碰到彼此，但两人依旧身处在两个不同的世界里。只有这个结点，才能证明彼此的存在，只要走出这道门，对方的痕迹就会消失得无影无踪。

本就不该存在的有限接触。

邹斌和云晓晓分成两个小队，去排查和荡水村相连的几个村子，结果令人失望，几乎没人见过赵深，对这人一点印象都没有。而这几个村子过去就是两省交界的地方，过一条河就是另一个省，邹斌甚至怀疑他会不会直接逃去邻省了。

不过若是真的想去邻省，也不会选择从升州市绕一趟那么麻烦。升州市毕竟是省会城市，人员复杂，管治也更加严格，万一不小心在这里被逮到，那这个凶手绝对是死于智商缺陷。因此林壑予很笃定，他不会离开升州市，肯定还在市内，并且就在荡水村附近。

杏林园小区目前入住的拆迁户没几家，这个保障房小区是今年年初才交的房，大多数住户要么还在装修，要么就是等周围配套设施弄好了再住进来，嫌地方偏僻的直接把房子挂在二手房交易网站了。住进来的几乎都是老人家，一大早没事坐车去城里买菜，然后再晃晃悠悠地回来，体力好的还能去爬龙王山，打发时间也是挺不错的。

而经过排查，也确定这几户老人没有见过赵深，他没有在杏林园里出现过。林壑予把注意力放在龙王山上，借了两支警犬队，去搜山。

如此大张旗鼓地行动，还是没找到赵深，倒是抓到三个潜逃嫌犯，也算是意外收获。一个衣衫褴褛，在山洞里住了几个月，一直不敢下山，靠野菜和山上的野鸡、兔子充饥；一个刚逃进山里，打算避几天风头就逃去邻省；最惨的那个昨晚刚上山，今天警方就来逮人了，还以为出警是来抓他的，惊慌失措之下从坡上滚下来，摔断了腿。

龙王山并不大，有路的没路的都搜过了，全部没有赵深的身影。他来荡水村之后，就像是人间蒸发，彻底消失不见了。

林壑予抱着臂，盯着桌上摊开的侦查资料，何危让云晓晓泡杯茶来，从他的柜子里拿，去火的那种。

邹斌和文桦北轻声嘀咕，拿定主意之后站起来，和林壑予申请："林队，咱们再去排查一下市内，万一他又坐车回市里了呢。"

“对，各个火车站汽车站都去看看，万一又离开升州市了呢。”

林鳌予沉默，何危拿起笔，把荡水村圈起来：“我倒是好奇，他为什么别的地方不去，会选择来这里？”

“可能是越偏僻越安全？”邹斌猜测。

“不要忘了，他和别人有约，肯定是这个人安排他去的荡水村。”何危拿起赵深的资料，翻了翻，“人生地不熟，还能找到人接应他去那么偏僻的地方躲难，对于一个在逃犯人，做到这点可不容易。”

林鳌予站起来，问何危：“一起去吗？”

何危按住他的肩：“现在去问肯定有各种理由推托，让邹斌他们先去查清楚荡水村那里有没有他的房产。”

邹斌和文桦北还没问要查谁，云晓晓端着金银花茶走来：“队长，查谁啊？”

林鳌予食指点着亲属关系那一栏：“赵阳。”

经过深入调查，赵阳的名下没有荡水村的房产，但他的外婆家三年前拆迁，分的房子就在杏林园。这下赵阳包庇逃犯的嫌疑大大增加，再次去盘问他，赵阳还是直呼冤枉，甚至带着警官上门查看，屋子还是毛坯，完全没有住人的痕迹。

邹斌逼问：“如果不是你和他联系，他怎么会来荡水村？！”

赵阳委屈：“警官，我真的不知道，家里拆迁的事从来没告诉过他，平时我们都不聊这个。”

“赵阳，你最好老实配合我们工作，现在坦白的话还算你主动交代，要是被我们查到你包庇赵深，就是窝藏逃犯！”

赵阳还是那句话，没和赵深联系过。查他的通话记录，他是做生意的，每天接很多客户的电话，其中也没有疑似赵深的电话。

林蘩予和何危去了一趟装饰城，两人随处走走，停在一家卖地板的店门前，老板娘迎上来："小伙子家里装修啊？咱们家新到一批橡木地板，颜色好得不得了，进来看看？"

何危还当真走进去，把老板娘主推的橡木地板看一遍，然后问林蘩予的意见。林蘩予闷闷摇头，眼睛往对面的店面瞄，何危说："不想铺地板想铺瓷砖啊？也行，瓷砖还好打理一点。"

"对面没人。"林蘩予说。

老板娘立刻招呼："对面老板出去啦，托我帮他看店的，要买瓷砖是吧？来来来，我带你们过去。"

何危和林蘩予一起跟着过去，何危漫不经心地挑瓷砖，要求还挺多的，花纹要简单，颜色要浅，材质坚硬不易开裂，还不能有光污染。老板娘很是热心，带他去看样板，介绍起来口若悬河滔滔不绝，谈到价格方面，何危还价，老板娘给出一个诚心做生意的价格，何危笑了："老板娘这都能做主？"

"哎哟我和小赵关系好，经常帮着他卖东西，我也是做生意的人，不会让他亏本的。"

"人经常不在还开店？"

"不是，也就是这段时间总出去，好像谈女朋友了。"

"谈恋爱连店都不要了啊。"何危笑道。

"刚谈的热恋嘛，肯定得哄着。"老板娘拽着何危的胳膊，"这瓷砖还要不要？要得多的话我来和小赵商量，给你个底价。"

何危问林蘩予："哎，你怎么说？"

林蘩予摇头，何危对着老板娘笑了笑："我们回去再商量一下，老板娘谢了啊。”

老板娘点点头。

离开装饰城，何危点起一根烟：“谈女朋友了啊，真巧。”

林壑予沉声道：“跟他几天。”

第49章 普通室友

是福不是祸，是祸躲不过。

程泽生一个月没见谢文兮，刚出警局就被穿着牛仔裤运动鞋的短发美女拦住：“帅哥，方不方便劫个色？”

“不方便，”程泽生指着身边的江潭，“要劫去劫他。”

江潭哀怨，他倒是想被劫，可惜了漂亮的小姐姐说话都伤人。

谢文兮事业心强工作忙，明年三十岁了还没个对象。从三年前开始，她妈妈就在帮她张罗相亲，然后一个个“优质老公”候选人都被谢文兮用各种方法推掉了，她手里的王牌就是程泽生——把他叫去冒充自己男朋友，百试百灵，一劳永逸。

今天也不例外，谢夫人给她找了个工程师，谢文兮下班就来蹲程泽生，把他拽去餐厅当苍蝇拍。

工程师挺斯文，发现多出一个竞争者，那张脸俊俏到令人生厌，心里已经把程泽生归到不入流的软饭男里了，语气不自觉带上一种优越感：“请问你的工作是什么？稳定吗？有前途吗？”

“警察。”程泽生拿出证件晃了下，“不违法就稳定，有没有前途要看抓到多少犯罪分子。”

工程师蒙了，找个借口匆匆离开，临走时还看一眼程泽生，似乎不理解现在的警察叔叔怎么都长一张演偶像剧的脸。

谢文兮笑得捶桌：“哎哟，你把警官证掏出来，他的脸瞬间就绿了！比川剧变脸还精彩，我看他一开始眼睛长在头顶上，估计也把你当成什么十八线野模了。”

程泽生无语：“这种事以后少找我。”

谢文兮摊开手，她也没办法嘛，又不像程泽生，还能搬出去住，她连去外地出差爹妈每天都要查岗。谢文兮托着腮，戳戳程泽生的手：“哎，我上次听程阿姨说，你宿舍里闹鬼，真的假的啊？”

“真的，所以让你别去，吓死不负责。”

谢文兮两眼放光：“我要去，我要去！正好给我提供点创作素材！”

程泽生嫌烦：“好了，闹什么鬼，你听我妈瞎说，没有的事。就是有一朋友，现在跟我住在一起。”

谢文兮更惊讶了。

“关系怎么样？你这种性格，脾气又不好，估计和别人处不来。”

提到脾气，程泽生立刻有话说：“跟他比起来，我脾气算好的了。”

“你就别解释了，我还不了解你？”谢文兮翻个白眼，“快快快给我看看长什么样。”

在谢文兮的死缠烂打之下，程泽生只能打开手机，找了一张何危的证件照。谢文兮瞄一眼愣住了，伸手摸摸他的额头。

“真没意思，不给看就不给看，还拿死人的照片糊弄我。”谢文兮拿着包站起来，“走了，伤自尊了。”

“……”程泽生看了看手机里的照片，可不就是活的嘛，在他家里活蹦乱跳的。

可惜，也只有他自己知道罢了。

既然要跟踪赵阳，对他进行过盘问的熟面孔都不行，还得是林壑予和何危这种没有在赵阳面前露过面的更合适。

他们两人装作是买瓷砖的客人，隔两天又一起过来，这次还带上杜阮岚——云晓晓无法冒充林壑予的女朋友，气场不搭，还是岚姐这种身高一米七气场十七米的长发御姐更合适，和林壑予站在一起郎才女貌，羡煞旁人。

崇臻在背地里唉声叹气，这种好事干吗不叫他呢？难得有和岚姐扮情侣的机会，看看他这个苦恋多年的单身狗啊。

赵阳在店里，来了三位客人，其中一对还是情侣，便猜测他们是要装婚房，热情推荐婚房的装修样板房，供他们参考。杜阮岚挽着林壑予的胳膊，颇有几分太太模样，一会儿说颜色不好，一会儿说款式不新，一会儿又说怕宝宝滑倒，何危抱着臂忍笑，也是第一次发现岚姐这么能演。

他们来的时间刚好快到饭点，赵阳看了看表，搓着手抱歉笑笑："三位客人，你们决定好了吗？真是不好意思，我有事要出去一趟，要不你们留在这里慢慢看，有什么问题就打电话给我。"

赵阳喊一声："王大姐！帮我看一下店！"

对面卖地板的老板娘过来了，发现这两个年轻人眼熟，眉开眼笑："哟，又来啦，这次带媳妇儿来挑的？"她转头对赵阳说，"没事，你走你的，这俩小伙子上次就是我招待的。"

林壑予淡淡瞄一眼何危，何危点头，在赵阳走后，老板娘的注意力都在这对小夫妻上，他趁机悄悄溜走，跟上赵阳。

听说赵阳平时上班都是骑电瓶车，这段时间却总是开车来，由此可见他去的地方路途肯定不近。而且根据老板娘的话，只要他出去，回到店里都是下午 2 点以后了，还有几次干脆一个下午都不在，店还是打电话让她帮忙关的。

何危开着车，跟在那辆白色雪佛兰的后面，保持在一个安全的距离，赵阳丝毫没发现。他先去商场，何危跟着下车，发现他去买的竟然是——口红。

去和堂弟碰面，要买口红？何危心里疑惑，继续跟在赵阳身后。

雪佛兰开了半个小时，中途他又去快餐店里打包一份饭，拐进一个老小区。车在小巷子里停好，赵阳下车往单元楼里走去。

何危看着赵阳上去，到了三楼，敲开 302 的门。出来开门的是一个长发女人，嘴里喊着“阳哥”，把他迎进去。何危皱起眉，难道真是女朋友？

赵阳暂时没有下来的打算，何危把这个情况发消息告诉林壑予，继续在楼下守着。对面楼下有个小卖部，何危去买包烟，一个老大爷在看店，何危问有没有充电器，手机没电了。大爷看了看，刚巧孙子帮他买的手机是这个接口的，乐呵呵地把接线板拖来，给何危插上电。

何危坐在一张小矮凳上，和大爷攀谈起来。大爷在这个小区住了三十多年，邻里关系如数家珍，何危指着对面那栋楼：“我堂哥也住在楼上呢。”

“哪家？”

“302。”

大爷立刻想起来了：“哦哦，是赵林子那家是吧？他们老两口不是早搬走了吗？买新房子了。你堂哥是赵阳？”

何危点点头：“对，他刚刚才上楼，大爷您没看见？”

大爷摆摆手，老了，眼睛不行，三米开外就看不清谁跟谁了。何危拆开烟，又和大爷买个一块钱的打火机点起来：“虽然大伯他们家搬走了，但是我堂哥把女朋友安排在这里住，宠得那叫一个狠，大门不出二门不迈的，我堂哥每天从红杏装饰城专程赶来给她送饭。”

“哎哟，那可远，三楼哪个姑娘来着？”大爷想了好一会儿，一拍大腿，“想起来了，前两天大晚上来我这儿买洗发水，结果手机忘家里，也没带现钱出来。”

“对对，那天太晚了，我堂哥开夜车不安全，就让她自己买了。”

“那没错，她说自己住三楼，靠窗户那家，准是她没错。”

何危又和大爷东拉西扯，一根烟抽完，情况摸得差不多了。过了会儿，赵阳下来，何危继续跟着他，回到装饰城里。

一连三天，赵阳都去找“女朋友”，今天送衣服，明天送化妆品，殷勤无比。林壑予两道浓眉拧起：“真是女朋友？”

“没那么简单，真是女朋友为什么不接到自己家里住？他又没结婚，也不和父母住在一起。”何危摸着下巴，“这样，晓晓明天跟街道要个红袖章，去登记计划生育。”

云晓晓愣了愣：“……我看起来有大妈的气质啊？”

“你是美少女，纯血统的，为了案件牺牲一下。明天别化妆了，素颜都让人自惭形秽，化妆还得了。”

无意间被夸了一句，云晓晓喜滋滋地去打街道电话。崇臻和胡松凯吐槽：“我就说他会撩妹的吧，一不小心就暴露了。”

“就是，难怪漂亮姑娘都喜欢他。”

隔天，云晓晓穿着朴素的蓝衬衫黑裤子，胳膊别着红袖章，素面朝天地去敲 302 的门。跟着她去走访的是文桦北，门一打开，一张年轻漂亮的脸映入眼帘。

“你好，你们找谁？”

云晓晓拿着本子：“哦，我们是宝塔街道的，来做计划生育登记。”

文桦北惊讶无比，睁大双眼。云晓晓进去之后，他在门外悄悄打电话给林鳌予。

“林队，这里住的是乔若菲，赵深的女朋友！”

第 50 章

逃犯的女友

林鳌予带来的侦查资料里，有关赵深女友的资料只有短短几行，乔若菲，女，26 岁，化妆品公司销售员，和赵深同居两年，感情良好，打算明年结婚。

赵深的父母已经见过乔若菲，对这个白皮肤大眼睛的女孩子很有好感，定好下半年双方父母见一面，把婚事定下来。没想到竟然突生变故，儿子成了杀人犯，还畏罪潜逃了。

得知赵阳所谓的“女朋友”是乔若菲之后，林鳌予立刻联系海靖那边的同事，让他们去查乔若菲是什么时候离开海靖的。很快同事便给了答复：乔若菲在警方调查结束之后，便以出差为由离开海靖市，她的目的地应该在郸城，没想到居然来的是升州市。

“她来升州市做什么？”邹斌感到不解，“难道过来找赵深？”

何危点头，有这个可能。

“可赵深是逃犯欸！都杀两个人了，她不害怕？”

“有时间可以去了解一下‘罪犯崇拜情节’，国外经常报道，某个连环杀手在监狱里收到数封情书，都是来自各界女性的示爱，其中不乏高知分子。如果乔若菲有这种心理，并且还潜藏着一股拯救欲的话，她来找赵深一点都不奇怪。”何危看着林壑予，“你怎么看？”

“很有可能，但她和赵阳的关系——”林壑予的眼神意味深长，“也不排除她是为赵阳来的。”

何危说这简单，再观察几天就能看出来了，乔若菲可能知道赵深在哪儿，先别打草惊蛇。

云晓晓从屋子里出来，对着文桦北摇头，她趁着登记的时候仔细观察过，屋子里只有乔若菲一个人居住的痕迹，赵深并没有藏在这里。

这不代表赵深就不会和乔若菲联系，很有可能趁着夜深人静悄悄过来。于是林壑予安排邹斌和文桦北在老小区的楼下蹲守，密切关注乔若菲的一举一动，一旦发现她有什么可疑行迹立刻汇报。

同时赵阳那里也在派人盯梢，几天下来，结果令人失望。赵阳每天都是三点一线，家里、店里、老小区；而乔若菲更是不离开家门，平时除了赵阳之外，再也没有别人来串门。

“你说他每天过来，在上面待几个小时，在做什么？”邹斌啃着面包问文桦北，文桦北揉了揉酸痛的颈椎，反问：“孤男寡女共处一室，你觉得能干什么？”

“我觉得都不用怀疑，他们俩肯定有一腿。”邹斌食指抵着下巴，摆出侦探推测的经典姿势，“我怀疑赵深可能遇害了，被他们俩联手杀害。”

“这——有必要？赵深本来就是逃犯，他进去了，这两人不就能光明正大在一起吗？”文桦北问。

邹斌挠挠后脑勺，眼珠一转，又说：“赵深有可能不信任他们，来升州市之后就自己躲起来，他们俩在引蛇出洞，想让赵深因为被戴绿帽的愤怒主动找来，再把他送进去，就能双宿双栖了。”

“那还要给他们颁个好市民奖了？”文桦北叹气，“咱们俩就做好自己的本职工作，好好蹲点，别在这儿冒充神探了。”

电话响起，邹斌接通之后眼睛一亮，拽着文桦北站起来：“走，林队让咱们把这对野鸳鸯带回局里！”

午休期间，刑侦队办公室里安静许多，春困夏乏，留在办公室里的警员们有的趴在桌上小憩，有的还拿着手机，一个脑袋在门口探了探，办公室有人发现了，叫一声：“哎！夏凉！”

他这一嗓子把正在午休的都给叫起来了，夏凉嘿嘿一笑走进来。他一只胳膊吊着，另一只手拎着一袋冷饮，来探望辛勤工作的同事们。

众人一起围上来，崇臻走过来捋一把夏凉的短发：“小子，胳膊怎么样了？你这恢复不行啊，都这么长时间了胳膊咋还吊着呢。”

“小夏，别听他的，枪伤又不是划道口子，那是三五天能好的？”胡松凯翻个白眼，胳膊挂在夏凉肩头，“在老何家里住得怎么样？他家那生活水平还行吧？”

夏凉不停点头，那简直太行了，行得他都快忘记自己叫什么了。成天被“少爷”“少爷”地叫着，饭都有用人端到楼上，天天鸡鸭鱼肉，顿顿生猛海鲜，都是出自名厨之手，美味到恨不得把舌头吞下去。晚上还有药膳汤、各类补品，隔三岔五轮换着来，帮他补身体，再待一个月他就要生活不能自理了。

崇臻拆了一根冰棍儿，狠狠咬一口：“骄奢淫逸啊！”

“由俭入奢易，由奢入俭难！”胡松凯拧开可乐瓶盖，不小心喷自己一身。

预审组两个美女兴致勃勃地围着夏凉，跟他打听何支队家里什么样。她们原来听过传言，何支队家境不一般，但他为人太低调了，衣食住行都那么接地气，久而久之局里的人也不知道传言的真假。

夏凉轻描淡写地说：“还好，不是很夸张，楼上楼下也就有个大几百平吧。在家里说话有回声，房间太多经常走错，上个月公馆那案子还记得不，也就比那座公馆还大一半吧。”

“……”

崇臻痛心疾首：“瞧瞧你这骄傲自满的倒霉样子！”

夏凉瞬间破功，扒着崇臻的肩膀感慨：“哎哟我上辈子是积什么德了，以前梦见自己住豪宅，现在还真住上了！何支队是真厉害啊，我越来越相信他这么勤勤恳恳地查案子绝对是出于兴趣，咱们那点工资都不够他家请一个用人的！”

“真的假的啊？！何支队这是标准男神人设啊！”

“都说何支队一直住单位宿舍，我还以为他是经济条件有困难，现在想想那就是体验生活来了啊！”

大家七嘴八舌讨论着，刚巧话题主人公风风火火进来点人：“崇臻、大伟、柯波，去审讯室，动作快点。”

被点到的几人立刻动起来，何危在人堆里发现夏凉，笑了笑：“小夏，你怎么来了？”

“脱离集体太久了，有点怀念，特地抽午休时间来看看大家。”

何危打量着他，点点头：“不错，长肉了。跟我妈处得还好吧？”

夏凉赶紧点头，阿姨人太好了，把他当儿子一样，在公司里开完会没事还打个电话问问他吃过没，想吃什么就告诉厨房让大厨做，亲妈都没这么上心。

“那就好，我和我弟弟一直不在家，她也是寂寞太久了。”何危拍了拍夏凉的肩，“谢谢。”

夏凉露出两颗虎牙：“阿姨是挺想你们的，经常念叨。何支队，你下次回家别急匆匆就走了，吃了晚饭再回去也不迟啊。”

何危盯着他：“我最近都没回去。”

“啊？那前两天来收拾衣服的……”

“是何陆吧，傻孩子。”何危摸摸他的头发，“好了，我还有事，你早点回去。”

他走后，夏凉歪着头沉思：“……欸？真是我看错了吗？但是我叫‘何支队’，他还回头对我笑的啊。”

警方敲开302的房门时，赵阳慌慌张张，衣衫不整，皮带都没系上，乔若菲也是头发凌乱，一脸惊恐。文桦北和邹斌对视：好了，他们来得很是时候，捉奸在床，打扰人家办事了。

两人一起被带回局里分开审讯，乔若菲噤若寒蝉，坐在审讯桌后面小心翼翼看着面前两位警察，其中一位还是前几天来登记计划生育的“居委会小姐姐”。

“姓名。”

“乔、乔若菲。”

“年龄。”

“26。”

"户籍在哪里？"

"海靖市。"

"为什么来升州市？你是不是来找赵深的？他在哪里？"

面对警方的质问，乔若菲眼神躲闪，低着头一副娇弱美人的模样，我见犹怜。云晓晓笔一摔："快说！"

邹斌给吓一跳，在审讯室外低声吐槽："她竟然这么凶啊。"

乔若菲也给吓到了，眼泪迅速聚集，哽咽着说："我……我担心赵深……"

根据她的交代，当时赵深和她约好，安全落脚就跟她联系。结果人一去无踪影，乔若菲和赵阳联系，赵阳也在找堂弟的去向，她内心焦急不已，便独自一人跑来升州市。

抵达升州市之后，赵阳把她安排在他父母的老房子里先住着，答应帮她找赵深。乔若菲怕暴露行踪被警方发现，平时也不出门，连饭都是赵阳送来。

"你当他跑这儿旅游来了？竟然还来找他，他是在逃犯！"做记录的文桦北无语。乔若菲摇头，一双大眼睛溢着泪水："不会的，我感觉他不会杀人，他说不定是被冤枉的！"

文桦北走过去，把报告甩在她的面前："这是今年 4 月份的女性死者邓婉体内提取到的精液，和我们在你们出租屋里找到的烟蒂上的 DNA 完全相符！并且也和赵深父母的 DNA 做过比对，确定是他本人，你怎么还能相信他不会杀人？"

乔若菲不敢睁眼去看这些证据，表情痛苦："就算、就算他杀了人，但我还是爱他啊！"

"你爱他？爱他怎么现在和赵阳在一起？"云晓晓手中的笔敲着桌

面，“赵深刚走多久，你来升州市也就十来天吧？怎么那么快就和他堂哥双宿双栖了？还是说你们以前就有染？”

“不是的，那是……那是因为……我很担心赵深，他安慰我……”乔若菲软弱地辩解。

“移情别恋就直说，还找那么冠冕堂皇的理由。”

“我真的没有！”乔若菲双手握紧，瘦弱的身体轻轻颤抖，“我不想这么做，我是迫于无奈，都是赵阳……”

“他说如果我听话的话，就告诉我赵深在哪里。”

第51章 你对我有意见

何危、林壑予和胡松凯隔着单向玻璃，在围观赵阳的审讯。

赵阳坐在审讯桌后面，表情有些不耐烦：“警官，你们都来问过我几遍了？现在还无缘无故把我抓来警局，我可是良民啊。”

“还无缘无故，你老实交代的话谁会抓你进来？”崇臻食指敲着桌面，“坦白从宽，抗拒从严！”

“哎哟我是真的不知道赵深在哪儿！他来升州市之后我们就没见过了，你们怎么就是不信呢？！”

何危拿着话筒：“问他乔若菲的事。”

“还说你不知道，不知道你能用这个威胁乔若菲？！”

“……”做记录的柯波默默美化了一下，让这份笔录的用词尽量显得不那么粗俗。

赵阳表情变了，脖子缩了缩，低声道："我……我就是缓兵之计嘛……看她长得漂亮，忍不住就——"

"编！你再编！还缓兵之计，你当人姑娘是傻子啊？凭你一张嘴随便叨叨就愿意跟你发生关系啊？！"崇臻把笔扔过去，砸在地上，"劝你快点交代，我脾气不好，马上录像录音一关，门一锁，有你受的！"

胡松凯捅捅何危的胳膊："老崇这个过了吧？万一投诉咱们恐吓加用私刑，那就热闹了。"

何危没说话，眼睛盯着赵阳。也许是崇臻身上匪气太重，赵阳还真有点害怕，眼神四处游离，表情犹豫，显然是在隐瞒什么。

林壑予站起来，走进去在崇臻耳边低语，他出来之后，崇臻立刻说："乔若菲都交代了！你一直不肯把赵深交出来，她跟我们警方举报，怀疑你杀了赵深！"

赵阳吓得脸色煞白，叫起来："警察同志！冤枉啊！给我十个胆子我也不敢杀人啊！我……我……我说实话，你们别听那个女人瞎说，她诬陷我！"

赵阳一五一十交代，4 月底的时候赵深临时要来，他就知道出事了，但他们堂兄弟感情一直很好，不可能见死不救。赵深刚来那天，换个号码联系赵阳，赵阳让他去荡水村，还特地想到警方会查监控，让他乔装一下再过来。

赵阳原本是打算把赵深安排在外婆刚拿的房子里躲一阵，到时候再找人给他办个假身份证送他出国。但他开车去定好的地点找赵深，一直找不到人，开车在周围转一圈没人，打电话也关机，两人彻底断了联系，的确不清楚他去了哪里。

没几天，乔若菲来询问赵深的消息，赵阳如实回答，人不见了，没接到。没想到她竟然自己跑来升州市，一个姑娘家哭得梨花带雨，小脸煞是好看，赵阳动了心思，哄着乔若菲，告诉她会帮她找到赵深，还自导自演用另一个号码给自己发短信，假装赵深跟他有联系。

就这样，乔若菲乖乖听话，和赵阳发生关系，以为能找到男朋友，没想到一直被蒙在鼓里。

“警察同志，真实情况就是这样，我也不知道赵深在哪儿，你们看看我，杀鸡都不敢哪敢杀人啊！”赵阳懊悔不已，开始自我检讨，“我下贱，我有罪，我不该诱骗良家妇女，你们只要别认为我杀人就行！”

何危和林壑予坐在一起，林壑予观察片刻，开口：“他不像是说谎。”

“嗯，看来赵深之前那个电话是打给他的，也约好去荡水村，但的确没碰到面。”何危说。

过了会儿崇臻出来，拿着一张字条，是赵阳提供的赵深的新号码。林壑予让人去查一下这个号码最近的使用情况，崇臻在里面吼得嗓子疼，拿起水杯灌一口，问：“林队，隔壁那丫头真的怀疑赵阳杀人？”

“没有，”何危笑了笑，“他都没过去，哪里知道对面什么情况。”

“……”崇臻拱拱手，一切尽在不言中。

问得差不多，何危看看时间，让他们把赵阳先带回去，明早再问一次。他站起来拿起外套，崇臻问：“哎，干吗去？”

“回家啊。”何危指指表，“加班上瘾了？”

“这话应该送给你的吧？”崇臻吐槽，“以前这种情况，你肯定夜里把人揪起来再审一次，给犯人看看谁比谁狠。”

“你也说了那是犯人，他连嫌疑人都算不上，小心投诉。”何危不和他废话，准备回家，林壑予要出去吃点东西，跟他一起下去。

何危有案子在身的话，几天不回宿舍都是常事。有时候为了换身衣服，会回去一趟，但也就是洗个澡的工夫，不超过半个小时就会再次出现在警局。

不过家里多了个程泽生之后，何危会下意识每晚固定时间回家，能不加班就不加班。他可能自己也没发现，这一个月以来加班时间骤减，弄得郑幼清想给他送夜宵献殷勤都找不到机会。

也许是因为程泽生的存在比较特殊，人对于奇异事件总是充满好奇心，在何危看来，程泽生的出现就算是一个“奇异事件”，每次和他说话碰面都会产生一种奇妙感。

而且最近结点的连通越来越频繁，他看见程泽生的时间也越来越长，有时甚至产生一种一打开家门就该看见这个人的错觉。

会想见到他，大概是觉得好奇又有趣吧，何危想。

程泽生这两天手里也有新案子，一起伪装成交通意外的谋杀案，死者是一名女子，做什么不好做人家小三，现在所有的证据都指向包养她的男人，程泽生感觉没这么简单，正在从头梳理证据，看看有没有什么遗漏的地方。

他在局里一忙就忘了时间，抬头一看，竟然已经10点，便拍拍手：“好了，明天接着弄，先回去吧。”

成媛月拿着放大镜，惊奇道：“我没听错吧？程副队竟然不加班，放我回家休息？”

“你可以当你听错了，留下来继续筛查。”

“别，因为有你这么个领导，我都快从青春少女熬成黄脸婆了。”成媛月立刻收拾器材，生怕程泽生会反悔，再把她拖在实验室里不给走。

程泽生披着一路闪烁的星辰回到未来域，何危最近隔三岔五回来一次，今天会不会回来还不得而知。他在办案方面似乎比自己更执着、更敬业，三天两头留宿在局里肯定也是常事。

“咔嗒”，防盗门打开之后，家里虽然安安静静，但客厅的灯亮着，何危回来了。程泽生走进去，脱掉外套，刚想顺手扔在沙发上，胳膊还没抬起来，已经愣在原地。

何危躺在沙发上闭着眼，胸口放着一本书，不是《法医毒物学》，而是《白夜行》。程泽生平时也会读一些悬疑推理小说，恰巧东野圭吾的全集都有，第一次发现和何危有相同的爱好，内心冒出一点喜悦。

何危似乎睡着了，一手搭在书上一手摆在小腹，呼吸平稳。他穿着宽松的居家服，灰色的圆口 T 恤白色的短裤，双腿此刻正状态松弛地搭在沙发上，左腿微弓着，是一个很随意放松的睡姿。

程泽生去拿衣服洗澡，等会儿如果人还在的话可以聊聊案子。

他快步走到楼梯口，背后何危出声了：“你是对我有什么意见吗？”

程泽生全身一僵。

意见真没有，他倒是对何危这人挺感兴趣的，觉得这人挺有意思。

何危马上泼来一盆冰碴子。

“你对我有意见最好憋着。”

（上册完）